中国区域广电
优秀作品研究

王文科 孟建耀 _ 主编 　　（宁波 2017）

N　I　N　G　B　O　　　　MEDIA

ZHEJIANG UNIVERSITY PRESS
浙江大学出版社

图书在版编目（CIP）数据

中国区域广电优秀作品研究. 宁波. 2017 / 王文科.
孟建耀主编. —杭州：浙江大学出版社，2019.3
ISBN 978-7-308-19017-6

Ⅰ.①中… Ⅱ.①王… ②孟… Ⅲ.①广播电视—新
闻报道—作品集—中国—现代 Ⅳ.①I253

中国版本图书馆 CIP 数据核字（2019）第 044835 号

中国区域广电优秀作品研究（宁波 2017）

王文科　孟建耀　主编

责任编辑	李海燕	
责任校对	杨利军	黄梦瑶
封面设计	雷建军	
出版发行	浙江大学出版社	
	（杭州市天目山路 148 号　邮政编码 310007）	
	（网址：http://www.zjupress.com）	
排　　版	杭州中大图文设计有限公司	
印　　刷	浙江海虹彩色印务有限公司	
开　　本	787mm×1092mm　1/16	
印　　张	15	
字　　数	302 千	
版 印 次	2019 年 3 月第 1 版　2019 年 3 月第 1 次印刷	
书　　号	ISBN 978-7-308-19017-6	
定　　价	46.00 元	

目录
CONTENTS

一、广播部分

二、电视部分

一、广播部分

（一）广播新闻

短消息

全省首本海域使用权不动产
登记证在我市颁发

【导语】昨天，宁波大榭开发区信源码头有限公司拿到了海域使用权不动产登记证书。这是不动产统一登记改革实施以来，我省首本为海域使用权颁发的不动产证书。

【正文】记者看到，这本海域使用权不动产登记证书，外观与普通的房产证一样，都是红色封面，翻开证书，里面详细记录了权利人不动产单元号、使用年限等权利状况。领到这本证书后，宁波大榭开发区信源码头有限公司副总吕良显得很激动。

【出录音：拿到（全省）第一本证书对我们公司是莫大的鼓励，从法律上保障了我们用海的合法性，对我们以后码头的建设、经营用海提供了一个常态化的保证。】

【正文】宁波作为浙江省不动产登记先行推进城市，如何实现国土部门不动产登记工作与海域使用权审批管理的有效衔接，是将海域使用权纳入不动产统一登记的关键难题。为此，大榭国土部门从法律依据、系统流程、数据转换等关键环节入手，开发了海域使用权登记系统，同时攻克了海域测绘与土地测绘坐标系转换的难题，坐标精度及转换后数据质量均达到入库要求。宁波市国土资源局大榭开发区分局副局长赵西山说，建立和实施不动产登记制度是党中央、国务院推出的一项重点改革任务，宁波为全省迈出了第一步。

【出录音：不仅标志着不动产登记"由地到海"的又一次跨越，也为我省国土系统整合房、地、林、海登记职责，真正实现"四证合一"画上圆满句号。】

单位：宁波广电集团新闻综合广播

作者：周凌辉、王秋萍、吕岸、毛洲英

播出时间：2017 年 2 月 18 日

选题新颖　别出机杼

——《全省首本海域使用权不动产登记证在我市颁发》评析

刘良模

海域登记是浙江省不动产统一登记的一项重要工作，而宁波市又是浙江省不动产登记先行推进城市。在不动产统一登记改革背景下，全省首本海域使用权不动产登记证的颁发就具有了时代意义。本则广播短新闻契合了这一政策，选题新颖，构思巧妙，具有较强的时效性和可听性。1分30秒的新闻虽然短，但是内容扎实，引人深思，具有以下特点：

一、新

信息的超强时效性是广播媒体具有的天然优势。要更好地发挥这一优势，增强广播新闻的时效性，就要在选题上下功夫。本篇报道的主创人员具有很强的新闻素养和敏锐性，得到新闻题材的第一时间，及时确定了采写角度和内容，并赴现场采访相关人士，在第一时间将这一消息传播给听众。全省首本海域使用权不动产登记证书在宁波颁发，不仅标志着宁波市不动产登记领域"由地向海"突破，更为全省海域不动产登记提供了经验。标题中"全省首本""海域使用权不动产登记证"这些准确而有力的用语能很好地吸引听众的注意，并能产生持续的传播效果。

二、实

一方面，消息内容贴合实际。将海域使用权纳入不动产登记范畴，可以使海域使用权利人的权益合法化，调动海域开发者的积极性和创造性，有利于海域的合理利用。而宁波作为典型的海港城市，其海域的开发和利用是民众关心的热点。本则新闻虽然政策性强，但是贴合实际，贴近听众，也能更好地达到"口口相传"的效果。另一方面，内容扎实。虽然只有短短的1分30秒，但是内容涵盖了海域使用权不动产登记证颁发的背景、现状以及意义，其解说十分清楚，还有证书所有人的现场录音以及宁波市国土资源局大榭开发区分局副局长的权威解读，采访扎实，内容丰富。

三、精

短小精悍。广播传播的特点决定了广播新闻要长话短说，以便在短时间内及时迅速地将信息传播到听众耳中。本篇新闻在短短的1分30秒时间内很好地将海域使用权不动产登记证颁发的背景、改革历程及意义、证书的具体细节以及证书权利人的心情通过声音向听众展现了出来。将导语、记者口播、现场采访录音等形式很好地进行了串联，实现了内容的自然过渡。同时，节奏明快。播报员的声音响亮，有节奏感，听起来声声入耳，将广播的优势发挥得淋漓尽致。

长消息

镇海中学学子"模拟提案"
上了全国"两会"

【现场音：我们的提案名称是《关于完善现有校园欺凌预防和处理体系的提案》——压混（我们是来自浙江镇海中学的胡展豪和胡辰宇，我们所汇报的是提案的缘起部分。）】

2017年3月1日下午，在北京召开的"2017学生提案提交全国政协大会新闻说明会"上，镇海中学联合全国其他3所高中提交的《关于完善现有校园欺凌预防和处理体系的提案》获评本届学生模拟政协活动"最佳提案"之一。致公党中央教育委员会副主任、模拟政协活动组委会主任张梧华高度评价了这份校园欺凌预防和处理体系的提案。

张梧华【出录音：这个提案其实社会上已经非常重视了，从政府也好，从基层也好，但是从学生这个角度来看问题，我觉得是从另外一个角度来看的话，它就特别有意义，我觉得这个提案应该会在今年的两会中比较受关注。】

六个月前，被疯狂转发的《孩子打架何以惊动总理》的微博引起了镇海中学模拟政协社团成员们的注意。他们在网上查询时看到了2016年联合国儿童基金会公布的数据：在全部的受访者中，近90%的人认为校园欺凌是身边普遍存在的问题。

镇海中学模拟政协社团成员陆海林【出录音：校园欺凌不管是冷暴力也好，热暴力也好，都会对学生的心灵造成极大的伤害，甚至会影响他们的一生。】

他们迅速组成学校模拟政协调查小组，开展社会调查，搜集各行各业针对校园暴力现象发出的声音，并在校园里举办了"不要校园暴力，要抱抱"的宣誓签名活动。

认识和热情有了，棘手的问题又来了，如何将这些亲身经历写成"提案"，大家觉得有些茫然。

镇海中学模拟政协社团指导教师王雍斌【出录音：我们采访了律师、政教主任，采访了检察院、青少年犯罪中心，他们有比较好的一个话语权、发言权，能够让学生有的放矢，能够有针对性地去了解相关信息，而不是大海捞针。】

在老师的帮助下，镇海中学模拟政协社团的同学们开展了又一轮的社会调查，一份完整的提案慢慢成形。同学们在"提案"中建议，由教育、司法、公安多部门联合成立专门委员会，出台预防和治理校园欺凌的专项法规，将校园欺凌的专项治理常态化，同时完善校园欺凌的事前预防体系及事后处理和预防再犯体系，以减少乃至杜绝校园欺凌现象的发生。

对于学生们的学习成长，镇海中学党委书记张咏梅认为，这很好地体现了"知行合一，重在践行"的理念。

镇海中学党委书记张咏梅【出录音：让孩子能够提早进入社会，能有这种大的意识，能够站在更高的视角、更高的角度，去考虑一些民生大计。对孩子来说是一种锻炼，对国家来说，也是一种需求。】

单位：镇海区广播电视台

作者：顾雁君、孙敏华、吴梦帆、方才晓

播出时间：2017 年 3 月 1 日

从"知行合一"中看到未来希望
——广播长消息《镇海中学学子"模拟提案"上了全国"两会"》评析

焦俊波

北宋著名思想家张载曾提出"为天地立心，为生民立命，为往圣继绝学，为万世开太平"的人生理想，清末民初的梁启超先生曾发出"少年强则中国强"的疾呼。只有让中国青少年了解世界，了解中国，了解社会，并试图参与到国家政治民主建设中来，我们国家才能有序良性发展。2011 年，高一学生陈逸华在广州多个公共场所举牌，呼吁市民一起反对花巨资统一改造地铁车站，受到媒体关注，并最终"逼停"工程，陈逸华也被网友尊称为"举牌哥"。网友称赞这个少年让所有成年人汗颜，正是因为陈逸华身上体现的独立思考意识让网友为之触动。镇海中学的同学们关于"校园欺凌"现象的提案同样体现出这种意识，与此同时，因为"两会"的知名度，使得该新闻的新闻价值凸显。

宁波镇海区广播电视台在 2017 年 3 月 1 日北京召开的"2017 学生提案提交全国政协大会新闻说明会"的当天，利用广播优势推出长消息，将这一有新闻价值的事件报道出来。

一、新闻价值突出：中学生参与政治民主建设

无论是"校园欺凌"，还是"中学生提案进两会"都蕴含新闻价值的重要性因素。同时"镇海中学""两会"具有接近性和显著性，记者有效地将这些新闻价值要素蕴含其中，并将"中学生参与政治民主建设"这一重要性要素作为新闻事件的主要线索扩展开来。消息的教育意义不言而喻，培养中学生的独立思考意识，深入了解社会"知行合一"的实践意识，关注社会政治管理的民主参与意识等，都是该条新闻所能产生的社会价值和意义。

二、广播编辑规范：声音符号翔实且多样

作为一条广播消息，记者运用了一切声音元素。首先开场的现场同期吸引听众，略显稚嫩的中学生声音从广播里传出，讲述的是"提案"这一严肃的政治话题，使得新闻价值凸显，让听众产生听下去的欲望。同时稿件随后的采访到位，声音来源多样，包括对致公党中央教育委员会副主任、镇海中学模拟政协社团成员、实践指导老师、镇海中学管理者党委书记的采访。四位采访对象的声音信息在报道中承担不同的信息功能，使得报道内容翔实，信息层次分明。另外，广播的文本和音响的双线格式运用非常规范，听觉体验顺畅。

三、新闻叙事巧妙：插叙直叙富有纵深感

作为一则 3 分钟的广播长消息，其新闻叙事也有独到之处。由最新的新闻由头开篇，随后致公党中央教育委员会副主任的采访直接点明学生举动的意义，这在叙事上略显冒险，毕竟新闻伊始听众对事实本身还没有深入了解。但该采访对象语言朴素，听觉上清晰无障碍，并将"两会"这一要素点出来，成为叙事中不可缺少的环节。接下来的解说词很自然地用插叙的形式提到"六月前"，并用时间顺序的写法，将同学如何接触这一选题，如何展开调查，调查中遇到的困难，最终如何形成提案，一气呵成的时间叙事非常清晰明了。

在叙事中记者有意设置悬念，"认识和热情有了，棘手的问题又来了，如何将这些亲身经历写成'提案'，大家觉得有些茫然"。这段表述将广播长消息的节奏调动起来，使得广播文本叙事感更强。

美国哲学家杜威曾说过："当学校能在这样一个小社会里引导和训练儿童成为社会的成员，用服务的精神熏陶他，并授予有效的自我指导的工具，我们将有一个有价值的、可爱的、和谐的大社会的最深切而最好的保证。"诚哉斯言。

但总体来看，该消息对学生的采访还应更加具体，尤其是学生的实践感受在消息中几乎没有涉及。如果该广播消息能加入一两处学生实践感受的细节，它的新闻主题也会更加集中，新闻价值更加能获得显现。

新闻专题

陈淑芳:孝感天地,大爱无声

昨天,荣获第六届"全国道德模范"荣誉称号的陈淑芳从北京载誉归来,我县专门召开座谈会,向她表示祝贺。座谈会上,陈淑芳说起参加表彰活动受到习近平总书记亲切接见的情景时,激动万分:【出录音:在接见过程当中,我们感受到大厅里暖暖的气氛,习总书记和我们拍照的时候,让座给93岁的黄旭华老院士,还有一个村支部书记,有七八分钟时间,在谦让的过程中,大家自发的掌声不断,这一幕温暖到我们每一个人的心里。】

今年50岁的陈淑芳是县畜牧兽医总站站长。她在兽医这个岗位上兢兢业业,做出了不平凡的业绩,这在我们象山几乎家喻户晓,如今,她又获得了"全国道德模范"称号,这又是怎么回事呢?事情还得从她收养5个孩子说起。

说起这5个孩子,陈淑芳的思绪回到了20多年前:【出录音:当时的时候团省委倡议希望工程结对,在90年代初,我当时就认领了几个孩子,基本上是没有妈妈的,缺少母爱的那种孩子。】

这些孩子当中有一个叫姗姗的女孩,从小没有母亲,父亲有病,由她爷爷抚养。结对第一年,陈淑芳夫妻俩一起去看她,年幼的姗姗躲在爷爷的背后,不敢探出头来。陈淑芳说:【出录音:发现孩子比较胆小,很自卑,我当时就想:是不是缺乏母爱的原因。】善良的陈淑芳心疼孩子的境遇,决定把孩子带回家中亲自抚养,给予她充足的爱。于是,试探着问姗姗:【出录音:姗姗,阿姨带你到城里去读书好不好?】可姗姗摇了摇头,对陈淑芳充满了陌生和恐惧感。陈淑芳没有气馁,第二天一早,买了一袋巧克力再次去看望姗姗。看到巧克力,姗姗怯生生地伸出手,这是姗姗第一次尝到巧克力的味道,甜甜的,软软的,从嘴里化开,化到了心里。而眼前这位一脸微笑的阿姨身上有一种久违的熟悉的味道,像巧克力的味道。反复几次之后,姗姗开始接受陈淑芳,并来到了陈淑芳的家里。多年后,姗姗和妈妈聊起当年的往事,仍会打趣地说:"妈,当年你就是用几块巧克力骗来了我这个女儿。"

姗姗是陈淑芳接到家里照顾的第一个孩子,为了让孩子健康成长,陈淑芳倾注了大量心血,在管好孩子学习的同时,还努力培养孩子的兴趣爱好【出录音:带着去学自己喜欢的东西，二胡、古筝、钢琴，这方面的培养，事实上这个效果还是比较好的，所以这个孩子慢慢长大了，我看到她身上更多的都是比较阳光的东西。】姗姗初中毕业后考取了县里一所重点高中。然而，面对录取通知书，姗姗犹豫了，因为当初希望工程结对的时候，淑芳妈妈签的协议是资助到初中毕业。而且，继姗姗后，陈淑芳又陆陆续续把4个来自贫困家庭的孩子接到家里来抚养，加上自己的女儿，已有6个孩子，家里经济负担很重，姗姗看在眼里，她想为妈妈分担一些压力。于是，她偷偷撕掉了录取通知书，告诉妈妈，没有被高中录取，悄悄地到一家针织厂里去打工。陈淑芳感觉不对劲，因为姗姗成绩很好，考上高中应该没有问题【出录音：我想来想去觉得不太可能，是不是有隐情在里面。】于是前往学校查询，发现姗姗已被重点高中录取。陈淑芳高兴之余却发现姗姗不见了，于是发疯似的寻找女儿，当时正是暑假，太阳火辣辣的，陈淑芳骑着一辆自行车满大街地找，终于在一家不起眼的针织厂里找到了姗姗。当姗姗看到汗流浃背、满脸通红的陈淑芳时惊呆了，回过神来后一头扎进妈妈的怀里痛哭起来，把所有的委屈向妈妈倾诉。陈淑芳回忆道：【出录音：跟着人家在针织厂里接线头，没赚到几块钱，当时看到我去看她的时候她很伤心地哭了，也想读书。】

这时候，离开学已经没有几天了，陈淑芳一边安慰姗姗说，妈妈一定会抚养你到大学毕业，直到你能够独立生活，一边多次找到学校，希望女儿能够继续上学。只是这个时候，学校录取的名额已经被补录了，但陈淑芳没有放弃，不管烈日炎炎，不怕别人的冷眼，不停地跑学校，跑有关部门，磨破了嘴皮，说尽了好话。功夫不负有心人，终于让姗姗上了另一所高中。说起当时的情况，姗姗热泪盈眶【出录音：她到处找学校让我插班进去，继续求学，这真的是我人生的一个转折点，如果没有妈妈找来的话，我可能就是完全走向另外一条路。非常非常的感谢妈妈，我觉得没有几个人可以像她这样子为另一个跟她完全不相干的人做到这个地步。】

在姗姗上大三的时候，姗姗的亲生父亲患上了严重的肝病，必须住院治疗，但是高昂的医疗费压垮了这个原本就贫穷的家庭，医院停药了。懂事的姗姗打算辍学打工，去照顾父亲。但陈淑芳得知后，坚决不同意。姗姗说：【出录音：妈妈说不行的，她又自己掏了钱，给爸爸在医院里面治疗，然后鼓励我回去继续完成学业。】【出录音：劝她回到学校去，有什么困难一起解决，养了你我希望你以后好，你家里的事就是我的事，我当时就在单位所有的人口袋里现金掏出来大概5000块钱吧，送到医院去，确实我自己钱包里就只剩下几个硬币。】

在陈淑芳的帮助和支持下，姗姗打消了休学的念头，终于完成了学业，并顺利考进县人民医院，成了一名白衣天使。每当说起妈妈陈淑芳，姗姗总是眼含热泪，她用一封亲笔信表达了内心最刻骨的感激：【出录音：妈妈您好，几次提笔都是无法控制我的情绪，真的非常非常感谢您，您的无私让我感受到母爱的伟大，虽然我叫你妈妈的时候已

经很迟了，可是在很早的时候，我的心里想着您就是我的妈妈，好几次偷偷地钻进被窝里，轻轻地叫你妈妈。】

【出录音：她一直顾及我女儿的感受，担心会跟女儿抢着母爱，一直就没改口，我说，你如果想喊妈妈就喊妈妈吧，她说，一样的，就是一个称呼的改变，她说，其实，我从小没有妈妈，但我是不缺母爱的，你给了我已经很多的母爱，叫不叫妈妈同一回事情，在我心里阿姨和妈妈是一样的称呼，我内心里真的很刺痛的。】

不管叫不叫妈，陈淑芳一直把这些孩子当作亲生孩子在抚养，用自己的母爱一天一天进入孩子的内心，温暖着这些没妈的孩子，并竭尽所能为他们创造良好的教育和生活条件。说到这些，陈淑芳动了感情：【出录音：像所有父母一样，为孩子付出我们父母都是心甘情愿的，从来也没有去算过，养一个孩子需要多少钱能够把他养大，需要付出多少才能使他走向对社会有用的这么一个人，从来没有去算计过，也没有去计划过。】为了抚养这些孩子，陈淑芳夫妻俩花去了大部分的收入，日子过得紧巴巴的，自己能省就省。有一次，陈淑芳路过一家服装店，看到里面挂着一件风衣，很喜欢，她不由得进去试穿起来，对着镜子看了看，感觉气质上了一个档次，跟刚才穿运动服的自己判若两人。可一看吊牌价——680元，她马上把衣服挂回原处，低头避开服务员热情的目光，迅速逃离，可爱美的天性让她又回头看了好几眼。然而，陈淑芳对孩子却从不吝啬【出录音：我一年四季就穿着运动服，因为运动服看不出什么品牌，看不出好坏，我们家先生一年到头就穿13块一双的布鞋，但是孩子特别学习上的东西还真没让他们少过，我们两个人的工资基本上到开学的时候都清零清掉的。】

就这样，为让这些孩子健康成长，陈淑芳默默地奉献着，却从不对外说。在长达20多年的时间里，很少有人知道，就连隔壁邻居也是在前两年媒体曝光后才得知。邻居陈大姐说：【出录音：我们都以为是她朋友或者亲戚的孩子在旁边读书的，其他的都不知道，直到媒体曝光，才知道都是其领养的，确实感动，肯定感动，蛮伟大，换作我肯定是做不到的。】

除了抚养这6个孩子，作为畜牧兽医的陈淑芳还努力帮助家有困难的养殖户，把养殖户的孩子领到家里来抚养。养殖户卢昌荟在修建猪场时触电身亡，把建了一半的养猪场和一双幼小的儿女丢给了妻子胡雅云。为了让胡雅云一门心思养好猪，陈淑芳把她的女儿、儿子都揽到家里来。胡雅云说起陈淑芳就感激万分：【出录音：把我女儿接到她家里开导她，劝她好好读书。儿子初中三年全都住在她家里，她把他当成自己的儿子，整整三年都是她照顾，开家长会也是她代表我去的。她这么说，只要你把猪养好，我心里就高兴了，就快乐了。】

音乐起

对他人如此，对家人就更不用说了，陈淑芳不仅是个好妈妈，而且是个好儿媳、好女儿。百善孝为先。2005年，婆婆得了癌症，尽管自己工作、家庭已经忙得不可开交，陈淑芳还是坚持把婆婆从东阳老家接来，细心服侍，婆媳关系胜似母女。婆婆患癌症晚期，因病痛呻吟不止，陈淑芳就把她抱在怀里安抚。婆婆患病7年，陈淑芳就悉心照料了7年。婆婆在弥留之际提出要回老家，别人抱不起老人，而陈淑芳却能轻轻地把婆婆抱起。丈夫说："就凭你抱起我妈那个动作，我爱你一辈子。"

没想到，婆婆刚走，母亲又倒下了。2014年，陈淑芳的母亲因脑梗塞成了"植物人"，陈淑芳就在母亲的床边搭了一张一米宽的小床，挨着母亲睡，隔两个小时给母亲翻身、捶背、吸痰。数百个日日夜夜，都没有睡过一个安稳觉，三年来，陈淑芳几乎把所有的业余时间全都花在了照顾母亲上，演绎着"久病床前有孝子"的佳话。陈淑芳说：【出录音：养儿防老，天经地义，现在我回到家里，有妈妈在我就心很安，尽管我怎么叫她，妈妈都不会答应。但第一声还是叫妈，叫一声妈妈，心里就安了。】

都说父母的言行是子女成长最好的榜样。在陈淑芳的印象中，她很少给亲生女儿买衣服【出录音：现在还在穿我留下来的裤子，我的裤子——运动裤留下她就穿，也没有像模像样给她买过衣服。】说起这些，陈淑芳觉得对不起女儿，但是女儿从没有怨言。2014年，女儿参加高考，考出了726分的好成绩。当晚，她就接到了北京大学的邀请电话，但最后，女儿却选择了香港大学中文系。一开始，陈淑芳感到奇怪，女儿怎么会放弃一向挂在嘴边、并把它当作自己高考目标的北京大学，而选择香港大学呢？为此，她也问过女儿，却被女儿以种种理由搪塞过去。直到第二年，这个曾经的疑问才被解开。这一年，女儿获得了香港大学一等奖的奖学金，共55万港币。她说："妈妈，当初我为什么不去北大而选择现在的学校？原因就是冲着这奖学金去的。这么多年来，我看到你和爸爸这么辛苦，也想着能为你们分担一些。"那一刻，陈淑芳泪流满面。

陈淑芳也用自己的实际行动默默地教育和影响着这些有缘来到家里的孩子。【出录音：我的大女儿参加工作了，有一次她发现我在淘宝上淘了28块钱的运动服，她就扑通一声跪在地上把工资卡交给我，让我拿她的工资卡一起抚养下面的弟弟妹妹，我为他们所做的她已经学会了。她也经常为外婆做这做那的事情，来替我承担做子女的义务。】

在陈淑芳的影响下，孩子们个个品学兼优，如今，除了小女儿还在读高中，其他几个孩子都已经考进大学或参加工作，各自都有了美好的前途。

孩子们每个星期都会给妈妈发一条平安短信。他们陆续离开这个家去迎接新的天地，但长久以来播种下孝的种子和爱的甘露，始终是他们未来生活最温情的记忆。

去年母亲节,陈淑芳收到了一张六个儿女一起送给她的奖状,这张奖状很特别,让陈淑芳觉得既意外又欣慰:【出录音:从外表看就是一个奖状,最美妈妈,下面一个萝卜章敲着是幸福家庭委员会,打开是一个抱枕,后面可以抱,拉链拉开其实是一条小被子,可能孩子们在我们家里也都感受到我们这个大家庭的幸福。】

看着孩子们健康快乐地成长,陈淑芳由衷地高兴,她说:【出录音:我还得感恩他们,因为有了他们,让我自己内心也强大起来了,因为有了他们,你要把更多的时间,做个榜样,要花到学习上,要花到努力的工作中,以身教导孩子们,给孩子们树立一个榜样,就是陪着他们一起长大的一个过程,也是跟着他们一起重新成长的一个过程。】

音乐起

陪着孩子一起长大,和他们一起成长。陈淑芳这样想,也这样做。忙碌的家庭生活并没有拖垮陈淑芳,在工作上,她同样不含糊,作为浙江省内屈指可数的女兽医,陈淑芳30 年来一直坚守在畜牧兽医岗位,扎根农村,不分日夜地为养殖户排忧解难,帮助、指导他们养殖致富。她勇于探索,开创了水禽岸养、海水养鹅、大米草喂鹅等新型养殖模式;她孜孜不倦地追求新知识,不惑之年荣获扬州大学兽医学博士学位,成为浙江省第一个畜牧兽医行业中的博士生。她不仅是养殖户心中的"女华佗",更是象山畜牧业的"天使",被评为"最美浙江人——2015 年度浙江骄傲人物"。陈淑芳的同事这样说:【出录音:跟阿芳姐在一起,她展示给我们的从来都是快乐、阳光,而且她从来都没有在我们面前抱怨过苦、累,即使有时候工作忙的时候,她也是跟大家说"累并快乐着"。】

这就是陈淑芳,对生活,她充满阳光;对工作,她满腔热情。她用自己的爱,照亮了人生道路,也照亮了她身边的每一个人。

单位:象山县广播电视台

作者:陈亚琴、邱瑞娜、林春

播出时间:2017 年 11 月 19 日

成为那一粒盐

——《陈淑芳:孝感天地　大爱无声》评析

谢宇轩　曾海芳

象山县广播电视台于《走进生活》栏目刊播的《陈淑芳:孝感天地　大爱无声》是一部充满温情、软化社会棱角的优秀作品。该作品讲述了象山畜牧兽医总站站长陈淑芳收养 5 个来自贫困家庭的孩子,将孩子培养成人的暖心故事。

《陈淑芳:孝感天地　大爱无声》着重于展现陈淑芳女士对缺乏母爱的孩子的无私爱意以及对自己婆婆的孝心。不仅如此,工作方面陈淑芳 30 年来一直坚守在畜牧兽医岗位,扎根农村,为养殖户排忧解难,帮助、指导他们养殖致富。她勇于探索,开创了水禽岸养、海水养鹅、大米草喂鹅等新型养殖模式;她孜孜不倦地追求新知识,不惑之年荣获扬州大学兽医学博士学位,成为浙江省畜牧兽医行业中的第一个博士。该作品立足于这一故事背景,全方位将"最美浙江人——2015 年度浙江骄傲人物"陈淑芳展现给听众。

首先,该作品定位准确,是温和且富有生活气息的纪实。陈淑芳帮扶的 5 个孩子在不平等的现实中受到了陈妈妈的爱的浇灌,长出丰富的灵魂。也许现在没有英雄,但未来我们不需要英雄。社会表现出的异常渴求则映射出敢于追求人本位的梦想的当代人少之又少,在这优秀广播作品中,可以听到这样的人依然在秉持着自己的理念,努力地发光发热。

其次,人物塑造层次丰富鲜明,多角度叙述。从被收养的孩子姗姗,到自己的婆婆,再到自己的孩子,层层递进,多角度将陈淑芳的个人特点描摹得淋漓尽致。陈淑芳以己度人,用自己的行动默默地教育和影响着这些有缘来到家里的孩子,将这份孝与爱传承。社会对陈淑芳赞誉的潮水是如此汹涌,也触动人们内心最隐秘的神经。高低并非由是否立于山顶来区分,贩夫走卒、引车卖浆者何尝不是隐于市的贤者?社会需要一个好的局长、一个好的商人,也需要一个好的兽医站站长、一个好母亲。陈淑芬多年的故事在这一篇广播中得到了高度凝练概括,不动声色地打动了听众。

再次,述评结合,音乐过渡恰当。从"全国道德模范"称号到畜牧兽医总站站长,再缓缓引入主题。专题节目最忌旁白喧宾夺主,该节目中现场同期声与旁白的分配比例恰到好处,这样的处理方式令节目真实感加强。该专题利用传统主流媒体进行传播,传播效果很好,教育意义深重,内容传统但解构方式新颖,值得学习。

最后,广播是依靠声音这一要素来传播的媒介,现场同期声的运用与穿插至关重要。陈淑芳与姗姗在接受采访时说到动容之处的微微哽咽声增加了新闻的感染力,无疑是这篇广播新闻报道的亮点。整条广播表述自然顺畅,逻辑层次清晰,美中不足的是语言不够有张力,并且结尾收束过于平淡,使得听众的感情共鸣无法得到更高的提升,不过这一点小缺憾瑕不掩瑜。

每个人都像盐一样平凡,却也像盐一样珍贵。陈淑芳是如盐一样的一个人,她平凡,但用自己的努力使得生活有滋有味,不仅努力提升自己,还尽力帮助更多的人,对生活充满阳光,对工作满腔热情,她就是那执灯人,照亮了自己的路,也为过路人投来温暖的光。生活版面的受众主要是普通百姓,关注的点通常也不过是柴米油盐,《陈淑芳:孝感天地　大爱无声》从这个角度切入,为底层百姓展现了一种不一样的生活方式,那就是成为一粒不可或缺的盐。

社教专题

方言传承，用声音留住历史

【片花1】

【录音："余姚方言"叠加】："侬饭吃过浪米？我饭吃过浪哉！余姚下饭较关好，一碗一碗搬上来……"

余姚方言是隶属吴语、太湖片、临绍小片的一种方言，它动听、温婉的表达方式展现了余姚人清秀细腻、稳重内向的性格特征。

【录音：陈燕】可以说我们的方言消亡得特别的快，就世界范围来说的话呢，每年都会消失十种语言或方言……

【录音：小朋友】1.什么是余姚老话？2.我会讲一点点，侬饭吃过老哉吗？3.我们不会说余姚话。

【录音：铁城】语言是什么？用方言朗诵就回归诗的本源了。

【录音：杨鹏飞】文字要往下保存是一点问题都没有，声音如何还原当时的社会、历史、政治、经济、文化的场景？

2017年暑期，余姚人民广播电台特别策划了一场"余姚方言童谣比赛"。

【录音：童谣选手】鸡话咯，我要给你们生蛋来，还是杀只鸭……

关注方言文化，留住乡音乡情！

欢迎收听《方言传承，用声音留住历史》。

【录音】

鲁桂花：来！阿拉一起念"宝宝喂，侬要啥人抱？"

小宝宝："宝宝喂，侬要啥人抱？"

鲁桂花："我要阿奶抱。"

小宝宝："我要阿奶抱。"

鲁桂花："阿奶腰骨什硬。"

小宝宝："阿奶腰骨什硬。"

鲁桂花："额勿倒。"

小宝宝："额勿倒。"

（录音渐隐）

正在教小朋友念童谣的这位老人名叫鲁桂花，今年66岁，是土生土长的余姚人，也是浙江第一批进入国家方言有声数据库的余姚方言发音人。她一边教着小宝宝念童谣，一边非常兴奋地说起了自己小时候和小伙伴们做游戏时常念的童谣，她还饶有兴致地念上了一段。

【录音：鲁桂花】踢里拍，踢里拍，一罗麦，两罗麦，三罗开始打荞麦……

2017年暑期，余姚人民广播电台特别策划举办了一场"余姚方言童谣大赛"。为了让更多孩子能够有兴趣学说余姚话，感受传统方言的趣味与魅力，营造学说余姚话的氛围与环境，电台在活动的发动报名阶段，特别邀请了热爱方言又热心公益的方言发音人鲁阿姨到电台录制方言童谣，在节目和微信平台进行播放宣传后，引起了众多家长的广泛关注，激发了他们替孩子报名参赛的热情。

【录音：家长】我在开车时听到了这个活动的报名宣传，当时正好播了一首我小时候经常念的童谣"唧唧唧，骑马到低塘"，心里突然一动，好像回到了童年，心想，自己的孩子现在都不太会说余姚话了，可能通过念童谣，他还能学会说一点余姚话。

鲁阿姨当仁不让地成为了本次活动的方言童谣推广者，并担任了比赛的评委，她说自己很意外，也很荣幸。

【录音：鲁桂花】真咯没想到，心里真是开心啦！电台能够搞这样的活动我也觉得较关欣慰，讲余姚方言要从娃娃讲起，阿拉是余姚人，不会讲余姚话真咯话勿过开咯！这个工作，也是我作为一个方言发音人应该做的事！

除了感到荣幸外，鲁阿姨说，这次活动也唤起了她很多童年的记忆。

【录音：鲁桂花】小辰光的余姚，有阿拉余姚的风俗习惯，还有现在已经消失的老墙门，老弄堂……还有好吃的"里罗"，米罗篮里的甩煞豆、烤洋芋芳，没想到念童谣可以回忆童年。

（同期声比赛现场背景声淡入）

就在这次余姚方言童谣比赛中，所有的小选手在台上兴致勃勃地念，家长们在台下饶有趣味地跟着念。

【录音：参赛选手与家长赛场采访】

【音乐淡入：《姚江水长又长》伴奏】

余姚方言，不仅代表着"东南最名邑"余姚，独特的民俗文化，更是一段段历史的"有声记忆"。保存一种方言资源，对于一个城市来说，留住的是一种宝贵的财富，而对于普通的老百姓来说，留住的则是他们的童年、青春和生命的记忆。发起方言童谣比赛活动的目的，一是对余姚方言资源进行保护，二是通过有声方言能够还原一定历史时期经济社会的风貌。著名播音员、朗诵艺术家铁成在接受本台记者采访时,他用湖南方言即兴朗诵起了《忆秦娥·娄山关》,道出了方言需要保护和建设的感慨。

【录音:铁成】你用方言朗诵就会明白:语言是什么?方言是多彩的艺术。

铁成老师对方言文化的独到见解与探究是对方言传承保护的重视。方言好似声音的文物,我们凭文物上的文字来了解当时的文化情况。浙江广电交通之声的资深主播阿宝模仿萧山方言还原了诗人贺知章的古诗《回乡偶书》,在浓郁的萧山方言中,不但听到了这首古诗的原始韵脚,仿佛还穿越回到了唐朝越州,贺知章的故乡唐朝越州永兴就是现在的浙江萧山。

【录音:阿宝】萧山方言念《回乡偶书》

"一方水土养育一方人",一地方言凝聚一地情,各地方言从不同文化层面反映出中国文化的多姿多彩。方言,它不仅是地域的,更是民族的、国家的。余姚市社会科学院专职副院长杨鹏飞认为,声音可以还原历史,这是保护方言的意义所在。

【录音:杨鹏飞】录音剪辑

文字要往下保存是一点问题都没有,但是声音如何还原当时的社会、历史、政治、经济、文化的一个场景?怎么来保存它?首先的出发点是保护我们语言的资源,因为它是可以被消耗掉的,它不可恢复。许多方言口语无从考证,所以我们现在要把地方最有特色的一些东西保存下来。第二个出发点呢,就是经过很多年以后的发展,来还原我们当时政治、社会、经济的这种风貌,这个是非常有利的一个佐证的材料。

余姚方言是余姚文化的语音符号,电台作为方言童谣比赛的策划组织方,也有了媒体传播的思索。

【录音:凌宏】我在想,是否可以把类似这些方言童谣和余姚老话系列的都录成语音或视频,然后建一个分享的网络平台进行保存,还可以传播,可以让全国的、甚至全世界的人都来看我们的方言、听我们的方言、学习我们的方言、保护我们的方言。那么这些资料呢,永久保存,过多少年以后,大家还可以知道:噢,原来那时候的余姚话是这个样子的。

【片花2】

经济社会不断发展,地域间人口流动日渐频繁。那么,余姚方言的现状如何?

【录音:谢建龙】随着社会的发展,方言当中的许多词汇已经慢慢消失,比如阿拉余姚的老话"风几糟劳,千遭百日"现在基本听不见了……

关于方言资源保护,广大民众又提出了怎样的建议?

请继续收听《方言传承,用声音留住历史》。

一项围绕"方言使用情况"的调查结果显示:离开家乡后,仅有一小部分(23.6%)的受访者经常讲家乡方言,而偶尔讲或者几乎不讲家乡方言的受访者占到了绝大多数。关于个人的方言水平，也仅有少部分人（21.7％）认为自己的方言讲得非常地道，甚至有一些受访者表示，自己连听家乡方言都很吃力。

事实上，许多方言地区都面临着方言资源逐渐消失的窘迫处境。

【录音：陈燕】（作为一名语委的工作人员）我觉得目前各地的方言消亡都特别的快，就世界范围来说呢，每年就会消失10种语言或方言，对于中国来说呢，这个速度也差不多，我们目前就有很多濒危的语言或方言。我记得2015年教育部国家语委就启动了中国语言资源保护工程，电台的童谣比赛给我们一个很好的启示，是否能够把我们已经拥有的"方言发音人"也通过类似这样的活动来宣传推动方言的传承。

作为河姆渡文化的发祥地，文献名邦余姚的方言虽然不至于达到消亡的境地，但伴随着经济社会的不断发展以及语言本身的流动和变化，不得不承认，余姚的部分方言资源也存在着一定的流失现象。对此，余姚市历史文化名城研究会秘书长谢建龙老师表示：

【录音：谢建龙】随着社会的发展，方言当中的很多词汇随着普通话的普及，它实际上有一种消失的迹象和趋势。同样是讲方言，55岁以上的人和25岁以上青年，他们用的词汇很多都不同。你要想让青年的生活当中强加进去某一个已经消失的方言元素是不可能的，其实这个也是我们语言发展的正常的一个流变的过程。你比如说以前没有用过的"囧"啊，近些年来随着网络语言的流行，年轻人一代的人都用了，非常多。

面对余姚方言资源流失的现状，方言爱好者在表示理解的同时，对于余姚方言资源的保护也提出了自己的想法。

【录音：娄城】应该说是正宗的方言怎么说，你把它记录下来，这个就可以了。有记录的声音后，什么时候你都可以把它调出来听听学学。我是学播音的，你看我现在用方言来主持节目，阿拉余姚有档《姚江桥头讲滩头》，不是很受欢迎啊?！

这些年，余姚市档案局也进行了余姚方言的语音录入和收集整理工作，并出版发行了余姚方言的相关书籍。钟情于余姚话的鲁桂花说，如果能够将方言的音像资料通过不同的方式进行传播推广，必将有利于帮助传承余姚的传统文化，保护余姚方言资源。

【录音：鲁桂花】像我们这批方言发音人也应该经常到电台说说余姚话，可以教我们的下一代。方言也是一种余姚的传统文化，要把它传承下去。

【音乐淡入：《姚江水长又长》】

用声音留住历史，每个余姚人对保护方言资源、保护方言文化都发挥着至关重要的作用。而想要让我们的方言资源、方言文化绵延不断地流传下去，需要的不仅是几个方言发音人、方言爱好者和几场方言赛事活动的努力和配合，更需要你、我、他，需要我们社会每一个人的关注与投入！

【录音:徐铭泽】我是一名中学生,觉得保护方言是非常重要的,方言是从我们家乡出来的一个身份证,是我们自己的一个标准,让自己在家里多说一说方言,也可以向爷爷奶奶爸爸妈妈请教一下。

【录音:黄飞】我是唱姚剧的演员,就更加觉得讲好方言作为一个文化的传承是非常值得大大提倡的。比方说我们的姚剧,我来唱一句:三月桃花红沉沉。如果不会讲余姚话,怎么唱姚剧呢? 这里边就包括很多余姚的语言文化精髓,所以如果我们老百姓能够支持姚剧,能够多去买票,多去观赏,其实,对我们语言文化传承也是另外一种支持方式。

【录音:徐剑】普通话,我觉得至少是我们交际的一个需要性,但是方言是自己家里的一个东西。打个比方来说,去外面也许我们办事要穿西装,但是在家里我们更喜欢穿睡衣,虽然睡衣不是那么的好看,但是在家里仍然喜欢穿睡衣,它是给我们一种家的舒服感觉。

听众朋友,《方言传承,用声音留住历史》为您播送完了,感谢您的收听!

【音乐淡出:《姚江水长又长》】

单位:余姚市广播电视台

作者:周凌宏、陈霞、王一男

播出时间:2017 年 12 月 7 日

《方言传承,用声音留住历史》评析

李新祥　　王皓

对于广播新闻作品而言,选题要有现实意义、有传播价值,要有新意,或可以挖掘出新意。这篇文章的选题为用方言传承历史,在当代中国快速发展的今天,如何更好地利用方言来传承我国的悠久历史文化,毫无疑问是有价值,有社会现实意义的。对于本篇广播新闻作品而言,最突出的点在于对于人物的采访。例如对鲁阿姨的采访,不仅让鲁阿姨在采访中呈现出最自然的状态,而且基本上做到了除了手里拿着的话筒,还把采访者自身变成一只话筒,全方位地录下采访对象鲁阿姨没有说出的话,录下了采访者对采访对象(人、事件、现场)的心灵反馈。

编辑过程是按声音的规律去架构节目的过程。广播记者的采访主要是录音响,写稿也是写音响,让音响自己去讲故事。在本篇广播新闻作品的开头就放出了余姚方言的声音,把余姚方言这一全篇作品最重要也最有魅力的声音放在全篇文章的开题,既可以在作品的开头点明主题，也利用方言这个特色来迅速地吸引听众。在整篇广播作品的进程中，也是充满了悬念，在作品开头提出了"什么是余姚老话""语言是什么""文字要往下保存是一点问题都没有，声音如何还原当时的社会、历史、政治、经济、文化的场景"等好几个问题，这样的悬念设置要让节目形成一种吸力，一直引导听众听下去。并且我们可以看到，本篇新闻作品的行文方式也是将问题提前抛给听众，后文通过对于这些问题的回答，形成完整的新闻作品。完美的音响不一定都是有价值的音响，有些音响有杂音，或有别的瑕疵，但如果这样的音响是真实的、有足够的信息含量和感染力，即使有杂音或有缺陷也一定是很有价值的。在本篇作品中，我们可以听见在采访的录音中，有采访对象所处环境的背景声，有采访对象的笑声，有方言比赛的同期声，等等。这些出现在作品里的杂音不仅没有让新闻作品出现瑕疵，反而让新闻作品更加真实。

最后，整篇广播新闻作品的制作是很完整的，有方言引入的开头，也有音乐淡出的结尾，但全篇新闻作品制作的亮点在于解说的录制。本篇作品解说的录制十分自然，做到了与真实的音响融合，给人一种画面感。而在解说录制中最常见的问题是：端起架子凌驾于所有的音响之上。解说太强会导致节目产生一种强加于人的态势，容易让听众产生排斥感，造成节目与听众心灵之间的隔阂。这个问题在本篇作品中基本上没有出现。另外一个就是本篇作品中对于音响和音乐的使用，基本上做到了二者的平衡。对于音响和音乐的使用来说，不是好听的音乐、音响都要用，要以内容、主题的表达是不是需要来取舍。作品中出现了几处"留白"让人印象深刻，也给听众留出了喘息和思考的空间。

新闻节目编排

2017 年 12 月 28 日《宁广早新闻》

张倩：听众朋友早上好！宁波第二百货商店欢迎全市人民收听宁波人民广播电台新闻综合广播《宁广早新闻》，我是张倩。

宏伟：我是宏伟。今天是 12 月 28 号，星期四，农历是十一月十一。据宁波市气象台预报，宁波市区今天阴有雨，局部雨量中等，明天雨止转阴到多云，东到东南风三级，今天最高气温 11℃，明天最低气温 9℃。

张倩：听众朋友，首先关注一组国内外要闻。

新华社北京消息，中共中央政治局昨天召开会议，决定明年 1 月在北京召开中国共产党第十九届中央委员会第二次全体会议，主要议程是，讨论研究修改宪法部分内容的建议。会议听取中央纪律检查委员会工作汇报，研究部署 2018 年党风廉政建设和反腐败工作。中共中央总书记习近平主持会议，会议强调，中国特色社会主义进入新时代，我们党一定要有新气象新作为，要把全面从严治党长期坚持下去，将反腐败斗争进行到底，决不半途而废。中央纪委要以习近平新时代中国特色社会主义思想为指导，切实担负起推进全面从严治党的政治责任，严于监督，严格执纪，严肃问责，坚决维护党章和其他党内法规，认真检查党的十九大精神贯彻落实情况，推动党中央决策部署落地生根。

宏伟：新华社北京消息，日前，中共中央印发《中共中央关于调整中国人民武装警察部队领导指挥体制的决定》。自 2018 年 1 月 1 号零时起，武警部队由党中央、中央军委集中统一领导，实行中央军委—武警部队—部队领导指挥体制。《决定》明确，武警部队归中央军委建制，不再列国务院序列。武警部队建设，按照中央军委规定的建制关系组织领导。中央和国家机关有关部门、地方各级党委和政府与武警部队各级相应建立任务需求和工作协调机制。

张倩：新华社北京消息，十二届全国人大常委会第 31 次会议昨天下午表决通过决定，批准《内地与香港特别行政区关于在广深港高铁西九龙站设立口岸，实施"一地两检"的合作安排》。十二届全国人大常委会第 31 次会议审议了《国务院关于提请审议关于批准〈内地与香港特别行政区关于在广深港高铁西九龙站设立口岸实施"一地两检"的合作安排〉的决定（草案）》的议案。全国人大常委会在审议中充分考虑了香港特别行政区和内地有关方面对广深港高铁连接口岸设置及通关查验模式的意见。

宏伟：新华社哥本哈根消息，一辆载有40多名中国游客的大巴当地时间27号在冰岛南部发生车祸，目前已造成1人死亡、多人不同程度受伤。中国驻冰岛大使馆援引冰方通报说，事故发生在当地时间上午11点左右，这辆旅游大巴在距离冰岛首都雷克雅未克约250公里的维克镇附近发生倾翻。伤者中有10余人伤势较重，已被送往雷克雅未克的冰岛国家医院接受救治。据当地华人导游描述，车上游客为在英国留学的中国留学生。事发路段布满冰雪，大巴为避让一辆停在路边的小车发生侧翻，具体原因警方仍在调查。

（间乐）

张倩：再来关注本市新闻，主要内容有：宁波舟山港成为全球首个"10亿吨"大港，年货物吞吐量连续九年位居世界第一。省市领导车俊、袁家军、郑栅洁、冯飞、高兴夫、裘东耀等出席第10亿吨货物起吊仪式。

宏伟：本台记者独家专访宁波舟山港董事长、党委书记毛剑宏，10亿吨，宁波舟山港再出发。

张倩：宁波立足港口优势，大力推进海铁联运、跨境电商、经贸合作，实现了开放发展、创新发展、绿色发展和共享发展。

宏伟：市委召开经济工作会议。郑栅洁强调，拉高标杆创一流、扬长补短创优势，坚定不移推动宁波走在高质量发展前列。裘东耀主持并讲话，余红艺、杨戍标、陈奕君出席。

张倩：吉利控股集团收购沃尔沃8.2％股权，成为其第一大持股股东。

宏伟：我市重度失能人员可享受每天40元长护保险基金待遇。

张倩：第一聚焦：露天烧烤烟雾漫天，附近居民苦不堪言。

宏伟：昨天上午，宁波舟山港再创新纪录，成为全球首个年货物吞吐量超10亿吨大港，连续九年位居世界第一。省市领导车俊、袁家军、郑栅洁、陈金彪、冯飞、高兴夫、裘东耀等出席第10亿吨货物的起吊仪式。请听宁波台记者吴巧、李明远采制的报道。

李明远：听众朋友，我现在所在的位置是宁波舟山港穿山港区的6号泊位，在这里堆放着来自全球各地的集装箱，那么今天的年货物吞吐量达到了10亿吨的一个庆祝仪式就在我们的码头上举行。

吴巧：在起吊仪式现场，省委书记、省人大常委会主任车俊在杭州通过视频下达指令。

车俊：我宣布宁波舟山港第10亿吨货物起吊！

李明远：随着工人们的作业，这个满载喜庆和荣誉的集装箱离开码头吊装上船，这就标志着我们宁波舟山港正式成为全球首个年货物通过量突破 10 亿吨的大港。

吴巧：11 年前的今天，时任浙江省委书记习近平在宁波舟山港穿山港区集装箱码头亲自按下了第"700 万"个集装箱的起吊按钮。从那时起，宁波舟山港进入了飞速发展的崭新时代，吊起 700 万集装箱的桥吊司机竺士杰用同样的方式见证了 10 亿吨大港的产生。

竺士杰：我亲手吊起了这第 10 亿吨的集装箱，非常非常荣幸，我们宁波舟山港在大家的共同努力下完成了 10 亿吨，并且我们的最高效率——单机效率也是我们创造的！

吴巧：宁波舟山港集团副总经理孙大庆告诉记者，宁波舟山港一体化之后，各个港口之间错位经营，形成合力，全面融入"一带一路"、长江经济带等开放平台，港通天下，服务世界。

孙大庆：围绕着对"一带一路"整个沿线国家的布局，从而通过同当地合作，包括对船公司的合作，加大我们的航线密度，使围绕"一带一路"的整个航线布局，我们整个的货物的运输成本能够得到有效的下降。

吴巧：下一步，宁波舟山港将按照浙江省海港委的统一部署，深化推进港口一体化改革，充分发挥"核心层"港口作用，力争到 2022 年，实现年货物吞吐量 12.5 亿吨、年集装箱吞吐量 3000 万标准箱的目标。

张倩：宁波舟山港成为了全球首个 10 亿吨大港，这个数字说明了什么？10 亿吨之后宁波舟山港又该如何发展？宁波台记者吴巧独家采访了省海港集团、宁波舟山港集团董事长、党委书记、宁波舟山港股份有限公司董事长毛剑宏。

毛剑宏：10 亿吨在全球来说是遥遥领先，这个 10 亿吨是为长江经济带也好，"一带一路"建设也好，起到了非常好的一个平台的作用，达到了 10 亿吨以后，将为下一步浙江省两个高水平的建设，发挥我们一个主力军的作用，为湾区的建设、自贸港的探索提供一个平台的作用。这个 10 亿吨突破以后，我们从它的结构来看、数据来看，基本上是均匀提升和发展，说明了我们国家经济的回暖非常的明显。

吴巧：2015 年 9 月 29 号，宁波舟山港实现了一体化，经过两年多的发展，合作共赢的作用是否有比较明显的表现？

毛剑宏：一体化以后，我们是按照一体两翼多联规划要求来联动全省港口的发展，同时通过多式联运的方式来带动我们的义乌陆港以及其他的无水港和内河港的发展。比如说我们现在温州也好，嘉兴港口也好，今年也都得到了长足的提升，带动了区域的发展。

吴巧：一体化之后的宁波舟山港实力也更加雄厚了，那么与"一带一路"的沿线城市未来是否有更多的合作呢？

毛剑宏：进出口货物，我这里有几个数字，"一带一路"航线是86（条），"一带一路"的销量已经超过了100万标箱，跟去年同比是增长了16%。我们也很愿意在"一带一路"沿线上进行布局，同时也使我们的企业呢从一个母港向我们的网络方面进行不断的发展。

吴巧：目前宁波舟山港已经成为了全球第一大港，年货物吞吐量也是突破了10亿吨，那么今后又会朝着什么样的方向发展？

毛剑宏：我觉得10亿吨仅仅是个起点，10亿吨只是一个数量上，所以从我们服务上、从软件上，还要我们大力地来进行推进，接下来我们还要考虑怎么样打造一个大众商品的基地、航运服务的中心。作为海港集团，宁波舟山港集团要变成一个全球一流的航运企业，在这些方面我们还有大量的工作或者是项目要去推进、实施，为我们国家的开放积累更多的经验，也创造更多的新的辉煌。

宏伟：港口物流、临港石化、纺织服装等传统产业，一直是宁波经济发展的重要支柱，在宁波舟山港成为全球首个10亿吨大港、港口经济圈建设纳入长江经济带规划和长三角城市群发展规划这一新的历史起点上，如何让宁波的传统产业和新经济一样为区域经济的发展带来红利呢？我们来连线浙江省人民政府咨询委员会委员、浙江省社会学会会长杨建华教授。你好，杨教授。

杨建华：你好。

宏伟：那么我们请问一下，这次宁波舟山港吞吐量突破了10亿吨，将会给宁波经济发展带来哪些利好呢？

杨建华：应该说，宁波的这个10亿吨的突破，这对港城的联动发展、港城的相融发展提供了巨大的一个动力。这个10亿吨的突破，也标志着宁波城市的国际化的建设更加向前迈进，同时也带动了宁波整个城市的相关产业的这样一种发展。它的相关产业，比如我们的这个互联网经济、物联网、智能产业以及相关的重型装备产业，以及其他的相关产业得到更快的发展。10亿吨的这个突破，也会带来宁波整座城市这些方面的发展。同时这个10亿吨的突破，也说明了宁波港口的腹地的纵深，它的宽度也好、深度也好的发展，这个也带动了。所以宁波的这个10亿吨的突破，同时带动了这个活力的发展，这为宁波整座城市的发展也起到了很大的重要的推进作用。我想这样一种港城联动的发展，对整座宁波城市的进一步的发展提供了一种引擎。

宏伟：好，那杨教授，这个宁波经济一直是以稳扎稳打的传统产业为主，杭州这两年的互联网等新经济产业业态发展迅猛，那宁波和杭州如何能够利用各自的优势开展错位竞争、协同发展呢？

杨建华：宁波港的这个发展特点非常明显，它是依靠这样一个港口，带动了整座城市的发展，尤其这个港口在国际上是一个这样重要的港口，所以宁波港今后的发展也将继续以港口的建设、发展来推进整座城市的相关产业的联动的发展。这种相关产业的发展，我们刚才讲的相关的比如智能的产业、物联的产业、一些能源的产业等等，这些产业都在港口的推进的发展当中也会得到持续发展。同时新兴的高新技术产业以及其他的金融的相关的这样一种产业也会得到持续的发展。我们看到像纽约这样一座城市，原来也是以港口来兴盛，同时在兴盛之后实现了很好的转型，成为国际化的著名的大都市。我想在持续地以港口建设、港口发展来推进宁波整座城市的发展，并且在整座城市发展之后，有新兴的一种转型的发展，我想宁波和杭州会实现很好的错位发展，双城带动发展。

宏伟：好，感谢杨教授给我们带来的精彩解读，感谢您杨教授。

杨建华：不客气，好，再见。

宏伟：再见。

张倩：好，听众朋友，接下来我们来了解一下宁波舟山港的历史片段。

旁白：2006年1月1号，"宁波—舟山港"名称正式启用，当年宁波舟山港货物吞吐量首破4亿吨，集装箱吞吐量首破700万标准箱，习近平同志在穿山港区集装箱码头亲自按下了第700万箱起吊按钮，从此，宁波舟山港进入飞速发展的崭新时代！

习近平：今后的大手笔建设，一个浓墨重彩之处将是在港口建设方面，港口建设的重点将是在宁波舟山一体化之举。

旁白：2008年3月31号，宁波港集团有限公司作为主发起人，联合7家单位发起创立了宁波港股份有限公司，标志着宁波港在建立现代企业制度方面迈出了重要的一步。

2008年11月21号，宁波舟山港年集装箱吞吐量首次突破1000万标准箱。

2009年，宁波舟山港首次跃居全球第一大海港并保持至今。

2010年9月28号，"宁波港"在上交所A股主板市场成功上市。

2014年，宁波舟山港集团以1870万标准箱的集装箱吞吐量超越韩国釜山港，跻身全球集装箱吞吐量第五位。

2015年9月29号，宁波舟山港集团有限公司揭牌，宁波舟山港实现了以资产为纽带的实质性一体化。时任浙江省副省长袁家军：充分挖掘舟山港的资源优势和发展潜力，不断放大"1+1＞2"的效益。

旁白：2015年12月24号，宁波舟山港年集装箱吞吐量首次突破2000万标箱。

2016年12月19号，宁波舟山港年货物吞吐量突破9亿吨，成为全球首个"9亿吨"大港。

2017年12月27号，宁波舟山港年货物吞吐量突破10亿吨，全球第一大港名副其实，为宁波舟山两地贡献GDP2000亿元人民币，创造120万个就业岗位。宁波舟山港桥吊司机竺士杰：宁波舟山港也是不辱使命，发展得非常快。我亲手吊起了这第10亿吨的集装箱，非常非常荣幸！

宏伟：宁波立足港口优势，大力推进海铁联运、跨境电商经贸合作，实现了开放发展、创新发展、绿色发展和共享发展。来听宁波台记者吴巧采制的报道，海铁联运——宁波舟山港发展的巨大潜能。

吴巧：让集装箱坐着火车直奔港口，搭乘巨轮，一会从船上卸下后搭上火车直奔目的地，这样的海铁联运场景在宁波舟山港每天都会上演，10分钟左右的转运时间就可以将来自世界各地的货物运送到全国各地！

宁波港铁路有限公司北仑港区机修队队长徐思本告诉记者：(19)95年4月份我考上了火车司机，当时一年的用量大概就是接近不到100万吨，整个矿石专列只有一趟，现在我们铁矿专业的每天能开到八趟到九趟，集装箱专列每天都是，现在发送九趟专列。

吴巧：在龙门吊司机郑凌云的操作下，一个个集装箱精确、快速地从集卡车上被吊起，装上火车开始了新的旅程。

郑凌云：现在计划白班一天完成300次，我们一天的完成能力最起码在600次左右，今年我们要完成38万，明年可能更多，要完成80万左右。

吴巧：海铁联运是只需一次申报、一次查验、一次放行，就可以完成整个运输过程的一种运输方式，因为快速、运能大、成本低等优势，它成为了当今国际重要的联运模式之一。2009年宁波舟山港首次涉足集装箱海铁联运业务，当年完成0.17万标箱，到今年年底这个数据已经达到了40万标箱，翻了数百倍。宁波北仑第一集装箱码头有限公司副总经理任建乔表示，成熟的国际港口海铁联运的比例可以达到20%到40%，相比之下宁波舟山港海铁联运占比不到2%。还有很大的差距，同时也有很大的发展潜能。加上与"一带一路"腹地的进一步合作，到2020年宁波舟山港的海铁联运有望达到100万标箱。

任建乔：腹地的一个延伸是，现在我们是往中欧那边，通过铁路运出去，那可能比通过海运来得更加方便。针对海铁来说，这个股份公司的口号我们是2020年达到100万标箱，它对我们将近3000万标箱的提量来讲，是3%左右。

张倩：连接宁波、舟山、义乌的义甬舟大通道将构建起一条以宁波舟山港为龙头的经济大走廊，目前这个"一带一路"重大战略项目正在加速推进。我们的记者王慧惠、蒋博、吴福明分别在义乌、奉化和金塘三个建设节点地区报道义甬舟开放大通道建设的最新进展。下面我们首先来连线王慧惠，她刚刚登上一辆从义乌开往宁波的集装箱汽车。慧惠你好，给我们介绍一下您那边的情况好吗？

王慧惠：听众朋友，今天早上的5点钟，我跟随李师傅的集卡车从义乌提单装箱后出发前往宁波北仑港,这条线路他已经跑了整整 14 年,从宁波到义乌的货品运输目前主要依赖这条甬金高速。那么李师傅现在就在我的身边,我们听听他对跑这条线路怎么说。

李师傅:9 点钟到北仑之后进港提箱,最快的话要到夜里,半夜 12 点钟,就说因为驾驶员疲劳驾驶造成的事故每年太多了太多了,事故太多了耽误了这个时间,然后把驾驶员车子全部堵在上面。今天这个柜子耽误掉,明天所有的柜子都要耽误掉,时间全部耽误在这个高速上面。从北仑到义乌这边总共就两个服务区,到嵊州服务区这个中间是 100 公里,服务区根本不够我们集装箱车辆停的。

王慧惠:通过今天这个跟车,我也深深体会到,连接宁波、舟山、义乌的义甬舟开放大通道早日建成后,会大大节省像李师傅这样的货车司机路上奔波的时光,让他们的工作会更加安全高效。主持人。

宏伟:宁波奉化溪口千石岩铁路隧道是义甬舟大通道建设的关键节点,也是我们浙江省在建隧道当中最长的一条,现在本台记者蒋博正在那里,我们来连线他。

蒋博:好的,主持人,各位听众大家好,我现在所在的位置就是宁波奉化溪口千石岩铁路隧道的施工现场。这是一条从义乌直达宁波舟山港的铁路,从今年 9 月份开始,这里每天都在进行着爆破作业。就在两个小时之前,这里刚刚进行完一次爆破作业,目前施工人员正在进行爆破后的清理和加固。

从我这看过去呢现在这个隧道已经推进去有 150 多米深了,根据现场的施工人员介绍,隧道正式建成之后,可以容纳双层集装箱列车的通过,而且这还是一条双向通行的隧道,它的设计时速可达到每小时 160 公里,这也将是我国目前最快的货运列车。

据记者了解,到 2021 年,金甬铁路建成之后,可以承担起每年 4000 万吨的运力,把全球最大的货运吞吐量港口宁波舟山港和全球最大的小商品集散中心义乌连接在一起,这也就意味着,当来自海上丝绸之路运往内陆的列车和满载着中国制造的商品运往世界各地的列车在这个隧道中交汇而过时,宁波融入"一带一路"又多了一条金色长廊。主持人。

张倩:金塘岛是义甬舟大通道进入舟山的第一站,我们现在来向吴福明了解一下那里的开发建设情况,吴福明你好!

吴福明:主持人好,听众朋友们好!我现在是在舟山市的金塘岛上,在我的眼前就是辽阔的大海,对面的北仑港清晰可见,这里距离我们宁波北仑的直线距离只有 3.5 公里。在规划当中,这里也是甬舟铁路进入舟山的第一站,不久的将来,一座特大跨海大桥将横跨北仑和金塘,这座桥的上面是飞驰的汽车,下面是呼啸的高铁,无论是出行的游客还是集装箱和货物,都可以极其方便地在宁波与舟山两地往来!刚刚慧惠在连线中提到的那辆集卡车,今后也会通过这个大通道到达舟山,预计至少可以节约一半以上的时间和运费。也正是看到了甬舟铁路带来的重大发展机遇,宁波舟山两地的企业已经纷纷行动起来,参与到金塘岛的开发建设当中。就在几天前,金塘岛管委会还在我们宁波举行了一场盛大的全产业招商活动,现场就有14个投资项目和合作协议签约,总投资超过百亿元。金塘管委会主任张捷向我们表示,金塘与宁波一衣带水,甬舟铁路将会把两地更加紧密地联系在一起,特别是港口和产业领域的合作前景十分广阔。主持人。

宏伟:立足港口优势,宁波全面发力跨境电商,今年1月到11月,全市累计实现跨境电商交易总额482.02亿元,同比增长了1.23倍。众多优质进口商品走进了寻常百姓家。来听宁波台记者周凌辉、胡译文采制的报道。

周凌辉:德国爱他美、荷兰牛栏原罐奶粉、日本花王尿不湿,刚当上妈妈的宁波市民王女士是海淘奶粉、尿不湿的常客,她觉得跨境电商给她的生活带来了不少便利。

王女士:基本上宝宝用的东西都是通过跨境淘买的,关键是速度很快,几天就能送到,非常方便。

周凌辉:立足宁波港口优势,近年来宁波跨境电商跑出"加速度",目前宁波备案跨境电商达6000余条,除了奶粉、尿不湿,还涉及化妆品、保健品、小电器、进口小食品等,市口岸打私办副主任、宁波跨境电商综试办副主任陈利珍说,跨境电商作为外贸的新模式,如今已经渗透到了宁波老百姓生活的方方面面。

陈利珍:买欧洲的化妆品,买澳洲的保健品,买美国的电子产品,只要我们家里点点鼠标,这些高档的产品就会很快地通过跨境电商这个途径来到我们消费者的身边,所以我们消费者目前能足不出户买遍全球,能淘遍天下。

周凌辉:事实上,亚马逊、eBay、京东全球购、阿里巴巴一达通、网易考拉等国内外电商巨头已纷纷重金布局甬城,目前宁波跨境电商试点企业已超800家。

张倩:宁波被正式授予全国首个"全港创卫示范城市"一年多以来,全港创卫带来的绿色发展效应和口岸便利化红利不断释放,来听宁波台记者胡译文采制的报道。

胡译文:国际卫生港是世界卫生组织对国际通航港口安全及卫生控制能力的一种国际认证,也是口岸核心竞争力的重要指标。宁波自2008年启动创建国际卫生港,辖区内的大榭、穿山、梅山等港区已相继创卫成功,北仑港区、镇海港区和栎社国际机场也于去年11月9日通过世界卫生组织实地测评。至此,宁波对外开放的所有海港和空港口岸全部成功创建国际卫生港口。国家质检总局副局长陈钢认为,宁波建成全国首个"全港创卫示范城市"意义重大,影响深远,值得推广。

陈钢:宁波全港创卫的成功实践,对提升全国口岸核心能力将起到很好的示范和标杆的作用。

胡译文:据了解,历时五年的全港创卫,宁波各港区投入数亿元大力整改环境卫生,仅港区空气粉尘含量这一项就下降了80%。同时国门的安全防控能力提高了,宁波将享受国家口岸卫生检疫的许多福利,比如可以更频繁地使用远程电讯检疫,降低开箱查验的比例等等,这些便利措施将进一步提升宁波口岸的软实力,并吸引更多的航线在宁波开通。

陈钢:比如说检验检疫处的政策当中,对卫生港可以通过电报方式预通知国外的船事先报备,那么进港的时间速度效率会大大提升。那么我想,对我们新航线的开辟、对扩大我们口岸的进出口量应该说有积极的帮助。

胡译文:一年来,口岸通关持续便利化,让全港创卫品牌效应凸显,我市各大口岸实现了新一轮的持续强劲发展。2017年宁波舟山港年吞吐量突破10亿吨,成为全球首个10亿吨大港。市口岸打私办副主任郑剑侠表示,接下去市口岸办将会同各职能部门持续巩固宁波全港创卫成果,不断提升宁波舟山港核心竞争力。

郑剑侠:把提升工作融入建设国际港口名城的全过程当中,找准口岸核心能力建设的软肋和短板,持之以恒地推进国际卫生港建设,努力提升宁波港口的综合竞争力,重塑宁波港口名片和对外开放优势。

宏伟:鼠浪湖岛原来是一个孤岛渔村,随着宁波舟山港的开发,如今建成了世界最大的现代化矿石中转码头,从9亿吨迈向10亿吨大关的过程中,整个宁波舟山港集团1/5的增量在这里产生。来听宁波台记者李明远采制的报道。

李明远:听众朋友,我现在是在宁波舟山港鼠浪湖岛的矿石中转码头,随着一艘巴西驶来的26万吨的矿石货轮的靠岸,矿石码头一天紧张的作业也由此展开。

作为世界上最大的矿石码头,鼠浪湖不仅体量巨大,速度也是十分惊人,衢黄港口开发建设有限公司总经理朱伟达向我们介绍,就算是世界上最大的40万吨货轮满载进港,从靠泊到离港最快55个小时就可以完成,这比世界知名的阿曼的各个港口要快了将近17个小时。

朱伟达:去年一年,全球35艘在航的40万吨货轮中就有19艘、26艘次停泊过鼠浪湖。

李明远:这对于宁波乃至全国抢占世界矿石运输市场都有着十分重要的意义!

朱伟达:这可能也是我们码头对于国家的意义,那么我们国家现在有了40万吨,现在40万吨才可以直接靠泊我们国内的码头,这其实就为我们国家争取了更多的矿源以及更多的业务。

李明远:从去年投产到今年的12月份,在不到一年的时间内,鼠浪湖矿石中转码头总共靠泊过外轮126艘,完成吞吐量4140.82万吨,成为了宁波舟山港发展的新动力。

朱伟达:未来鼠浪湖将进一步提升深水港优势,加强高质量的混配矿业务,推进业务量稳步提升。

张倩：宁波舟山港的快速发展也给宁波市民生活带来了翻天覆地的变化，FM92.0通过新媒体平台，就宁波舟山港带给市民生活的变化与网友进行了互动讨论。

顾迎燕：昨天，FM92.0官方微信平台发布了题为"你平时生活中购买最多的进口商品是什么"的投票互动，设置奢侈品、进口食品、母婴产品等八个选项，共有824名网友通过微信进行互动参与。其中近40%的网友选择母婴产品，近20%的网友选择酒水饮料，近15%的网友选择化妆品，近10%的网友选择了进口食品。另外，网友纷纷通过语音在微信后台进行留言，讲述了宁波舟山港带给他们生活中的变化。

网友"许导"：我是地地道道的宁波人，我2006年毕业后的第一份工作就在宁波舟山港，现在算算也有十多年的时间了，我亲眼看到进出我们宁波舟山港的船舶越来越大，货物品种越来越多，我为我们宁波舟山港骄傲。

顾迎燕：网友"浪花"。

"浪花"：我觉得宁波舟山港带给我们最大的变化就是吃的，比如那个波兰红酒、澳洲大龙虾，现在饭桌上都很常见了，想吃进口的零食水果根本就不用出国了，家门口就可以吃到。

顾迎燕：网友"我在南方"。

"我在南方"：我觉得变化最大的是买进口东西越来越方便了，我之前有一个朋友生孩子的时候，买进口的奶粉、纸尿裤特别不方便，但是现在在宁波的一些保税区就可以买到进口的奶粉啥的了。

（间乐）

宏伟：宁波台记者王慧惠报道，昨天下午，市委召开经济工作会议，省委常委、市委书记郑栅洁出席会议并讲话。市委副书记、市长裘东耀作具体部署。市人大常委会主任余红艺、市政协主席杨戌标、市委副书记陈奕君等出席会议。

郑栅洁指出，中央经济工作会议强调，我国经济发展已由高速增长阶段转向高质量发展阶段，要把推动高质量发展作为当前和今后一个时期确定发展思路、制定经济政策、实施宏观调控的根本要求。要深刻认识高质量发展是经济转型升级的基本规律，既要重视量的发展，更要重视解决质的问题，在质的大幅度提升中实现量的有效增长。

郑栅洁强调，要坚持质量效益导向，树立前瞻思维、争先意识，大兴真抓实干之风，加快建设"名城名都"，为全省全国大局作出更大贡献。要推进供给侧结构性改革，扬长补短，做优做强做大优势产业，强化保障、激发活力，建设现代化经济体系。要扩大有效投资，抓紧谋划推进一批重大项目，集中精力加大招商引资力度，推动经济平稳较快发展。要抢抓"一带一路"建设机遇，争创一批开放平台，创新一批体制机制，提升城市国际化水平，扩大对外开放优势。要深化"最多跑一次"改革，引领撬动各领域改革，做到重大改革试点，充实内涵、抓住特色。要实施乡村振兴战略，坚持发展农村经济与培育新型农民一起抓，新型城镇化与新农村建设一起抓，建设美丽乡村与弘扬乡风文明一起抓，实现农业农村现代化。要对照国际一流标准，打造一流的城市品质、发达的交通网络体系、实力强规模大的都市经济，增强宁波都市区综合实力。要打好防范化解重大风险、低收入群体增收、污染防治"三大攻坚战"，跨越转型发展关口。要认真践行以人民为中心的发展思想，实施民生实事工程，保住基本，提升质量，解决难题，抓好关键小事，不断增强人民获得感、幸福感、安全感。

张倩：昨天下午，市委经济工作会议召开，省委常委、市委书记郑栅洁在一个多小时的讲话中，围绕质量与效率两个关键词，举例子、摆数据，要求全市上下增强争和抢的意识，坚定不移推动宁波走在高质量发展前列。请听宁波台记者王慧惠采制的报道。

郑栅洁：我今天这个讲话的内容通篇都是在强调质量和效率。

王慧惠：郑栅洁开篇反复叮咛，要树立登高望远的大格局，用国际视野、全球眼光来捕捉机遇，推进一批战略合作项目，建设一批高端研发中心，开发一批核心技术，甚至硬科技。

郑栅洁：经过改革开放的40年发展的机遇是非常难得，错过这个机会往往就会步步落后，甚至被举牌、被淘汰，城市是这样子，企业也是一样。

王慧惠：创新与投入有很大关系，郑栅洁利用研发经费投入，也就是 R&D 投入这个名词，解释了两者之间的关系。

郑栅洁：真正的 R&D 常年保持在4以上，我们才2.4，我们有8个千亿级的产业群，我们未来前瞻的这些科技的布局要站得高一点，要看得远一点。

王慧惠：推动宁波经济高质量发展离不开人才支撑，郑栅洁更是利用"抢"字生动说明人才竞争的激烈局面。

郑栅洁：现在这个人才不是引人才，现在是争人才抢人才，真的是在激烈地争夺这些优质资源、高端资源、战略资源，能把它引到我们宁波来，为我们这个产业群体服务，为我们经济社会发展服务，它能带来很多的资源，所以这个要舍得，这种钱是最值得花的。

宏伟：宁波台消息，12月25号至27号，省十二届人大常委会第46次会议在杭州举行。会议决定，省13届人大一次会议于2018年1月25号在杭州召开，全省共选举产生了630名省人大代表，其中宁波76人。

张倩：宁波台消息，浙江吉利控股集团昨天宣布与欧洲基金公司达成一致，将收购其持有的沃尔沃集团8847万股的A股股票和7877万股的B股股票。项目交割后，吉利控股将拥有沃尔沃集团8.2％的股权，成为其第一大持股股东，并拥有15.6％的投票权。

昨天，吉利控股集团常务副总裁李东辉与欧洲基金公司代表签署了股权收购协议，但该交易尚需通过监管机构审批。

宏伟：宁波台记者吴福明报道，《宁波市长期护理保险制度试点方案》将于今天起开始实施。该方案的实施对象为在市本级海曙区、江北区、鄞州区参加本市职工基本医疗保险的重度失能人员，由护理服务试点机构统一办理评估申请。经评估符合条件的失能人员，可享受每天40元的长护保险基金待遇。目前全市共有19家机构成为首批长护保险护理服务试点机构。

张倩：宁波台消息，昨天由我市供销社研发的"我要换糖"APP平台正式上线，实现了我市垃圾分类工作中可回收物交易方式的变革，市民通过手机APP、微信公众号下单，即可足不出户完成可回收物的上门回收。

（第一聚焦片乐）

新闻凝聚力量，监督推动进步，这里是第一聚焦，本栏目由宁波电台新闻综合广播和宁波广电集团多媒体新闻中心联合打造。

宏伟：前天，家住海曙区的周女士向我台反映，自己家附近常年有一个露天烧烤摊，白天经营小炒，一到晚上便开始卖烧烤，烧烤的烟雾弥漫着整个街道，严重影响了附近居民的生活环境。来听宁波台记者李明远采制的报道。

周女士：卖鱼路、体育场路、西河街那一块，那边有两家烧烤摊，那个店主我也不知道，就是他们烧的好像是一种木炭还是什么炭，那个烟很大很大的了，在我们家楼下就可以闻到那个烟的味道。环保什么都有很大的影响，这样真的很不好。

李明远：周女士说，她每天下班的时候都要经过这两个烧烤摊，平时下班的点他们还只是卖卖小炒，感觉油烟也不是很严重，可每当周女士与家人八九点钟出来散步的时候，店主就把烧烤摆出来了。周女士说，现在是冬天，家里不怎么开窗户，可是到夏天的时候就算在家里也能闻到烧烤的味道。

周女士：那个味道真的真的很大的，就是人走到那边一定要带个口罩，就跟那种雾霾一样的，那我想我住得那么远都可以闻得到，他们后面还有居民楼的。

李明远：随后记者实地走访了这两家烧烤店。在现场，记者发现这两家烧烤店的设施比较简陋，地上各种垃圾散落一地，旁边还搭有简易的临时就餐用的防风棚，烧烤炉内有木炭在燃烧，燃烧后的烟雾直接通过大功率的抽风机排向空中，没有任何去除油烟的设备，十分呛鼻。

记者：一般几点开始？

店主：5点。

记者：白天不干？

店主：白天不干。

记者：不让干？

店主：没有，白天不是没人嘛。

记者：白天歇着。是不是城管也查啊？

店主：还好。

李明远：记者将这个情况反映到了海曙区城管执法大队西门中队，城管部门的工作人员告诉我们，他们会及时核实情况并进行处理，如果遇到这种情况，市民也可以拨打87101110热线直接向城管部门反映情况。

城管部门：我们会去处理的，101110他们指挥中心会通知相关中队，像个举报热线电话一样的，你比如晚上发现有了马上打电话给它，他们马上会通知中队来处理的。

李明远：事情的后续进展我们持续关注。

FM92.0 AM1323宁波人民广播电台新闻综合广播，下面请继续收听《宁广早新闻》。

张倩：好，听众朋友，再来关注国内外热点新闻，主要内容有浙江发布中考改革实施意见，将全面取消保送生和直升生。

宏伟：石济高速铁路今天开通运营，中国高铁网"四横"收官。

张倩：日本制造业又爆丑闻，化工巨头东丽承认数据造假。

宏伟：韩国警方提审堤川市健身中心火灾事故相关责任人。

张倩：CBA，广东客场胜广州，上海主场胜天津。

宏伟：英超，曼联3中立柱夺18连胜15分领跑。

张倩：昨天上午，省教育厅召开了新闻通气会，提出从2017年秋季入学的初一新生开始，将在全省范围内开展中考招生制度改革，今后我省中考会发生怎样的变化，招生和录取又有怎样的不同呢？我们一起来关注。

记者：记者从我省教育厅召开的高中阶段学校考试招生制度改革新闻通气会上了解到，未来我省中考最大的变化是取消了保送生和直升生，所有的初中毕业生都需要参加中考。

省教育厅基础教育处处长方红峰：在原来的中考政策里面，有两类同学是不参加学习和考试的，一类是保送生，就是名额分配里面有保送方式招生的，还有一类是直升生,是不参加中考,直接升入到中职类学校。

记者:省教育厅介绍,基于对学校、家长、学生的多方调研,原来的保送生政策有一些弊端,所以他们也希望通过改革,让每一位学生更好地完成初中学习,更有利于他们的成才。

省教育厅基础教育处处长方红峰:实际上是初三的第一学期结束,这个也就是说,这个时候吧,基本上把这些人都确定下来,而确定下来以后是初三后面的第二学期,这个高中也没办法管,初中也不管。所以这些学生实际上也是将近有几个月时间,他甚至是一种真空的。

记者:另外,我省的中考还将取消体育、艺术、科技等奖励类学生的加分项目,而这些改革都将从2017年秋季初一新生开始实施,现在初二初三年级在校生仍然执行原来的考试招生政策不变。

宏伟:新华社石家庄消息,石家庄至济南高速铁路今天开通运营,标志着我国四纵四横高速铁路网中的"四横"收官,石家庄至济南的列车运行时间由原来的3小时47分缩短至最快2小时09分。实际高铁通车运营后,不仅结束了河北、山东两个相邻省会城市没有高铁直通的历史,而且将连接起京广、京沪高速铁路,使我国的高速铁路网进一步完善。

张倩:今年,日本企业不断曝出造假丑闻,神户制钢所数据造假波及约500家企业,汽车制造企业日产和斯巴鲁质检造假长达数十年,高田公司大规模召回安全气囊导致经营状况恶化,申请破产保护,等等,这一系列丑闻,让以工匠精神著称的日本制造业信誉一落千丈。昨天,日本化工巨头东丽株式会社社长日觉昭广承认旗下子公司在检测数据上造假。

录音:据报道,东丽涉事子公司主要负责汽车轮胎材料相关业务,东丽从2008年4月到2016年7月间数据造假共计149例,波及13家企业客户,这些企业多为日本本土企业,造假数据主要涉及增强汽车轮胎强度的辅助材料。东丽承认历任质监部门负责人滥用职权更改质检报告书,公司没有对质检结果进行二次确认,但东丽否认这是公司层面有组织的造假行为,声称是工作人员的个人行为。东丽社长日觉昭广今天在记者会上向客户和社会各界道歉,他说公司是11月份在网上看到揭露动力数据造假的网帖,才决定对外发布有关情况的,他辩称因为没有违反相关法规,所以没有主动发布相关情况。但据日本媒体报道,东丽早在一年前就掌握了相关情况。目前日本经济产业省要求东丽尽快查明事实真相,研究对受影响客户的应对措施,同时要采取有效整改措施,保证此类事情不再发生。

东丽是日本化工巨头,在纤维领域技术领先,也是继神户制钢所、三菱综合材料之后,第三家曝出数据造假丑闻的大型日企。

张倩：请听国际纵横口播报道，韩国警方提审堤川市健身中心火灾事故相关责任人。21号，韩国忠清北道堤川市一八层健身中心发生火灾，造成29人遇难，36人受伤。这几天有关事故的调查正在进行当中。昨天下午，韩国警方对健身中心房主李某及管理人员金某进行拘捕前审问，详细的情况我们来连线环球资讯驻韩国记者金锦哲。金锦哲，你好，韩国检方是以什么罪名对健身中心的这两名负责人进行拘捕的？

金锦哲：是这样的，韩国检方已经对日前逮捕的房主李某及管理人员金某申请拘捕令，忠清北道检方将对两名嫌疑人进行审问。韩国媒体报道说，两名嫌疑人对检方的调查不予配合。李某已经聘请律师，并对检方的问询不应答；金某则反复更改口供。韩国检方表示：李某作为该栋建筑的消防安全管理人，涉嫌疏忽管理，导致29人在火灾中丧生，36人受伤；金某则涉嫌疏于管理，导致火灾中人员伤亡。韩国检方表示，火灾发生时建筑中用于灭火的自动喷水装置因报警阀被关闭无法启动，检方已经对李某关闭报警阀的原因等进行了集中调查。韩国媒体报道称，李某的行为涉嫌违反消防设施法，或被处以五年以下有期徒刑或者最高5000万韩元的罚款。主持人。

张倩：那这场火灾为什么会造成如此大的人员伤亡？

金锦哲：是这样，这场火灾发生在当地时间21号下午3点35分左右，最先起火的地方是一楼的停车场，火势发展很快，瞬间就吞没了整个八层建筑，发生火灾的建筑里有洗浴设施、健身中心和餐厅等等，有不少人员，据此前报道，这个健身中心只有一个出入口，造成被困人员逃生困难。另外，建筑使用的材料着火后释放了大量的有毒气体，更为严重的是火灾发生时位于建筑物一楼停车场的报警阀处于关闭状态，而二楼的消防路口被装有洗浴用品的隔板挡住，阻碍人员逃生路线，最终导致遇难人数高达29人。主持人。

张倩：好的，感谢金锦哲的报道。

张倩：2017—2018赛季CBA常规赛第21轮比赛昨天继续进行，广东队客场对阵广州队，经过四节的较量，广东队凭借易建联的出色发挥，客场击败广州队，取得两连胜。当天上海队主场111：92战胜天津队，山西队122：109战胜青岛队。

宏伟：今天，2017—2018赛季英超第20轮一场焦点战在圣詹姆斯公园球场展开争夺，曼城客场1：0小胜纽卡斯尔，阿圭罗和德布劳内3次打中立柱，斯特林打入全场的唯一入球，曼城18连胜后以15分优势领跑。

张倩：美职篮常规赛昨天进行了八场比赛，德罗赞状态低迷，多伦多猛龙93：98不敌达拉斯小牛，连胜纪录终结在6场，钱德勒补扣绝杀。菲尼克斯太阳99：97主场险胜灰熊。

宏伟：据2022年北京冬奥会三大赛区之一的北京市延庆区消息，目前延庆赛区的筹备工作正加速展开，其中主要场馆设计基本确定，37项建设任务中的13项已经开工。

（间乐）

张倩：好，节目的最后来快速浏览一下国内外其他要闻。十二届全国人大常委会第31次会议昨天表决通过了新修订的《农民专业合作社法》，该法明确农民专业合作社联合社的法律地位，自2018年7月1号起施行。

宏伟：日前，中央纪委对八起违反中央八项规定精神典型问题进行公开曝光，同时要求各级纪检监察机关要严格监督执纪问责，确保节日和换届期间风清气正。

张倩：19号，新党青年军成员王炳忠、侯汉廷等遭台"调查局"搜查并带走，引发岛内舆论对台当局推行"绿色恐怖"的质疑。对此国台办发言人安峰山昨天在新闻发布会上应询表示，任何势力以任何形式搞"台独"分裂的图谋和做法，都必将遭到两岸同胞坚决反对，也不可能得逞。

宏伟：昨天，冉承其在国务院新闻办公室举行的北斗系统开通五周年新闻发布会上表示，我国将在2018年底前完成18颗北斗卫星全球组网。

张倩：国家统计局昨天发布数据显示，前11个月全国规模以上工业企业利润增长21.9%。

宏伟：财政部等四部门昨天对外发布公告称，自2018年1月1号至2020年12月31号，对购置的新能源汽车免征车辆购置税。

张倩：中国人民银行昨天宣布，与证监会联合发布《绿色债券评估认证行为指引（暂行）》，以完善绿色债券认证制度，推动绿色债券市场持续健康发展。

宏伟：国家质检总局昨天决定，对有出现不良记录的137家进口食品企业采取加严监管措施。

张倩：2018年元旦将至，国家旅游局昨天发布的信息显示，元旦期间，预计全国接待国内游客将达到1.35亿人次，同比增长12.5%，国内旅游收入将达到765亿元，同比增长12.7%。

宏伟：一个由俄罗斯总统普京支持者组成的倡议小组昨天召开正式会议，一致决定推荐普京以独立候选人身份参加明年的总统选举。

张倩：27号，乌克兰政府军与东部民间武装举行了大规模的交换战俘行动。

宏伟：土耳其检察机关昨天下令拘捕171名大学教职工，理由是他们涉嫌与制造去年发生的未遂军事政变的恐怖组织有牵连。

张倩：南苏丹地方官员昨天证实，南苏丹东部琼莱州一个村庄内的两个群体，因在村名更换问题上意见不合发生冲突，造成至少20人死亡，18人受伤。

宏伟：俄罗斯第二大城市圣彼得堡北部一家超市昨晚发生爆炸，造成10人受伤。初步调查显示，发生爆炸的是一个自制爆炸装置，俄侦查委员会以蓄意谋杀对这起事件进行刑事立案。

张倩：韩国首尔高等法院昨天开庭二审韩国三星电子集团实际控制人李在镕涉嫌行贿案，二审过程中，警方再一次建议判处李在镕12年有期徒刑，并追加指控其行贿行为。

宏伟：由于伊拉克北部基尔库克省接连发生极端组织伊斯兰国袭击事件，约200个平民家庭今天被迫回到难民安置营地。

张倩：听众朋友，下面为您播送宁波市环境监测中心今天7点钟发布的实时空气质量状况，AQI指数61，空气质量良，首要污染物PM2.5。

最后播送天气预报：今天阴有雨，局部雨量中等，明天雨止转阴到多云，东到东南风3到4级，今天最高气温10到12度，明天最低气温8到10度。

宏伟：听众朋友，《宁广早新闻》播送完了，本次节目责任编辑吴福明，责任编审沈建华、杨琳，是由张倩、宏伟为您播送的。精彩内容请关注宁波广电网，也可通过手机直接访问广电网，如果您想获取更多资讯，请搜索添加宁波电台新闻综合广播微博微信，在线点击收听。

单位：宁波广电集团新闻综合广播

作者：集体

播出时间：2017年12月28日

策划精准　彰显内功
——《宁广早新闻》新闻节目编排浅析
方　宁

广播新闻节目的质量水准是广播电台"内功"的重要体现。在融媒体时代，办好广播新闻节目不仅要有好的内容支撑，更要讲究编排策略与技巧。所以从一定意义上说，广播节目编排就是生产力，它考量的是主创团队驾驭全局和策划组织报道的综合能力。2017年12月28日的《宁广早新闻》无疑是一期编排科学合理、内容丰富、可听性强、传播效果好的广播新闻节目。

由于广播新闻具有以听觉为主的特殊性，新闻节目要抓住听众的耳朵，编辑就必须要对新闻信息进行分类和整理，科学合理进行分类排序，就需要很强的节奏感。这是广播新闻编排过程中要充分考虑的因素，好的新闻编排应当遵守"循序渐进、高低起伏、错落有致"的原则。

这一期节目时长 55 分钟,信息体量大,内容非常丰富,但是节奏感强、疏密有致。内容包括本地重要时政新闻、国内新闻、国际新闻、民生新闻、舆论监督、天气服务等,通过编排将节目内容化整为零,按照板块和内容区分开来,稿件上长短搭配、体裁多样、形式多变,其间衔接自然,听起来让人"耳不暇接"。

其中,对于宁波舟山港成为全球首个"10 亿吨大港"进行了全景式报道、深度式解读,是本期节目的重点和亮点所在,也是精心策划、聚焦重点的表现。宁波舟山港成为全球首个"10 亿吨"大港,年货物吞吐量连续 9 年位居世界第一,这既是宁波本地的重大新闻事件,同时也具有重要的国家战略意义和国际影响。通过现场新闻报道、专家深度点评、多角度人物专访、记者连线等,推动报道层层推进,达到了"头条"效应。

此外,男播与女播的声音切换、采访对象的同期声、外采记者的连线报道、片头音乐和间奏等各种音响,独具匠心,可听性佳,传播到位,整体凸显了采编团队深厚的创作功力和娴熟的编排技巧。

新闻访谈

【男播】

一个家族的悲辛守望，荡气回肠！

他说你拿回上海去，这是共产党的东西，现在解放了，我要还给他们。

活人修坟，"中国共产党第一部党章"，重见天光。

它从党史的意义上来说呢，目前为止，没有第二个文本，这个文献价值非常高。

守望初心，砥砺前行，这是共产党人的坚贞信仰！

党的十九大确立的大会主题就是不忘初心，牢记使命，张人亚非常生动地告诉大家，什么是共产党人的初心。

党章守护人——张人亚

【男播】

2017 年 10 月 31 日，党的十九大仅仅闭幕一周，新一届中共中央政治局常委们的身影即出现在上海中共一大会址纪念馆。在纪念馆展陈的 278 件珍贵展品中，一本 1920 年 9 月出版的《共产党宣言》第一个中文全译本引起了习总书记的注意。

讲解员：总书记，您可以向前看一下，在这个书的封面上，有一个长方形的书章。

总书记：很珍贵，那你说的那个人呢？后来怎么……

讲解员：后来在中央苏区……

这个长方形的书章上刻着什么样的内容？

总书记关心的那个人以及他所珍藏的一大批中共早期文件又经历了怎样一段不平凡的经历……

听众朋友您好，我是主持人伊然，欢迎您收听这一期的如意鸟特别节目《党章守护人——张人亚》。中共一大会址收藏的《共产党宣言》一共有两个版本，1920 年 8 月首版本和 9 月再版本。在 9 月版的《共产党宣言》封面左上角，有一方长方形的图章，上书"张静泉（人亚）同志秘藏山穴二十余年的书报"字样。同样，在国家博物馆、中央档案馆、中共二大会址纪念馆等地收藏展陈的一大批中共早期文件中，我们都能够找到类似的印章。这其中,中央档案馆珍藏的《中国共产党第二次全国大会决议案》,是中共二大唯一存世的中文文献,这份决议案的第48页到第58页,刊登的就是中国共产党第一部党章。这本铅印小册子同样也有一枚图章,上书"张静泉'人亚'同志秘藏"。

今天的这一期节目,就让我们一起走进中共早期党员张人亚,透过这两枚印章留下的线索,走进一段鲜为人知的历史。

2017年11月30日,张人亚史料征集座谈会在宁波北仑——张人亚的故乡举行,利用座谈会的间隙,张人亚的侄子、年过八旬的张时华老人接受了我们的采访。

主持人:张老,现在我们已经知道,除了共产党宣言,张人亚保存下来的资料非常的多。

张时华:对!

主持人:大概数量上有多少件?

张时华:张人亚保存的,当时拿出来以后,我是看到一大堆的。

主持人:一大堆!

张时华:那个时候我只有20岁,看到一大堆,各种各样,报纸(杂志)什么都有,还有《湘江评论》《新青年》,都有。现在在一大、国家博物馆跟中央档案馆这三个地方,一共作为珍贵档案跟珍贵文物的是30件。他还有一些一般文物、参考文物,这就多了,我们也没有详细统计。

主持人:您能具体介绍一下吗?

张时华:中央档案馆,档案1件,就是二大文献。国家博物馆,7件,1件就是三大的文献,还有6件是《共产党月刊》一套,一共只有6本,1~6都有了,这7件都是一级文物,在国家博物馆。

主持人:还有一大会址……

张时华:一大会址呢,一级文物14本,二级、三级文物都是4本。

主持人:那在1927年底的时候,张人亚是坐着船从上海把这些资料带回到宁波老家的?

张时华:哎,只有船。晚上过去,第二天早上到宁波。到了宁波以后,从宁波到霞浦,还要乘段船的……航船,大概是吃过中饭的时候可以到家里。

主持人:当天就赶回上海?

张时华:当天就走了。不是当天,可能当时就走了,讲完了他就走了。

主持人:在1927年白色恐怖之下,他为什么会有这样的信心,把这些很重要的东西交给您的祖父?

张时华:他相信他的父亲,他知道(父亲),他每次回去跟他父亲讲,我在上海搞什么（活动），他知道父亲是支持他的。父亲从来没有批评他，你搞什么东西。还有一个（事情）就是，我的祖父在1946年的时候，重新分房，就是专门讲张人亚。

主持人：他是怎么说的？

张时华：他有一段东西，他说，"泉儿（张静泉）忠心报国，自悼亡后（妻子过世以后），一直跟我讲，不愿有家室之累（就是老婆不讨了），家产物任凭分配（你都分配好了）"。就是讲清楚了，我祖父就知道了，张人亚就是给党了，家产也不要，房子也不要，什么东西都不要，所以我祖父是这么认识我二伯父的。张人亚就知道，他父亲是怎么样支持他，他们两个就是心心相印。所以他相信他的父亲是可靠的，没问题的，拿去肯定会想办法。而且他也知道，他父亲不但是勇敢，还会动脑筋。我们看了（这些话）也很感动，原来我祖父对二伯父是这么知情。

主持人：您刚刚讲的分房这是一封信？

张时华：这不是封信，是分房的文书。

主持人：文书。

张时华：分房文书当中的一页，他反正什么都不要，看着这个东西，我们也很感动。

主持人：对，他知道张人亚的志向。那么张老，在您之前的记述当中，1927年底的时候，当时张人亚回到老家的时候，您母亲是见到过的。

张时华：对。她看到过，二哥进来过。就是这么一次。我祖父就跟她讲，老二回来，你不能讲。她就不讲。他跟我父亲也没有讲！

主持人：您父亲也不知道。

张时华：祖父讲过，不要讲，她就不要讲。一直到这个东西拿出来了，我母亲讲，噢，我看到过的。

主持人：所以，除了您祖父，谁也不知道这里面装的是什么东西？

张时华：对，只有一包东西，看见祖父拿出去了。

主持人：然后就藏起来了。

张时华：对，藏到房子对面，这里是一个菜园，种菜的，菜园里有一个草棚，草棚就是放张人亚妻子的一个棺材。（不然）放在哪里去呢？他就放到那里去。草棚里面暂时放一下。因为这个草棚没有人去的，人家都知道，这是棺材，不会去的。放了以后，那么再想办法。后来就搞了一个坟，是这样。

【男播】

他是中共早期党员，最早的宁波籍中共党员之一；

他是我们党创党时期的党员，为数不多的工人党员；

他是上海金银业工人运动的主要领导，中共苏区出版事业的重要开拓者；

对党的事业抱着坚定信念的同志坚持斗争，张人亚就是其中非常有代表性的一个。

一个家族，守护着那一份中国共产党人信仰的初心。

我们保存这个东西不是为了钱，保存这个东西要掉脑袋的。

经过深思熟虑，张人亚父亲张爵谦对外宣称"儿子亡故不知所踪"，并为儿子和他早逝的妻子在村东边的长山岗上修筑了一座合葬墓穴，将儿子托付的文件用油纸细细包裹一并埋进了张人亚的空冢。细致的老人甚至没有用张静泉的全名，墓碑上少了一个"静"字，只刻着"泉张公墓"。

那么，1927年底，张人亚是在怎样的背景下，冒着生命危险把这批重要文件带回家中？这批文件又有着什么样的价值？带着这些问题，我们来到了北京中央文献研究室。从事党史研究近20年的王均伟主任对张人亚更是钦佩有加。

主持人：王老师，1927年大革命失败以后，上海的社会政治环境是什么样的，您能不能描述一下？

王均伟：我们知道1927年4月12日，蒋介石国民党右派发动反革命政变，大肆捕杀共产党人，当时上海的政治环境是非常残酷的，大批的共产党人被捕被杀害，还有很多共产党人失踪。那么在这种残酷的环境下，有一部分共产党员背叛了，也有一部分党员脱党了，当然了，还有更多的对党的事业抱着坚定信念的同志们坚持斗争，张人亚就是其中非常有代表性的一个。在这种残酷的政治环境里面，他首先想到的不是个人的安危，而是党的这些机密文件怎么把它们保存好，怎么样不负党托付给他的这个任务，所以，他想了一个在今天我们看来匪夷所思的一个办法，就是把它藏在棺材里。

主持人：王老师，那张人亚和他的家人不顾个人安危，保存下了包括中国共产党第一部党章在内的一大批的重要文件，您觉得这部党章的价值在哪里？

王均伟：这部党章，1922年党的二大通过的党章，是我们党历史上第一部党章，这部党章它分六个部分，就是：党员、组织、会议、纪律、经费和负责。这部党章规定了党员的条件、党的中央和地方机构的设置，确立了民主集中制的原则、党员必须遵守的纪律以及党费的征缴，等等。那么，这部党章标志着我们党的创建工作最终完成，它为我们党提供了最基本的政治规范，同时也为党的发展壮大，党的严格管理，提供了基本遵循的章程。

主持人：王老师，除了党章，张人亚还保存了一大批非常珍贵的文献，这其中有21件被定为国家一级文物。

王均伟：对，所以它非常的珍贵，如果没有他的守护，我们可能今天就不知道第一部党章是个什么样子的,那就会在党史上留下很大一个空白,留下很大的一个遗憾。

主持人:王老师,那么类似的空白有吗?

王均伟:我们过去是有过这种遗憾的。比如说我们党的一大通过了我们党的第一部党纲,那么这部党纲它的中文版到现在也没有找到,现在能找到的只有俄文版和英文版。

主持人:就是根据这些(版本)翻译过来的?

王均伟:对!俄文版是共产国际的代表带走的,英文版是一大的代表陈公博在美国做博士论文的时候留下的英文翻译本。那么俄文版和英文版都有缺项,它们都缺了第十一条,所以这就在党的历史上留下了很大的一个缺憾。而张人亚同志为我们保存下来的第一部党章是很完整的,所以我们说,他的这种贡献是历史性的,从某种意义上说,它是唯一的,是不可替代的。

从1927年底张人亚最后一次离家后,老人信守着对儿子的承诺,执守等儿子回来取走文件的信念,在煎熬中日复一日地等待……这个秘密,自此独自埋藏在张爵谦老人心里20多年。

这名质朴的老人,他用一种民间最忌讳的方式,保全了儿子视为生命的珍贵资料。遗憾的是,山海相隔,直到去世,他也没能得到儿子牺牲的消息。

主持人:前面说到1946年分房,其实那个时候,您祖父已经有这么一个心理准备了?

张时华:对对对,有准备!

主持人:又带着一份期望?

张时华:那是这样。

主持人:其实直到去世前,(祖父)最终还是不知道儿子的下落?

张时华:最终还是不知道!

主持人:我们发现1951年3月24日《解放日报》上有一则寻人启事,就说明(那个时候)还在找……

张时华:1951年的寻人启事,实际上这个东西已经拿出来了,但是我的父亲还不死心,还是要想,还是再找找看,是不是还有(线索)呢。张人亚(在世)当然希望没有了,但是不是知道张人亚(消息)的人有?他还是这样希望,所以不死心啊,再登一次。

主持人:奇迹没有出现……

张时华:对,他一直到生病了以后还讲,你这个二伯父,不知道怎么样……我祖父也是,我哥哥去了,我祖父就跟他讲,你们找二伯父找得怎么样了?

主持人：1951年那个时候，其实您祖父也已经八十多了。

张时华：就是考虑自己年事高了，一直讲下去，他过世了，这个东西就烂掉了，那就对不起他儿子了，所以他一定要（把文件）拿出来。

主持人：这些东西最后都是完好无损地从张人亚的空坟里拿了出来，您父亲怎么会想到刻两枚印章在这些资料上？

张时华：怎么会想到啊？他也感动了啊，他想哥哥么找不到，这些东西父亲是怎么放在坟里，他也挺感动。哎呀，我的父亲怎么会动出这个脑筋的，真勇敢啊，他感动，要留个纪念。怎么（个）纪念法呢？就去刻个章。开始是刻的长章，后来看到有文件了，他藏着书报，看见有三大文件，就不能盖（这个章）了，所以再去刻个小的，没有书报两个字的，简单的……

主持人：正方形的。

张时华：正方形的（章）其他（文件）里也有的，我看到有两本书里也盖正方形的，盖章是我弟弟盖的，漏掉的也有。正方形（章）哪里都可以用，长的，就是文件里不能用。所以文件上，二大、三大（文件）都是盖正方形的，很清楚的。

主持人：您父亲真的很细心。

张时华：因为他父亲跟他讲的，（这些东西）都要交给共产党，他不留的。张人亚留在家里的东西，后来他也交了。所以很清楚，是张人亚的东西，都要交给共产党。（临了）他要交了，他想想刻个章，保留纪念，人家看到了，这些东西就是张人亚同志藏了20多年。他写了"山穴"，一大同志介绍的时候，他说藏在山洞里的。（我说）不是山洞。他说，你们不是讲山穴嘛？我说是山上的坟穴，这完全为了纪念，所以刻这个章的。

主持人：我理解了，就是山上的墓穴。

张时华：对！

主持人：张老，好在有这枚印章，给后面的寻找留下了很长的线索。

张时华：否则大家都不知道这个东西哪里来的。

主持人：然后又过了半个多世纪，一直到2005年，关于张人亚的寻找突然间就有了转机，您能否给我们说说这又是怎么一个过程？

张时华：我们兄弟姐妹是2005年刚刚知道，2005年以前都不知道。我父亲在解放以后查了，写信给周总理，写信给方志敏的弟弟方志纯，在江西省（工作），都写了，结果找不到，我们也没有办法。实际上一直到2005年，是我侄女在网上看到了。

主持人：您侄女看到什么了？

张时华：首先看到一大写的文章，讲一大有什么文献，就讲到《共产党宣言》。《共产党宣言》是张静泉的弟弟张静茂捐献的国家一级文物。第二天我、张时雪、我妹妹三个人都在上海的,马上到一大纪念馆去。一大的同志一看,张静茂,噢,你们的父亲捐了很多东西。

　　主持人:两边的信息匹配到一起了。

　　张时华:哎,信息匹配到一起了。到这个时候,我们家属的任务完成了。因为我祖父就是要知道下落嘛。下落,知道了。他为什么过世,也知道了。他的贡献,也知道了,评价也有了……我们任务完成了。

【男播】

　　中央工农检察委员会委员、中央出版局局长兼代中央印刷局局长张人亚同志,于一九三二年十二月二十三日病故于由瑞金赴汀州的路上。张同志,浙江人,年三十二岁。一九二一年加入中国共产主义青年团,随后即加入共产党。他是金银工人……(渐隐)。

　　1933年1月7日,江西瑞金,中华苏维埃共和国临时中央政府机关报《红色中华》刊登讣告悼念同志张人亚。300余字的讣告简述了张人亚从事革命的历程:从1921年在上海领导金银业工人斗争,担任最早的上海共产党地方委员会书记,到1926年赴苏联读书,回国后负责内交科,再到苏区工作。11年的革命生涯里他是"坚决努力,刻苦耐劳"的,以至于"身体日弱,最后病故"。

　　1952年7月初,张人亚弟弟张静茂向上海工人运动史料委员会捐赠部分文件和书报。1959年,他又把其余的文物捐给上海革命历史纪念馆筹备处。很多年后,这批秘藏的文物现又分别由中央档案馆、国家博物馆和中共一大会址纪念馆珍藏。

　　为纪念二哥和父亲的英勇壮举,张静茂专门刻制了两枚纪念章。正方形纪念章刻着"张静泉(人亚)同志秘藏",长条形印章则刻着"张静泉(人亚)同志秘藏山穴二十余年的书报"18个字。

　　主持人:王老师,从张人亚牺牲到他的家里人最后找到他的下落,这中间过去了70多年,您能不能说说,到底是什么原因,让张人亚最后湮没在历史里?

　　王均伟:这是一个原因,就是他逝世得比较早,1932年就去世了。但更主要的原因是什么呢?我们后来都知道,中央苏区丢掉了,(19)34年10月被迫长征,中央苏区很多的文献资料都遗失了,散失了,没有保存下来。这就为我们今天研究张人亚造成了很大的一个困难,就是缺乏文献资料的支撑,这个是历史的原因,只能尽力地去挖掘去寻找,但是这无损于他的形象、精神,更无损于他对我们党做出的历史性贡献。

　　主持人:我们在上海查阅过一份报纸叫《红色中华报》,这个报纸上专门登了张人亚的讣告，为专人刊发的讣告(在这份报纸上)不常见，这个能说明什么？

王均伟：《红色中华报》是当时我们苏维埃政府的机关报，所以能够在中央政府的机关报上发讣告、登简历，这确实是非常高的一个规格，非常高的一个荣誉。这也体现了当时苏维埃政府对张人亚同志工作的一个高度的肯定，从这个讣告我们大致可以判断出当时苏维埃政府对张人亚同志的评价是比较高的，对他的不幸病逝也是非常痛惜的。

主持人：在整个过程中，我感觉，张人亚的父亲是一个非常了不起的老人，他一个人扛下了所有的秘密。

王均伟：他虽然可能不太了解共产党是怎么一回事，但是他知道自己的儿子，他相信自己的儿子。他知道自己儿子选定的事业、认定的目标一定是对的，这可能是一个父亲对自己儿子朴素的感情，那么儿子委托他把这些资料保存好。

主持人：最让人难过的是，老人家到去世，他都不知道他的儿子早就不在人世，早就病故了……

王均伟：他带着对共产党一种朴素的感情，带着对儿子为之奋斗事业的朴素的信念，保存了这批文献，保守了这个秘密，所以，我非常敬佩这位老人。

主持人：王老师，党的十九大确立了不忘初心的这个主题，如果把张人亚这个故事和习总书记的话进行对照，您可不可以从初心这个角度对张人亚作一番评价？

王均伟：我们党在长期坚苦卓绝的奋斗中，之所以能够历经曲折而不畏艰险，屡受考验而不变初衷，能够由小到大，由弱变强，靠的就是对理想信念的坚定，靠的就是对党的事业的忠诚，靠的就是不变的初心和使命，我们从张人亚身上可以清楚地看到这些。

主持人：就是这样，因为有了千千万万个张人亚守住的这么一份初心，才有了我们今天的事业。

王均伟：对，党的奋斗历史非常曲折，充满了风风雨雨，历尽了千难万险。那么在这个过程中间，只有那些理想信念非常坚定，对党的事业无比忠诚的，革命斗争意志非常坚决的，这样的人，才能够坚持下来，才能够走到底。所以，我们党从一成立，她的目的就非常明确：为中国人民谋幸福，为中华民族谋复兴。我们今天为什么强调要不忘初心，这是因为一个民族、一个国家、一个政党必须知道自己是谁，知道自己是从哪来的，知道自己要往哪里去，只有把这个问题想明白了，想清楚了，想对了，才能够坚定不移地朝着宏伟目标前进，这是激励我们不断前进的一个根本动力。我们今天处于中国特色社会主义的新时代，我们要把我们的事业继续推向前进，就要继承我们先辈对信仰的坚定、意志的坚定，这样我们才能更好地把我们中国特色社会主义事业建设好。

主持人：好的，谢谢王老师。

2005年，张家后人辗转上海、瑞金、宁波，还原出张静泉的生平履历，张人亚堪称共产主义忠诚战士的光辉形象，终于灿然展现在世人面前。

2017年11月30日，张人亚史料征集座谈会在他的故乡北仑举行。来自浙江、江西、上海等地的党史研究专家、学者以及张人亚的后人汇聚一堂，为进一步挖掘、丰富张人亚革命事迹建言献策。

2017年12月1日，宁波市首家授牌的党员教育示范基地——张人亚党章学堂，在他的故居揭牌。

单位：宁波广电集团音乐广播

作者：叶赵明、叶秀少、何瑾、陈沨韵、杨广杰、陈晔

播出时间：2017年12月16日

用声音致敬信仰　让历史铭记功绩
评广播访谈节目《党章守护人——张人亚》

方　宁

守望初心，砥砺前行，这是共产党人的坚贞信仰。《党章守护人——张人亚》是宁波广电集团选送的一期优秀广播访谈节目，节目聚焦一位特殊的党史人物——张人亚，采访了张人亚侄子张时华、党史专家王均伟，围绕张人亚、张人亚父亲与一批党的珍贵文献之间的故事，展开了一场现在与过去、秘密与使命、信仰与历史的深度对话，自始至终传递了信仰的力量。本期节目既讲述了张人亚及其家人保存党的早期珍贵历史文献的传奇故事，同时也是面向党员上了一堂生动的党课，面向大众上了一堂深刻的思想政治教育课。笔者认为这期节目主要有以下特点。

主题鲜明，聚焦党史人物。对于广播访谈节目而言，节目选题是节目的灵魂，也是影响其收听率和传播效果的因素。这一期广播访谈节目聚焦的人物极其特殊，他在较长的一段时间里不为公众所知晓，他是上海金银业工人运动的主要领导，中共苏区出版事业的重要开拓者，因为他和他的父亲，一批党的早期珍贵历史文献得以保存至今。十九大结束后，习近平总书记带领新一届政治局常委们赴上海瞻仰中共一大会址。在参观纪念馆的珍贵展品时，习总书记对讲解员询问了"那你说的那个人呢"，习总书记之问让张人亚这位一度"沉寂"的宁波籍早期共产党员重新走进公众视线。从如何更好地讲好张人亚的故事，让张人亚及其家人秘密保存党的珍贵文献的这一段曲折历史更好地得以传播来说，这一期访谈节目主题鲜明，意义重大。

策划精准，回溯红色传奇。选择采访对象是访谈类节目的关键环节。本期节目的重点访谈对象是张人亚的侄儿张时华，张时华作为张氏家族后人，对伯父张人亚的红色传奇充满着无限敬意和感慨，他对于伯父秘密转运文献、爷爷修活人墓保存文献、捐献文献给国家以及家人苦苦寻找张人亚等情况有深入的了解，是张人亚事迹的最好解说者。出于历史原因，关于张人亚的历史档案非常少，为了进一步增加对张人亚这一人物的权威解读，节目又邀请到了中央文献研究室的党史专家王均伟。正如王均伟所分析，长征以后"中央苏区很多的文献资料都遗失了，散失了，没有保存下来。这就为我们今天研究张人亚造成了很大的一个困难，就是缺乏文献资料的支撑"。通过主持人与张时华和王均伟两位的深度对话，张人亚红色的传奇一生得以较为完整地勾勒出来，展现在听众耳边。

传播到位，凝聚精神力量。本期节目设计编排恰当，主持人语言组织力强，体现了较好的语言素养和历史涵养，背景音效贴切到位、厚重而坚，与访谈内容相得益彰，节目的可听性和传播性强。在主持人和受访者的对话中，张人亚以及其父亲共同保存珍贵历史资料的事迹，扣人心弦，感人肺腑，让听众深深感受到了一位早期共产党员的坚定信仰和一位老人对儿子的质朴情怀。

"一个民族，一个国家，一个政党必须知道自己是谁，知道自己是从哪来的，知道自己要往哪里去，只有把这个问题想明白了，想清楚了，想对了，才能够坚定不移地朝着宏伟目标前进，这是激励我们不断前进的一个根本动力。"我相信这也是包括笔者在内的诸多听众听完这一期节目的共鸣和收获的激励。

（二）服务类节目

广播服务类

妈妈，请你依然微笑——走进孕产妇的抑郁情绪
——《都市夜归人》特别节目

播出日期：2017 年 9 月 9 日

主持人：FM93.9 宁波交通广播　娄邵明

嘉宾：宁波市第一医院心身科主治医师、国家二级心理咨询师　杨璐

（出片头）

主持人：

你的情绪有我倾听，你的忧愁我愿与你共同分享。

此刻你所听到的声音是来自调频 FM93.9 宁波交通广播正在为您直播的《都市夜归人》，我是邵明。

爱之花开放的地方，生命便能欣欣向荣。我们每一个人的诞生，都是母亲经过怀胎十月的艰辛和一朝分娩的苦痛所换来的。

生活中，我们经常说要尊重、关爱身旁的女性，尤其是要特别尊重当了妈妈的女性。

但您真的了解孕期和分娩之后的女性的心理状态吗？我们又该怎样来关怀她们的生活呢？

《都市夜归人》今夜主题："妈妈，请你依然微笑——走进孕产妇的抑郁情绪。"

此刻并不是我一个人在直播间，在今夜的节目当中，我们请到了宁波市第一医院心身科的主治医师、国家二级心理咨询师——杨璐医生，与我们共同走进准妈妈和新手妈妈们的内心世界。您有任何问题都可以通过微信公众平台"宁波交通广播"来找

到我们，进行随时的提问。

先请杨老师与电波前的各位朋友们打个招呼。

嘉宾：大家好，主持人您好，各位听友您好。

主持人：杨老师，听说您也是刚当妈妈没多久是吧？

嘉宾：是的，我宝宝还不到1岁。

主持人：先从您自身来说吧，从怀孕之后到生产之后，您整个人的心态有怎样的变化呢？

嘉宾：如果简单一个字就是一个"累"字。我感觉上，比上班还累。

主持人：确实啊，做一个准妈妈或者新手妈妈来说确实是一件很辛苦的事儿。那也是希望电波前的每一位朋友都能多加尊重女性，尤其是怀孕之后的女性。

嘉宾：不知道各位朋友最近有没有关注到这样一条新闻。就是前两天，在陕西榆林，有一位年轻的妈妈，在医院准备生产。最后呢，没能产下宝宝反而是选择了跳楼。我们先一起来了解一下这个新闻事件。

【音频】陕西榆林跳楼事件新闻音频（54″）

主持人：听完这个新闻报道，此刻我们还是觉得很难过。两条生命就在这么一瞬间戛然而止了。今天，我们不来分析这个事件。我们来说一说孕产妇本身心理的一个体验。杨老师，您觉得她为什么最后会崩溃选择了这样一个方式来解脱呢？

嘉宾：我不知道她到底最后为什么会选择跳楼这个问题（的答案）。可是从她妊娠整个过程来说，我相信她肯定有一个不太满意的过程。到最后，情绪的指向会面对自身。所以说，导致跳楼那个问题。其实，妊娠期跟我们绝经期或者说月经初潮其实是一样的，是女性一生当中三个比较重要的时期（之一），或者说是一个比较特别的一个时期。像妊娠其实相对于前面两个期肯定会更重要，因为会牵涉到母婴的安全。

主持人：导播在提醒我，此刻微信平台上有听友在提问。我们先来听一下这位叫做"好雨知时节"的听友所发来的语音。

听众语音：邵明，杨医生你好。我家宝宝现在来到世界上已经快一个月了，我们全家都挺高兴的。但我老婆是一个有点儿内向的人，不太爱说话。前两天她突然问我说如果她抑郁了，会不会继续爱她。这个问题把我吓了一跳。我特别想知道，为什么她会产生抑郁的情绪呀？

主持人：杨老师，这个问题想让您帮着解答一下。其实我也很好奇，为什么会有孕期和产后抑郁呢？

嘉宾：其实产后抑郁或者说孕期的抑郁也是跟普通的抑郁症一样，也是一个生物、心理、社会因素。生物因素来说是激素。

主持人：激素的分泌。

嘉宾：对！相对于非妊娠女性来说，它这个是比较特别的。随着怀孕孕周的增加，像体内的孕激素、雌激素、甲状腺素其实都是增加的。尤其是雌激素的分泌对我们抑郁症来说可能影响是非常大的。因为有研究说，产褥期，就是产后，通过提高雌激素的剂量，可能可以缓解抑郁。对抑郁的治疗可能也是一个手段、一个方法。

主持人：嗯，就是说，首先和身体分泌的一些物质和激素是相关的。

嘉宾：对，激素相关。

主持人：那除了身体的激素分泌之外，还有哪些方面是有可能诱发孕期和产后的抑郁呢？

嘉宾：因为今天我们主要谈的可能还是情绪。

主持人：对，跟情绪相关。

嘉宾：因为情绪的这个内容呢相对来说是比较大的。妊娠期也好、产褥期也好，其实我们比较常见的情绪改变，一个是抑郁，一个是焦虑。

主持人：一般来说当自己的宝贝来到了这个世界的时候，我们会比较欣喜。可是，在生活中，我们也会发现一些产后的妈妈，在生完宝宝之后就感受到抑郁情绪，甚至经过诊断被发现得了抑郁症。比如前一段时间，有一位得了产后抑郁症的妈妈就抱着孩子跳进了湖水中，我们先来了解一下。

【音频】产后抑郁自杀新闻音频（42″）

主持人：杨老师，听完这个新闻，我们还是觉得挺难过的。想问问您，我们该如何来识别早期的抑郁症呢？

嘉宾：对抑郁症来说，对，怎么识别这是个问题。一般来说的话，情绪方面，家里人可能会关注。一定要提高警惕。主要是性格的改变。我们其实在门诊碰到，很多丈夫陪着妻子来看病，抱怨会比较多。尤其是丈夫抱怨她的性格变了。原来是多么善解人意的一个人，多么会体谅别人。可是怀孕以后，生了孩子以后，就变成斤斤计较，什么事情都说不通，就会比较固执。

主持人：不讲理啊感觉你。

嘉宾：对，不讲理，是的。而且可能原来的婆媳关系还比较融洽的，可是怀孕或者说产后，脾气……

主持人：暴躁？

嘉宾：暴躁。对！而且是没法沟通的那种。尤其是可能会针对特定的人群，向丈夫、向婆婆。

主持人：比较亲密的人啊。

嘉宾：对！主要是可能照料者来说。如果家里有妻子或者说女儿、媳妇也一样，其实如果出现这种明显的性格改变,真的需要提早引起警惕。建议尽早来医院看。医院至少能提供给她专业的医疗知识,有必要的话其实是需要药物治疗。

主持人:对,所以说,如果是发现自己的爱人或者身旁的一些产妇,在产后心理状态变化比较快,性格出现了巨大反差的时候,我们还是建议呢,我们身旁的人可以领她来到专业的心理门诊或者说专科的医院来进行一个诊断,看看到底是一个什么样的情况。

(出片花)

主持人:说到这呢,我们来关注一下微信平台,平台上"黑色的眼球"这位听众发来了语音,我们来听一下。

听众语音:主持人,杨医生你们好。我刚生完宝宝不到三个月。我现在经常感觉到生活好没意义啊,也不是不想爱宝宝,也不是不想关怀宝宝。但我就是开心不起来,平时感兴趣的事也没有兴趣了,我现在感觉自己有一些抑郁的倾向。想问问您,从我自己的方面来说,我该怎么办呢?我该怎么来调节自己?

主持人:杨老师,您帮我们来解答一下这个问题吧。

嘉宾:因为从病因来说的话,生物、心理、社会。因为生物因素其实我们能做的很少。主要是一个心理。调节自身的心理情绪。

主持人:怎么调节呢?

嘉宾:调节其实是一个规律的生活非常重要。

主持人:规律的生活?

嘉宾:对。对于妊娠期也好,产后也好。规律的生活,早起、早睡。睡眠时间一定要充分地保证,7~8个小时。

主持人:可是有一些妈妈,咱们也知道,您也当妈妈没多久,半夜要起来喂奶,所以这个休息很难保证。

嘉宾:对!所以说,当了妈妈以后就会变成片段睡眠,这是一个现实存在的问题。只能说,抓紧时间睡。不过也要考虑自己的身体状况。如果真的照顾孩子出现问题的时候,我是建议孩子先放一放。自己的身体先养好。

主持人:对,这不是说不在乎孩子。

嘉宾:对。

主持人:是因为你首先把自己身体照料好,你才能更好地爱孩子。

嘉宾:对!

主持人:我们经常说爱人如己吧,不管是谁,我们去爱任何一个别人,首先得学会先关怀自己。

嘉宾:对。其实说到长远也是为了孩子。总要陪着孩子长大吧,我想。

主持人：对。比如说啊，我们说可以提供一些建议，你可以提前准备好母乳。半夜让爱人呐，或者说月嫂啊，或者说让婆婆呀帮助你来进行一下孩子的喂养。那这样也是一种方式。

嘉宾：是的。前面几个月我相信肯定要有一个人陪着你带孩子，我相信一个妈妈应该是……

主持人：挺吃力的。

嘉宾：对，做不了的。

主持人：哈，说到这啊，第一点就是学会规律地生活；那第二点是什么呢？

嘉宾：第二点是一个均衡的营养。其实大家都知道。营养一定要荤素搭配，不能有忌口，不能有暴饮暴食。多食绿色的蔬菜、水果，其实很重要，这也会保证母乳。还有一个就是情绪。一定要保持一个乐观、平和的心态。其实经过产褥期过程以后，家家都有本难念的经，对不对？

主持人：对。

嘉宾：其实每户人家都有事。我相信不可能说一家人都很好、都很太平的。可是自己的心态真的很重要。再大的事情一定要通过自身消化，大事化小、小事化无吧，我想。

主持人：就是三个方面啊，刚才我们杨老师提到的。第一个呢是保证自己的合理的休息，规律的作息。第二呢，营养的均衡。第三呢，注意心态的变化，要平和。

嘉宾：对。

主持人：我们来刷新一下微信平台，看看听众说了一些什么。

听众留言：

"小蝴蝶"：这期节目真的很长知识，原来觉得抑郁症或者产后抑郁是一件特别可怕的事儿，现在并不觉得可怕，只要接纳，就能好起来。

"彩云"：杨老师，真的谢谢您，我对未来生产宝宝减少了很多心理上的顾虑。

主持人：哎，这有一条语音，我们来听听看，来自听友"焦糖咖啡"——

听众语音：我闺蜜现在生完孩子没多久，情绪一直不高，去医院被心理科的医生确诊为轻度抑郁症。但是现在不太想吃药，毕竟还要母乳喂养，我作为她的闺蜜，我不知道能为她做点儿什么，所以想问问杨老师，这个问题，你能帮我分析一下吗？

主持人：杨老师，作为朋友和家属来说，我们能够做点儿什么呢？

嘉宾：作为家人来说，作为朋友来说，可能能做到的一个是减少诱发因素，可能引起她产后抑郁的因素来自于哪里，是养育宝宝还是夫妻关系还是婆媳关系。其实作为配偶来说，丈夫来说是一个主要的支持者。我们会涉及社会支持系统，小一点就是家庭支持系统。

主持人：家庭单元。

嘉宾：对，家庭是主要的。尤其是在妻子情绪不好的时候、睡眠不足的时候，丈夫需要发挥他的作用。说到底，其实现在有很多"丧偶式育儿"，其实也是牵涉到丈夫不作为的问题。

主持人：就是感觉孩子像单亲家庭一样。

嘉宾：对。其实也看到过很多，爸爸如果能参与到育儿过程中来，妈妈的情绪会改善很多。

主持人：对，其实不仅是对妈妈，对于孩子成长，从小的时候孩子会体验到我是有一个存在完整的家庭的感觉。

嘉宾：对，是的。可是中国的男性其实好像很难认识到这一点，他觉得育儿好像都是妈妈的事情。

主持人：生了孩子就应该你管，我作为一个男性来说，我还要上班是吧，我要养家。

嘉宾：好像他只负责赚钱就可以了。

主持人：所以说，在这也提醒我们电波前各位男性朋友，当自己的爱人怀孕之后或者生产之后，千万不要觉得这只是女人这辈子应该做的事儿。我们说人生当中没有任何一件事是应当去做的事儿，只不过是她/他愿意为你做而已。所以说，在育儿当中或者在产后当中，我们要学会两个人如何相处，如何在家庭当中扮演更重要的角色，怎么样让这个家庭更好地成长起来。那这个说到了一方面，我们作为丈夫需要去注意产后妻子的一个情绪。那第二个方面是什么？

嘉宾：第二个可能还是牵涉到家庭系统里面的婆媳。

主持人：婆媳？

嘉宾：因为可能很多都是婆婆来照顾，照顾孙子、照顾孙女。这方面可能因为两个女性生活在一起，不同的生长环境起来的，观念上……

主持人：年龄差异上。

嘉宾：肯定有差异的。婆婆带孩子，媳妇肯定会有不满意的地方。其实也一样，不管谁来带，我想没有两个完全一模一样的人。所以说，真的需要只能调整自己的心态，适时地跟婆婆沟通，或者说跟养育者沟通。其实从各种原因入手。

主持人：就是减少它的诱发因素。

嘉宾：如果诱发因素很难解决或者说找不到明确的因素，那可能我们首选的还是药物。如果有条件可能可以结合心理治疗。心理治疗来说，其实现在社会上主要还有一点，良莠不齐。

主持人：就很多人觉得说，我这个一旦请了心理咨询师，是不是意味着我心理有病。跟大家来普及一下，其实我们做这样一档节目也是为了让大家知道，一个健康人的心理状态就是应当有人陪伴。而更多时候我们说到这心理咨询师啊，仿佛更像是一个心理陪伴师一样，陪伴我们共同成长。而并不意味着他们对我们（的）人生去指手画脚，只不过是陪伴我们共同去生活而已。

嘉宾：对！是一个过程。我跟病人讲得最多的是其实我们是没用的，你们才是主要的。我们的作用其实相当于拐杖。你一段时间需要我们，一段时间以后可能就不需要了，能独立行走就不需要了。

主持人：所以提醒各位听友，有些时候啊心理抑郁啊或者心理的一些小毛病，就像我们平时感冒一样。身体感冒了你可能要吃感冒药要多喝温水，可是心理的问题也是一样的，如果说出现心理情绪的问题的时候，我们也需要找到一个适当方式、一个出口，让它更好地宣泄，让自己的心理和身体更好地成长！

嘉宾：是的！还有一点，产后抑郁有个高发期，在出生到孩子六周间其实需要大家高度关注的。

主持人：好，这一点大家一定要记住。是孩子出生之后，到……

嘉宾：六周。产后六周，是产妇容易产生产后抑郁的一个高发期。

主持人：对，高发的时期。

主持人：此刻正在为您直播带来的节目是来自于调频 FM93.9 宁波电台交通广播《都市夜归人》。各位好，我是邵明。此刻坐在我旁边与各位交流的是来自于宁波市第一医院心身科主治医师、国家二级心理咨询师杨璐医师，今天做客节目，与我们来聊一聊关于产妇和孕妇在孕期或产后的那些心理变化上的事儿，比如说，产后抑郁和心理抑郁。

想问一下杨老师，您还有什么要与各位听友来继续普及，或者是想与大家来嘱咐的一些话吗？

嘉宾：嗯，嘱咐的话没有。我希望送个祝福吧，希望每一个天使都能顺利降临到人间。

主持人：希望每个天使都能顺利降临到人间。

嘉宾：能健康快乐地成长。

主持人：这也是一个刚当妈妈的杨医生给所有的小天使们的一个祝福，也希望每一个妈妈心理健康成长，希望每一个宝宝都能够在这个社会上更好地成长！

好的，非常感谢今天来自于宁波市第一医院心身科的主治医师、国家二级心理咨询师杨璐医师的做客，非常感谢您的到来。

嘉宾：谢谢。

主持人：伴随耳边这首来自苏芮的《沉默的母亲》这首歌，我们就要结束这期节目了。

做今天这样的一期节目，重要的是想让我们不再惧怕孕期和产后抑郁，避免悲剧的发生。我们不希望妈妈们沉默，而是希望我们大家能够接纳抑郁、学会正确处理抑郁，让妈妈们能够永远保持微笑，快乐面对每一天的生活。

《都市夜归人》在每天的22点都在电波的这端向你敞开心门、陪你说话，等待你的探访。我们明夜（晚）见，晚安。

单位：宁波广播电视集团交通广播

作者：娄邵明、王丹阳、张钰倩

播出时间：2017年9月9日

服务于深层次的听友现实需求

——广播服务类节目《妈妈，请你依然微笑——走进孕产妇的抑郁情绪》评析

李 悦 吴生华

在当下快节奏大压力的生活背景之下，人们的心理状态和生活状态应得到广泛关注。宁波交通广播《都市夜归人》栏目播出的广播服务类节目《妈妈，请你依然微笑——走进孕产妇的抑郁情绪》能结合社会热点事件和听友的现实需求，关注到孕产期女性的心理变化，特意请到相关专业心理学嘉宾，对孕产期有心理困惑的女性及陪伴者所提出的相关问题进行认真解答，为听众起到了非常有效的指导作用。另外，对访谈的现场直播和听众的微信互动，也增强了节目的交互性，更好地服务于深层次的听众现实需求。

一、精心选题：新闻由头＋现实需求

一个好的广播节目选题应该与社会热点事件和听众的现实需求息息相关。该广播节目以"陕西榆林孕妇跳楼"这一社会事件引入话题，在新闻的叙事上，节目没有过多地关注事件的原因和后续，只是对产妇从入院到跳楼过程中的行为变化进行客观地叙述，引出人们对于孕产妇行为背后心理变化的关注。该事件发生在8月31日，节目播出在9月9日，时效性较强，孕产妇心理变化正是听众当前关心的问题，会与听众的现实需求相契合，内容也比较新鲜。而另一个"产后抑郁自杀"的新闻也会引起很多听众的共鸣。产后抑郁是很多听众或者听众身边人可能遇到的问题，这也是很多正在怀

孕的年轻女性担心的问题,请相关专家对产后抑郁的鉴别、调节和身边人的做法进行解答,符合听众的现实需要,对正在怀孕的女性及其家人朋友有积极的引导作用。

二、精选嘉宾:"新妈妈"＋心理专家

访谈类广播节目对于嘉宾的选择至关重要,一个适合的访谈嘉宾能够与听众产生共鸣并帮助听众解决问题。这期广播邀请了宁波市第一医院心身科的主治医师、国家二级心理咨询师杨璐医生,她在心理研究方面代表着权威,对于听众提出的"为什么产妇会产生抑郁情绪""如何识别产妇得了抑郁症"以及"怎样调整抑郁情绪"等问题能给出专业的回答,解答听众的疑问。另外,杨璐医生还有另外一个身份,她也是一个"新妈妈",她的孩子还不满一岁。这个身份能让她更加了解孕产妇的情绪,由她来诉说自己带孩子的经历和解答孕产妇的抑郁情绪,能让观众对她的话有更深的认同感。这个嘉宾选择得非常合适,贴近节目主题。

三、结构策略:直播访谈＋听友提问

新媒体快速发展的今天,受众对于现场感要求越来越强烈,直播和现场互动成为吸引听众的重要方式。这期广播节目采用直播访谈与听友提问相结合的结构方式,主持人和嘉宾先引入主题并对社会热点事件进行一些解读,这期间听友可以在微信平台上提问,其共鸣表达的效果得到了凸显。另外,嘉宾会对听友的问题进行现场解答,充分体现了广播交互性的特点。广播采用直播和听友提问的结构不仅使得节目的时效性提升为了现在进行时态,而且也较好地实现了传受双方的互动,更好地服务于听众。

总体上,《妈妈,请你依然微笑——走进孕产妇的抑郁情绪》广播节目能较好地服务于孕产妇及其亲属。在选题上能够将热点事件与听众的现实需求相结合,在嘉宾方面能找到兼具专业和亲身经历的合适嘉宾,在结构上采用直播与听众提问这种能充分体现广播特点和人们收听习惯的方式,使得整个广播节目能够更好地服务于深层次听众的现实需求,增强了节目的传播力。

广播服务类

2017慈溪杨梅节"跨越杭州湾，牵手共服务" 慈溪—上海双城并机直播特别节目

大片头：（童声慈溪方言）六月杨梅满山红，要吃杨梅来慈溪。2017慈溪杨梅节特别策划"跨越杭州湾，牵手共服务"FM106.4慈溪经典车电台联手FM106.5东上海之声、FM100.1沸点100 Music Radio华丽开启慈溪杨梅节寻访之旅，东上海电台主播们携上海听众自驾团畅游慈溪，走鸣鹤古镇，赏青瓷古韵，品慈溪杨梅，更有6月16日中午11:00沸点100 Music Radio当家主播欧旺走进慈溪经典车电台直播室，双城并机直播特别节目！一衣带水，人缘相亲，上海与慈溪跨越相连！本活动由慈溪市风景旅游局、慈溪市广播电视台主办，慈溪市农合联协办，FM106.4经典车电台全程特别企划！（上海话）慈溪，风景好，亲戚老多哦！

（音乐起）

维娜：姐妹行不行！

静雯：大家帮大家！

维娜：收音机前亲爱的好朋友们——

合：大家好！

维娜：没错，今天我们的开场方式有点小小特别，因为今天在我们的这一头，在106.4的电波当中，我们将为大家呈现的是——2017慈溪杨梅节特别策划，"跨越杭州湾，牵手共服务"FM106.4慈溪经典车电台联手FM106.5东上海之声和FM100.1沸点Music Radio特别节目，正式开启了。

静雯：是的，这是我们期盼已久的一档节目。

维娜：我们的节目稍后时间会马上通过FM106.5东上海之声进行双城直播，同频服务。各位收音机前的听众朋友们，你有什么话想说，想留言的，我们特别欢迎在慈溪工作生活的上海的朋友们，随时留言跟我们互动起来。分享平台留言，您直接发送语音或者是文字到FM106.4就可以了。今天我们直播室当中迎来了一位大咖，来，掌声欢迎来自FM100.1沸点Music Radio的当家男主播欧旺！

静雯：欢迎欧旺！

欧旺：Hello，各位慈溪的听众朋友们大家中午好，我是来自 FM100.1 上海沸点100 音乐广播早高峰的节目主持人欧旺，今天非常开心能和两位姐妹花一起坐在慈溪经典车电台直播间，跟大家一起分享一些来慈溪的感受。其实来慈溪我觉得目的还是蛮多的，第一个目的是吃杨梅，第二个目的摘杨梅，第三个目的再吃点其他的。

静雯：整个一吃货呢！

维娜：是不是很想把慈溪给吃遍？

欧旺：我想吃饱了再回去！

静雯：欢迎啊！

维娜：是的，接下来的时间我们马上来连通 FM106.5 东上海之声。

连通 FM106.5 东上海之声，同频直播开启……

【连通 FM106.5 东上海之声，双城同频并机直播开启】

苏丽：你好！

维娜：苏丽老师，你好！

苏丽：听到没有？

静雯：听到了，苏老师，你好！

苏丽：两位好！

维娜：哇！信号非常好。

欧旺：苏老师，你好！

静雯：这个声音熟悉吗？

苏丽：很高兴能够听到你们的声音啊，觉得特别的开心！今天呢，在稍后的时间，要听一听我们这三家电台在一起开启的特别节目"跨越杭州湾，牵手共服务"，我也很想在接下来的时间，通过我们的这个专题节目来了解慈溪这么美的一座城市。

维娜：哇！非常感谢我们的苏丽老师，那么现在我们的大桥两岸已经搭上桥了，现在真正是同频直播的状态，而且现在应该有很多上海的听众朋友也能够听到我们现在在慈溪的声音啊。

静雯：没错，说不定也有很多在上海工作的慈溪人。

欧旺：哇！听到这个声音是不是很亲切？这样吧，你们俩能不能用慈溪话跟大家打个招呼？

静雯：跟我们上海的朋友打个招呼是吧？

维娜：好呀好呀！

静雯：（慈溪话）上海的朋友，大家好！

维娜：（慈溪话）我是帮忙姐妹花维娜！

静雯：（慈溪话）我是帮忙姐妹花静雯！

维娜：（慈溪话）你突然间听到，是不是很亲切啦？

维娜：好的，苏丽老师也辛苦，您在我们东上海之声的直播室那一头。

苏丽：好，接下来我们就一起来听一听双城并机直播的特别节目。

维娜：好，谢谢苏老师。

静雯：我们微信平台上很多听友都炸开锅了！

维娜：真的吗？

静雯：是啊，特别欢迎我们的欧旺。

维娜：来来来，听一下"唯我独尊"，这是我们的老听友。

【微信平台听众】：（慈溪话）姐妹花，欢迎上海的客人！

静雯：哇！你看我们微信平台上的"羊羊羊"就来说了。

【微信平台听众】：感谢沸点100和106.4经典车电台给我们提供了两天的慈溪自由行，这个杨梅真是吃到爆啊！

静雯：另外我们老朋友"莫失莫忘"也说——

【微信平台听众】：欢迎上海的朋友以及主持人。

欧旺：谢谢！

维娜：那这会儿时间呢我们来连线前方记者，赶紧来连线悠悠。

【连线前方寻访团特派记者悠悠——采访寻访团上海主播】

静雯：悠悠你好！

前方记者悠悠：Hello！收音机前的各位听众朋友们，还有大桥另一边的上海的兄弟姐妹们，大家好！我是FM106.4慈溪经典车电台的主播悠悠，我现在正在"跨越杭州湾，牵手共服务"2017慈溪杨梅节寻访之旅的活动现场。昨天中午的12点左右，我们已经迎来了来自FM106.5东上海之声和FM100.1沸点100的10位当家主播们以及22位听众自驾团。在非常简单的休整、午餐后，我们就出发，先后游览了咱们最具慈溪特色的两个景点，一个是方家河头，另外一个是鸣鹤古镇，还品尝了很多慈溪特色的美食哦！那么今天上午呢，就是此次寻访之旅的重头戏了。今天一早，我和寻访团们一起来到了匡堰东岚杨梅园进行采摘品鉴。今天天公作美，非常的舒爽怡人，咱们匡堰的富硒杨梅可是一绝，我刚才也是品尝了一下，然后就彻底停不下来了，到底好不好吃呢？我觉得我说了不算，赶紧来问问我身边的两位高颜值的主播们，接下来就让我们来听一听他们的声音吧！

上海主播天乐：Hello，慈溪和上海的听众朋友们，大家好！我是上海沸点100音乐广播的主持人天乐。

上海主播小墨：Hello，各位来自上海和慈溪的听众朋友们，大家好！我是来自上海沸点 100 的节目主持人小墨，各位好！

静雯：欢迎小墨！

小墨：谢谢！说到慈溪的杨梅啊，其实我和天乐两个人一起编写了一首歌曲，在这呢，我就给大家来唱一唱，表达一下我们对慈溪杨梅的印象。

欧旺：哇哦！还会唱歌呀？

静雯：我们有耳福了。

小墨：（歌词）望着杨梅的时候，常常想起你；望着你的时候，就想起杨梅；在这个时间，最甜是慈溪杨梅；比杨梅更美，更美的是你！

静雯：哇哦！

悠悠：那么我也想问一下两位主播，此次旅程当中，有什么让你们特别感兴趣的一些景点吗？

天乐：其实这次到慈溪来呢，我们还是游览了很多地方的，但是对于我，一个非常爱吃的人来说，还是对我们今天上午去的杨梅园最感兴趣，因为这个杨梅园里边特别特别大，杨梅树可能有上百棵，而且，东边吃一棵西边吃一棵，没过一会儿，我就已经吃饱了，所以我觉得，如果再给我一次机会，我选择昨天就不吃饭，直接等到今天去杨梅园吃杨梅去。

小墨：那再说一说我对慈溪的印象吧，其实说到今天上午的杨梅，我觉得一个字"甜"就能概括。再说一说昨天我们游玩的鸣鹤古镇，我觉得小桥流水非常令人印象深刻。还有方家河头，那儿的古树古墙，尤其是颇有徽派建筑风韵的那样一个马头墙，我觉得特别的美丽，印象很深刻。我想对我们很多的听众朋友们说呢，慈溪杨梅就等你来！没你不行呦！

悠悠：是的，那我们这边的情况就是这样，稍后时间主播小白继续为大家报道现场的情况，主持人。

静雯：好，谢谢悠悠，谢谢天乐以及小墨。

维娜：非常非常棒的两位主播，我感觉他们才是慈溪的主播，他们怎么会比我们更了解慈溪的这些旅游景点呢？

静雯：然后，你看把那首唱杨梅的歌改得多好。

维娜：朋友们，你如果想对我们的特别节目说些什么，我们欢迎大家在平台当中随时留言，和我们的嘉宾主播欧旺一起来互动。哎，我想考一考欧旺哦！

欧旺：你说！

维娜：其实有很多地方都有杨梅，但是慈溪的杨梅为什么就很特别呢？

欧旺：对啊，为什么就那么特别呢？

维娜：因为我们慈溪的这个杨梅，它有一个品种，你知道这个品种叫什么吗？

欧旺：不过今天早上我在摘杨梅的时候，还真有果农告诉过我。因为我在摘杨梅的时候，头顶上就有果农在摘，然后我就说这个为什么那么特别呢？因为大小还有形状我看起来都非常喜欢，不算太大，也不算太小，就比较适中的。

静雯：刚好一口。

欧旺：没错，不需要你再分两口咬，搞得手上很多汁水，然后我就问他这是什么品种，有讲究有区别吗，然后他说这个叫"荸荠梅"。

静雯：荸荠种是吧？

欧旺：哦，荸荠种，这个"荸荠种"跟"荸荠"有什么关系吗？二位知道吗？

静雯：我跟你说，因为这个杨梅果大，核小，外形扁圆，样子很像荸荠。

维娜：其实慈溪杨梅的品种很多。根据杨梅的样子、颜色、个头，可以分为比如刚才我们说到的荸荠种，还有尖刺种、水晶种、红种等。不过就是以荸荠种是量最大而且最好，品质也是最优的，它的肉质比较细嫩，汁多味浓，香甜可口。

欧旺：哦，这就是"荸荠种"的一种特别是吧？不过今天早上吃起来确实名不虚传。

静雯：那个汁儿多吧？

欧旺：爆浆的感觉。

（过场音乐）

维娜：OK！这里是 2017 慈溪杨梅节特别策划"跨越杭州湾，牵手共服务"，FM106.4 经典车电台联手 FM106.5 东上海之声和 FM100.1 沸点 Music Radio 特别节目，我是主播维娜。

静雯：各位好，我是主播静雯。

欧旺：各位好，我是来自上海的主持人欧旺。

维娜：OK！我们要继续来连线现场记者，这会儿时间我们的寻访团一行已经到了哪里了呢？

静雯：赶紧来连线我们的小白。

维娜：我们来听听现场的声音，小白你好！

【连线前方寻访团特派记者小白——采访寻访团上海听众】

前方记者小白：主持人你好，各位慈溪上海的听众朋友们你们好！我是 FM106.4 经典车电台的主播小白。我现在所在的位置是位于慈溪匡堰镇的慈溪市越窑青瓷有限公司，越窑青瓷烧制技艺是我们国家级非物质文化遗产，而慈溪市越窑青瓷有限公司就是浙江省宣传展示的基地。这里的青瓷形态各异，工艺相当的精湛。我身边也是有几位东上海之声的听众朋友，让我们去了解下他们眼中的印象慈溪。您好，您先用上海话跟我们所有的听众朋友们打个招呼。

上海的听众：（上海话）主持人，各位听众朋友，大家好！我是上海的听众糖糖！

小白：您有没有什么想要跟上海的听众朋友们推荐的呢？

听众糖糖：其实整个行程是非常丰富的，我们吃的，还有玩的，还有带给我们的一些文化的底蕴。给我印象最深的是我们住的地方，作为一个城市来的，我们是来缓解压力的，然后在有山有水、风景非常好的、空气又好、当地的风土人情都很不错的情况下，我真的很推荐我们住的心沐兰莲民宿。因为我觉得那边有点像家的感觉，会让我释放很多很多的压力。其实我真的是推荐我身边的朋友，还有上海的听众朋友，可以亲自到慈溪来，领略它的一些文化，呼吸一下它的新鲜空气，我觉得这些是我们在大城市没有办法感受到的。

小白：是的，慈溪山美水美人更美，我们慈溪欢迎您！

维娜：好，非常感谢小白以及来自上海的听友，谢谢！我就发现大城市确实是有大城市的这种紧张的节奏，但是呢，一到田野乡村的时候，突然就好像有一种恍若隔世的感觉。

欧旺：对，来到慈溪就是那种小桥流水人家的感觉，我还记得昨天我们开车一下高速，然后看到那种山，空气都是甜的。

静雯：忘记了一切烦恼了。

欧旺：对！

维娜：你看我们"三杉"说——

【微信平台听众】欧旺欧旺，打卡报到，永远支持欧旺！

欧旺：谢谢谢谢！

维娜：还有我们的老听友"四强"说了——

【微信平台听众】慈溪杨梅，美味好吃，慈溪人民，更是热情好客，欢迎大家来慈溪品味慈溪生活。

静雯：还品味人生，品味各种美味，一种人文情怀啊！

欧旺：短短两天时间已经非常充分地感受到了。

维娜：好的，接下来的时间我们要马上来连线前方记者悠悠，悠悠你好！

【连线前方寻访团特派记者悠悠——采访慈溪市农合联直委会负责人】

悠悠：你好！收音机前的慈溪以及上海的听众朋友大家好！此次活动我们也得到了"农民之家"慈溪市农合联的大力支持，那么现在在我身边的就是慈溪市农合联直委会产销经营合作部的部长吕红范，吕部长你好！

吕部长：你好！

悠悠：我们也是知道，市农合联是慈溪农民的娘家人，近几年你们在宣传我们慈溪杨梅品牌文化，帮助梅农实现增收方面也是做了很多的努力，今年还特别策划了首届网络杨梅节，是否能够跟大家介绍下我们此次网络杨梅节的具体情况呢？

吕部长：嗯,好的。上海和慈溪的朋友们,大家中午好! 我现在来介绍一下 2017 我们慈溪首届网络杨梅节的相关情况,共有三大主题活动:第一个,是我们的"探寻仙子"和"杨梅传说"慈溪馆的开馆巨献,上线的平台有淘宝网、京东、飞牛网、1 号店、宁波馆、慈溪馆等等;第二个主题活动是"女神来了",我们的一个网红直播,时间在 6 月 20 号的上午,地点在慈溪的一个紫来山庄;三是"寻仙女,尝仙果,游慈溪",那么 2017 慈溪杨梅首届网络采摘节暨网络热销季,通过现场引流,线下互动,线下体验,线上订购,探索农林结合的互联网新模式。那么我在想,我们小小圆圆的慈溪杨梅,就已经成为了我们慈溪通向全国、走向世界的一个桥梁纽带,为我们慈溪成为长三角新型城市的一个靓丽的名片! 慈溪欢迎你们哦!

合:哦,谢谢! 感谢我们的吕部长! 讲得特别好。

悠悠:主持人,我这边的情况就是这样,稍后时间主播小白继续为大家报道现场的情况。

静雯:好的,谢谢悠悠,再见!

维娜:其实通过一个小小的杨梅也串起了我们旅游这块资源的一个助推,那么这一次我们的这个活动的主办单位——慈溪市旅游局也做了精心的部署,给我们安排了那么好的旅游线路。

静雯:所以接下来,我们要来听一听慈溪市旅游局的方局长有什么话要说。

维娜:我们来接着连线小白。

静雯:小白你好!

【连线前方寻访团特派记者小白——采访慈溪市风景旅游局副局长】

小白:主持人你好! 慈溪和上海啊可以说是一衣带水,人缘相亲。我们慈溪是全国百强县,在经济和文化方面都是有了跨越式的发展,特别是旅游资源,也是日益的丰富,来慈溪品杨梅,吃海鲜,走古道,游古镇,已经是成为了新的时尚。那么在我身边就是慈溪市风景旅游局副局长方丽川,方局你好! 先给我们慈溪以及上海的听众朋友们打个招呼吧!

方局长:主持人好,慈溪和上海的听众朋友们大家好!

小白:每年到杨梅节,五湖四海的朋友们也是会来到慈溪,您觉得咱们慈溪最大的魅力是什么?

方局长:慈溪最大的魅力在这个季节当然是杨梅,但是除了杨梅以外,慈溪日益丰富的旅游资源,设施的配套,也是吸引朋友们来了一次又来一次的一个重要原因。

小白:嗯,您觉得咱们慈溪的特色是什么? 和其他地方的杨梅不一样在哪儿?

方局长:慈溪的杨梅是"荸荠种"杨梅,和一些外地的其他杨梅比起来,我觉得有三个特点:一个首先颜色看上去特别的黑,我们称之为"炭梅",就"煤炭"那个"炭";第二,它水分特别足，你轻轻一咬，它汁水就流下来；第三个，也是最重要的，它是鲜甜，它甜得来很鲜，这个你没有尝过慈溪杨梅，可能就体会不到鲜是一种什么样的感觉，我们慈溪人每年咬到这一口慈溪杨梅，就觉得慈溪的杨梅就是这个味道，还是慈溪的最好吃。

小白：方局，我还想问一下，假如说上海还有朋友想要来到慈溪，你可以给大家做一个两到三天的旅游的小攻略吗？

方局长：好的，如果是两天时间可以这样安排：我们的这个旅游资源呢最集中的是分布在南部的沿山这一带，如果你两天只住一个晚上呢，别的地方就不去跑了，你就把这个沿山玩个够。那么这个季节来，除了摘杨梅以外，我们沿山还分布有越窑青瓷的遗址，像刚才大家去参观的越窑青瓷传承园，国家级的非遗传承园，还有鸣鹤古镇，也是非常有特色的一个国药文化的发源地，以及五磊山风景区，有很美的古道、登山，也是非常好的地方，还有千年古刹五磊寺，以及很幽静很干净的千年古村——方家河头古村和我们慈溪目前来讲最综合最大的一个旅游度假区 AAAA 级景区达蓬山旅游度假区，这里不仅有适合孩子们玩的、亲子玩的环湖乐园，还有养生主题的温泉以及山上的徐福文化等等。如果我们年轻人喜欢玩滑翔伞，还有伏龙山滑翔基地等等，总之呢内容非常的丰富。如果说有三天的时间，住两个晚上的，我还可以推荐你去慈溪沿着中横线，有很多的农庄，农庄的水果你尽管可以摘了直接往嘴里放，安全度是非常的高的。以及我们的海滨有三十几公里的风车，非常的美，它沿着两万亩的稻田，是一道很漂亮的风景线，可以去那里度假、散步、骑车等等，这个都非常好。我们杨梅节有一句话叫"六月杨梅慈溪红，山水含笑迎宾朋"，其实我想说的不仅仅是杨梅节，我们欢迎来自五湖四海的朋友，慈溪的一年四季都非常美，所以欢迎大家能够经常带着家人和朋友时时来慈溪体验。

小白：我们方局非常非常的热情，诚邀各位小伙伴来慈溪玩儿。慈溪美景鸣鹤出，青瓷古韵生相思，最是杨梅烂漫时，共来慈溪品美食。我们这里有好酒好菜，就差你了。主持人。

静雯：好，谢谢小白和方局。

维娜：真的非常感谢我们前方两位记者，辛苦了！哎呀，欧旺，我们的这个时间一分一秒过去，真是好快。

维娜：最后给我们所有慈溪的朋友们说两句。

欧旺：其实这两天来到慈溪，首先特别感谢大家热情的款待，我们也特别感受到了慈溪非常热情的民风，还有非常优美的风景。我觉得当我们作为一个都市人群，在生活当中压力很大的时候，不妨开车两个小时，从上海跨越杭州湾大桥，然后来到慈溪，其实距离不短，但是呢这样一个行程是非常丰富，而且非常放松的。

维娜：非常感谢欧旺。好了，收音机前的各位听众朋友们，慈溪以及上海的朋友们，"跨越杭州湾，牵手共服务"FM106.4慈溪经典车电台联手FM106.5东上海之声和FM100.1沸点Music Radio特别节目到此结束了，非常感谢各位，我们欢迎大家继续来慈溪游玩儿！

单位：慈溪市广播电视台

作者：罗维娜、傅静雯、胡芷旖、张震

播出时间：2017年6月16日

融媒体背景下对农广播服务升级的探索

——评议《2017慈溪杨梅节"跨越杭州湾，牵手共服务"慈溪—上海双城并机直播特别节目》

刘茂华

新农村建设已经有很多年了，浙江新农村建设水平处于全国前列。作为新时代的广播，该如何应融媒体发展和农村新局面需求，探索升级版的对农服务节目内容和形式？慈溪经典车电台栏目《姐妹行不行》做了有益的尝试，也给我们提供了一个很好的借鉴范本。

一、瞄准新元素，做足新文章

2017年6月15—16日慈溪杨梅节期间，慈溪市广播电视台在当地旅游风景局支持之下主办"跨越杭州湾，牵手共服务"活动，慈溪经典车电台联合上海浦东广电两套频率东上海之声、沸点音乐电台一起参与寻访之旅。

这次寻访之旅有两个旧的元素，一个是农村，一个是杨梅。然而，时代又不一样了，两个旧有的传统元素有了新的元素参与进来，农村不是原来的那个农村，是新农村、新农民，杨梅当然也不是原来的杨梅了，因为物流快运的发达也变得"新鲜"起来。

因此，在这种新旧碰撞的现实之中，对农广播的服务要升级，要跟上时代发展的步伐。

慈溪经典车电台的做法无疑瞄准了时代的新变。他们联合了来自东上海之声和沸点音乐广播的10位当家主播们，组织22位听众自驾团采摘杨梅、畅游慈溪，还有多位主播记者跟随寻访团进行跟踪采访。《姐妹行不行》栏目中这次播出的特别节目就是这么得来的，沪慈两地电台并机直播，全方位连线采访报道。

与其说这是一次媒体联合的新闻报道大行动，倒不如说这是一次对农广播服务的大升级活动。这样一档特别节目,慈溪和上海两地电台首次通过双城并机直播的方式互联互通,同时全方位调动各种融媒体手段,双城并机直播、直播室嘉宾做客、前方记者连线、微信互动等方式全方位呈现,风格活泼,表达流畅,现场感十足,极具听觉效果。

二、发掘地域特色,打造地区文化名片

2017 年慈溪杨梅首届网络采摘节暨网络热销季,这本来是一个概念,如何把这个概念做到实处、做活,这就需要突出地方特色,尤其是要挖掘本地资源。

《姐妹行不行》的这期节目就是在线下互动、线下体验、线上订购和探索农林结合的互联网新模式中诞生的。节目抓住慈溪独有的特色,将小小的慈溪杨梅做大,通过节目将杨梅变成慈溪通向全国、走向世界的一个桥梁纽带,小小的杨梅也就让慈溪成为长三角新型城市的一个靓丽的名片。

当然,本期节目并未就此打住,以杨梅为纽带继续发掘慈溪的特色。节目通过当地负责文化和旅游的官方人士之口,让当地人介绍慈溪越窑青瓷的遗址——国家级的非遗传承园,还有鸣鹤古镇——一个国药文化的发源地,以及五磊山风景区,有优美且幽静的古道等等。当然还有千年古刹五磊寺,以及很幽静很干净的千年古村——方家河头古村。

这些当地的旅游和文化名片,不仅借助于当地人的介绍,还通过主持节目的多位上海媒体朋友,将这些"名片"推向慈溪和与之一带相连的上海听众。

这次对农节目服务升级的探索,其中很重要的一个经验就是,对于广播而言,所谓地域的概念是可以打破的,只要不脱离慈溪本地的地域特色,打破地域进行更为广阔的传播,完全有可能,而且可以有很好的传播效果。

三、服务新农村,对农广播就要理所当然地满足农民的新要求

一个常识不能回避,当前智能手机的普及使微博等社交媒体用户爆发性增长,许多年轻的农村受众也开始借助微博平台和微信等手段,与对农广播节目进行交流和互动。随着参与方式的改变,听众参与节目的诉求也在悄然演变,从过去传统的点歌送祝福、发布供求信息、法律咨询、发表观点、新闻爆料、问题曝光到借助媒体力量表达诉求、解决困难等,直到现在还存在一种纯属娱乐的无任何目的性参与,总而言之,听众的诉求越来越多样化、个性化。

对农广播节目也必将顺应潮流变化,呈现出更加朝气和时尚的面貌。本期"跨越杭州湾,牵手共服务"特别节目就充分利用了微信、网络等社交媒体、新媒体中的众多功能,将节目做得更加贴近听众,做得更加好听。

随着改革的不断深入，新的形势也向广播提出了新的要求。

这就要求我们要研究这种变化、适应这种变化，改进播出方式。传统的录播方式已经被直播、直播和录播相结合等方式所取代。一些地方电台还开设了热线电话，加大了广播节目与听众的交流力度，增强了节目的亲和力，也得到了听众的认可，受到了听众的好评。但我们认为仅仅如此还远远不够，还需要进一步解放思想，寻求更加快捷、方便、符合农民听众特点的播出方式。

从这个意义上来讲，2017慈溪杨梅节"跨越杭州湾，牵手共服务"慈溪—上海双城并机直播特别节目给我们提供了有益的探索，也是可以借鉴的好范本。

（三）广播文艺

音乐节目

《爱上三点钟》——戏·歌

【片头压混】

他，是传承千年的唱腔；

她，是现代潮流的曲风。

当戏曲遇上流行，请听音乐专题《戏·歌》。

【歌曲：布莱克希女子组合《如果你感受到我的爱》】

主持人：中国源远流长的文化产生了充满神秘且优雅大气的中国乐风，造就了与西方音乐完全不一样元素的乐器表达，古筝忘情回流时光，琴声铮铮流转，琵琶说尽红尘事，二胡悲凉而婉转，在富有节奏的欧美流行音乐里融入如此的中国乐风，也是别有一番风味。

节目开场听到的这首歌便是来自于罗马尼亚的布莱克希女子组合带来的《如果你感受到我的爱》，把京剧经典唱段《铡美案》融入摇滚的节奏里，这让她们在当年的音乐节和各大音乐榜单上圈粉无数，让这支名不见经传的摇滚组合，一跃成为全球各大音乐节的新宠儿。

其实，在戏曲最鼎盛的时期，它就像今天的流行歌曲一样，人人争唱，百听不厌。而到了今天，可能大部分的年轻人都嫌弃戏曲节奏拖沓，不够刺激。不过，听完今天的节目，我相信一定会颠覆你对戏曲之前的印象。我是沈莹，今天就要让你感受当戏曲遇上流行的时候，它会爆发出如何强大的音乐能量。

【歌手王诗安采访录音】

【歌曲压混　王诗安《明天》】

主持人：从小在荷兰生长的唱作歌手王诗安，接受了西方音乐教育，更有着和中国传统文化关系密切的深厚家学渊源。她的母亲和外祖父都是京剧演员，外婆王芝泉更是赫赫有名，毕生投入昆剧演出与教学，被誉为"中国武旦皇后"。由王诗安和她妈妈王蕾合唱的《明天》取材自戏曲《穆桂英挂帅》。王诗安把西洋的蓝调节奏唱法融入中国"宫商角徵羽"的五声音律中，这也是她有意识地向内寻根，意图用音乐和大家分享全世界。

【歌曲　王诗安《明天》】

主持人：许多年轻流行音乐人对我国传统艺术越发关注，创作出更多更优秀的作品，给予流行音乐更好的发展空间。2007年音乐选秀节目《快乐男声》的人气选手魏晨，在当年的音乐合辑中推出了这首《少年游》，歌曲通过流行和戏曲两种唱腔的隔空对唱，讲述了古代少年和心仪女子之间相遇相识相知的故事。

【歌曲压混　魏晨《少年游》】

【片头压混】

他，是传承千年的唱腔；

她，是现代潮流的曲风。

当戏曲遇上流行，欢迎继续收听音乐专题《戏·歌》。

主持人：流行音乐嫁接戏曲元素，使流行音乐既具有浓郁的古典韵味，又不失时尚、流行与现代感，给人一种既新鲜又亲切熟悉的感受。它使东西方音乐水乳交融，让民族超越传统，流行回归民族，演绎出属于自己的独特风格。节目最后一起来听被称为"音乐才子"的王力宏创作并演唱的《在梅边》，歌曲是从有戏曲"化石"之称的昆曲中获取灵感，在说唱中融入《牡丹亭》的唱段和大量京剧唱腔，以通俗简单的方式阐释了杜丽娘和柳梦梅生死离合的凄美故事。歌曲最后，王力宏以不可思议的饶舌速度秀出的流畅出彩的贯口技艺完美收尾，也期待戏曲和流行音乐的这种结合能像这段贯口一样，碰撞出各自的生机，在民族文化的肥沃土壤上怒放生长。我是沈莹，感谢你的收听，再见！

【歌曲压混　王力宏《在梅边》】

单位：镇海区广播电视台

作者：章沈莹、姜楠

播出时间：2017 年 7 月 4 日

《〈爱上三点钟〉——戏·歌》 作品点评

戴颖洁

音乐广播是音乐文化传播的一个载体，兼具媒体和文艺机构的双重属性，在满足人民精神文化的需求中，担负着传播优秀音乐文化的责任和义务。镇海电台《爱上三点钟》通过介绍流行音乐中加入戏曲元素的歌曲的形式，既满足了年轻一代追求流行时尚的心理，又迎合了人们希望听到本民族声音的需求，让听众在喜闻乐见之中潜移默化地接受了中国传统艺术文化的熏陶，实现了作品思想性、艺术性、观赏性的有机统一，不仅赢得了听众，赢得了市场，还赢得了口碑。

《爱上三点钟》以"戏曲遇上流行"作为专题，选取了中外四首将京剧声腔融入现代流行音乐的歌曲，不仅打破了原来流行音乐直白清淡的窠臼，助推了音乐节目在形式和内容层面的创新，还通过流行与经典、现代与传统、音乐与戏曲的跨界与嫁接，丰富了音乐节目的样态，让节目更有新意，更有亮点，也更好地满足了听众的需求。

与此同时，在节目形式策划上，作品采用主持人讲述和歌手采访录音相结合的方式，走进音乐，走进音乐人的生活，走入作曲者的内心世界，带着听众了解戏曲背后尘封已久的中国传统文化艺术，不仅实现了专业性、故事性和可听性的结合，还改变了当代青年人对戏曲的刻板印象，深刻体会到东西方音乐水乳交融、民族超越传统、流行回归民族的独特风格。

综上，用年轻人接受的流行音乐作为外衣，包裹戏曲文化的内核，这种新颖的音乐形式打破了传统戏曲节奏慢、不符合当下青年人的现状，对于引导年轻一代认识中国传统戏曲起到了积极和正面的作用。作品选题有特色，编排有巧思，制作播出精良，不愧为一档完成度较好的音乐节目。

音乐专题

阿拉宁波很嘻哈

编辑：王　珺
制作：范超伟
主持：王　珺

【导语：今年夏天，首档大型 Hip-hop 音乐选秀节目《中国有嘻哈》火得出人意料，这匹选秀黑马比起传统节目，可谓一骑绝尘，不仅收看点击量不断刷新纪录，还顺带将嘻哈音乐制造成热门话题。《中国有嘻哈》将嘻哈这类小众音乐带进大众视野，引发全民嘻哈热。这项历来由黑人为主流的音乐风格，想不到在我国也会有如此高的人气。地下 Rapper 浮上水面，展现中国嘻哈的魅力。

其实《中国有嘻哈》在大众中也掀起了一股嘻哈热，不仅微博频上热搜，一些有才气的音乐人更开始创作一些嘻哈音乐。像我们宁波本土其实就有不少 Rapper 和一些专业音乐人一直在坚持做嘻哈。一座城市需要音乐，更需要认真做音乐的人，我们希望用自己的方式来讲宁波故事，发扬宁波的文化，这就是最大的价值所在。】

阿拉宁波很嘻哈

主持人：晚上好各位，欢迎收听这一期由王珺为您带来的特别专题——《阿拉宁波很嘻哈》。

如果说今年最火的综艺节目是什么，相信身边的人第一时间会说当然是《中国有嘻哈》啦。今年夏天，首档大型 Hip-hop 音乐选秀节目《中国有嘻哈》火得出人意料，这匹选秀黑马比起传统节目，可谓一骑绝尘，不仅收看点击量不断刷新纪录，还顺带将嘻哈音乐制造成热门话题。《中国有嘻哈》将嘻哈这类小众音乐带进大众视野，引发全民嘻哈热。

今天的节目，我还为大家请来了宁波本土的一位嘻哈音乐人——小林，这样啊，咱要不用特别的方式跟大家打声招呼。

小林：(B-Box)呦，我是 MC 小林。

主持人：其实《中国有嘻哈》在大众中也掀起了一股嘻哈热，不仅微博频上热搜，一些有才气的音乐人更开始创作一些嘻哈音乐。像宁波本土其实就有不少 Rapper，那小林据你所知我们宁波有哪些本土的嘻哈作品或者歌手呢？

小林：说到宁波本土的嘻哈组合（举例说明：老浙、木子李的一个组合叫超级兄弟，还有一组 Rapper 是新宁波人，叫 C4，分别是四万和 CC，最近有在做校园巡演，很受小迷妹们的喜爱哦）。

主持人：那你说的这些之外，还记得今年春节期间一首火爆网络荧屏的 RAP 版《我的祖国》吗？这首歌的演唱者就是阿拉宁波小歪——秦涛！《我的祖国》MV 后来被共青团中央、紫光阁、环球时报等官方微博相继转发，仅原视频点击量就直逼 500 万次，吸引了众多网友的评论、点赞。

除了对伟大祖国的赞颂外，MV 中还融入了鲜明的宁波元素：三江口、鼓楼、天封塔、天一阁等地标性建筑以影像的方式先后呈现；王阳明、邵逸夫、包玉刚、屠呦呦等宁波人物则在歌词中被一一细数，道出作者浓浓的家乡情怀。当下大部分歌颂祖国、家乡的歌曲还是比较庄重肃穆的，一般都是采用民族唱法、交响乐演奏这样较为恢宏的表现形式，青年群体对此的兴趣度相对较低。但是，秦涛的团队却运用了 RAP 这种既接地气又广受年轻人喜爱的歌唱形式，使"爱祖国爱家乡"的主题在新的时期变得更加轻松、活泼又饱含正能量。

小林：今年嘻哈大热嘛，这首就可以代表我们宁波的一种态度了。

【插入音乐片段《我的祖国》秦涛版】

小林：我给大家推荐点更接地气的，这个宁波方言版说唱版的《宁波有嘻哈》，说的是宁波海鲜大白蟹的段子，火遍了宁波人的朋友圈。有亲切感的宁波方言说唱加上两个演员搞怪的表现，一段说唱《宁波有嘻哈》特别亲切。

主持人：哎，这个我知道，他俩还来上过我的节目呢，这段说唱的创作者是宁波的一对情侣。创作者苍苍说，《宁波有嘻哈》的创作灵感来源于《中国有嘻哈》，内容有关宁波人餐桌上的家常菜葱油白蟹。他们此前也创作过宁波高考之类的相关题材的视频，但用说唱方式包装宁波元素是第一次。《宁波有嘻哈》中的词都是苍苍的男朋友老张写的，他在大学里玩过乐队，有一定的音乐创作功底，他们一直希望通过各种方式来介绍宁波的吃穿住行，表达宁波人的生活方式。

小林：对，就是要把咱宁波好的一面展现给大家，告诉一些年轻人别老往北上广跑，其实宁波挺好的，留下来吧年轻人们，哈哈哈……

主持人：好的，我们一起来感受一下《宁波有嘻哈》。

【插入音乐片段《宁波有嘻哈》】

（歌词："呦呦呦，八月里想吃点海鲜，想到东海里抓蟹去，再两杯老酒咪咪，夏天个么惬意。菜场白蟹60一斤贼嘎巨。我吃蟹盖头，你吃蟹脚钳……"）

小林：其实珺姐你可能只知其一不知其二，咱宁波真的是高手在民间，这首《宁波有嘻哈》出了以后，掀起了宁波业余地下 Rapper 们的创作高潮，其中一个名叫"波托邦"的组合对老张发起 diss，我们可以先来感受一段 demo。

【插入音乐片段《diss 老张》】

主持人：这个好玩哈，diss 得很惨哦，本来宁波话"鲜蟹"就和"嘻哈"读音一样，这个压得很讨巧。那这个演唱者是所谓的业余玩家吗？

小林：演唱者其实是一个神秘的 Rapper，我只知道叫蔡一，非常爱玩也非常会玩，狂热的电影爱好者、瑜伽爱好者，算是一个自媒体号的创始人。他们其实还有后续，老张又 diss 回去了，没完没了地出了好几首宁波话说唱呢。

主持人：我们今天提到了几次的词"diss"也是一个嘻哈里的专业术语，要不你给解释解释？

小林：介绍"diss"（打个比喻，diss 就和街舞中的 battle 差不多，diss 是 Hip-Hop 中的一个重要的文化组成部分，是指一首歌曲主要是为了诋毁或侮辱其他人或团体。Rapper 之间用这种唱歌的方式来互相贬低和批判，而用歌曲攻击别人的趋势开始变得愈来愈普遍，成为了会互相竞争的嘻哈的一种文化、风格，毕竟大家"撕撕"更健康）。

我们再来说说蔡一，他另外创作的一首嘻哈作品，我觉得特别有宁波腔调，唱的就是宁波人最爱吃的黄鱼，推荐给大家。

主持人：好啊，黄鱼我也最爱吃了，还等什么，赶紧一起来听一段。

【插入歌曲《黄鱼大人》】

主持人：其实你推荐的这两位算是宁波草根音乐人，其实我觉得我们宁波不是说今年才兴起嘻哈热的，一直有很多人在坚持创作，比如我们的好朋友、宁波知名音乐人王乐汀、叶匡衡，早在《中国有嘻哈》火爆之前就一直坚持创作。他们的作品有不少Rap 曲风的"宁波故事"。《宁波麻将》《南塘旧事》《新拔兰花》讲的都是宁波的人和事。对宁波人来说，王乐汀的名字并不陌生，因为是我们节目的老朋友了，不过今年又多了一个身份——中国新歌声那英组人气学员。

小林：像《新拔兰花》更是把宁波传统甬剧和 Rap 结合在一起，在宁波本地各大社交号热传，"甬剧＋电音"的混搭着实让人眼前一亮！

主持人：提到《新拔兰花》，王乐汀表示，是一个契机酝酿出了这个作品："甬剧我们其实很早也想做，因为我们跟甬剧团也有一些合作，私底下也比较熟，正好去年要做一个新旧文化冲突的音乐作品，我们就接下来了。由于时间非常短，我们就用了很短的时间把甬剧、电音、饶舌等多种音乐元素混合在一起，出来的效果倒也还不错。"

【插入歌曲《新拔兰花》】

主持人：其实对于宁波和宁波音乐，王乐汀表示，他和他的小伙伴叶匡衡都是宁波人，两个人合作写歌五六年了。2016 年下半年，发了两首关于宁波的歌曲，一首是叫做《南塘旧事》，第二首是《宁波麻将》，发了之后得到了很大的反响。

小林：宁波麻将好啊，我也打得还不错。其实我们宁波是现代麻将的发源地。宁波麻将可能被誉为是最复杂而且又最好玩的一种麻将。我们宁波人民对麻将也是情有独钟的。

主持人：据说这首歌发了之后，就发现好多的身边的好朋友啊，亲戚啊，都在放这首歌，他说不管吃饭啊，打牌啊，洗澡的时候都会放这样的歌，就觉得特别的好玩。

小林：挺好挺好，我觉得我们这个本身艺术源于生活，然后生活也需要艺术的普及和愉悦，真的是这样。

【插入歌曲《宁波麻将》】

小林：其实说实话，嘻哈音乐在宁波的受众群体并不是那么多，做 Rap 也不容易，加上原创则是难上加难，但王乐汀和叶匡衡一直选择坚持，这点我是挺佩服的。

主持人：我们这代人对走书、甬剧这些传统曲艺继承、了解得不够，如果能够通过我们的努力，让大家对宁波的传统文化有更多了解，那我们的目的就达到了。

小林：因为嘻哈在中国属于小众音乐，音乐人才的储备不够，目前出现在《中国有嘻哈》舞台上的选手几乎涵盖了国内大部分顶尖的 Rapper。GAI、小青龙、Jony J、TY 等基本都已经在国内地下说唱界有一定名气，据说接下来还有《中国有嘻哈 2》，如果缺少优秀的选手，那节目的可看性就会少很多。

主持人：没有群体受众支持，没有音乐人才储备，寄（希）望一档节目去改变众人对嘻哈的原有印象，去改变大环境，任重而道远。不管嘻哈音乐在国内发展前景如何，但就像有些音乐人说的,《中国有嘻哈》目前的热度最起码让很多年轻人喜欢上嘻哈,愿意去尝试这门小众音乐的创作。一座城市需要音乐,更需要认真做音乐的人,我们希望用自己的方式来讲宁波故事,发扬宁波的文化,这就是我们的价值所在。感谢各位收听我们的《阿拉宁波很嘻哈》。

小林:要继续支持我们的节目、支持嘻哈音乐哦。

合:拜拜!

单位:宁波广播电视集团新闻综合广播

作者:王珺、范超伟

播出时间:2017 年 12 月 31 日

交融城市音乐文化　唱响本土好声音
——宁波广电集团广播音乐节目《阿拉宁波很嘻哈》评析

王淑华

2017 年夏天首档大型 Hip-hop 音乐选秀节目《中国有嘻哈》开播,不仅收看点击量不断刷新纪录,在微博频上热搜,还将嘻哈音乐制造成热门话题,这档以差异化、创新力见长的超级网络综艺节目,体现当代年轻人的音乐态度和生活价值主张,同时节目将嘻哈这类小众音乐带进大众视野,引发全民嘻哈热。在这样的音乐发展和媒介环境之下,宁波广电集团新闻综合广播《92 最动听》栏目于 2017 年 12 月 31 日推出了题为《阿拉宁波很嘻哈》的节目,巧妙利用热点,在嘻哈音乐浪潮兴起之时顺势而为,自然而然地抓住了听众的耳朵。该期节目的独特之处在于将嘻哈音乐从"中国"转向了"阿拉宁波",增加了本土特色,多样化地盘点了宁波嘻哈大军,他们不管是草根出身还是专职做音乐,都以自己独特的、生动的方式去创作和宁波文化有关的、能够体现宁波嘻哈文化精髓的嘻哈作品。而节目最出彩之处在于将宁波本土多元、丰富的音乐元素的交融凝聚在短短 30 分钟内:节目以嘻哈音乐为核心,结合说唱、B-Box、方言、甬剧、民歌等多种音乐元素的推介,多元音乐文化的碰撞制造出"宁波本土好声音",为宁波打造"音乐之都"增加了亮点。总体而言,该期节目通过宁波本土嘻哈音乐知识推介、增加宁波元素、述说宁波故事和宁波音乐文化碰撞四大特点突出主题,体现了本土好声音的价值。

一、引导嘻哈从"中国"转向"阿拉宁波"，知识推介延伸至宁波本土

不少听众可能看过《中国有嘻哈》节目，但未必对嘻哈音乐的基本知识熟悉，更别说了解宁波本土嘻哈音乐的发展。本期节目在这两个方面都做到了知识普及和信息推介。一方面是对嘻哈音乐基本知识的介绍，嘉宾小林刚出场的时候具有非常浓重的嘻哈风格，听众听到的不是常规的"大家好"之类的自我介绍，小林用 B-Box 的特殊口技出场，向听众宣告其嘻哈音乐人的身份特征，同时对 B-Box 在嘻哈音乐中的地位做了详细介绍。在节目进行中他还介绍了嘻哈音乐专业术语 diss 的意思（"打个比喻，diss 就和街舞中的 battle 差不多，diss 是 Hip-Hop 中的一个重要的文化组成部分，是指一首歌曲主要是为了诋毁或侮辱其他人或团体。Rapper 之间用这种唱歌的方式来互相贬低和批判，而用歌曲攻击别人的趋势开始变得愈来愈普遍，成为了会互相竞争的嘻哈的一种文化、风格。"），增加了听众对嘻哈音乐知识储备的同时，也传递了嘻哈文化。另一方面是向听众介绍宁波本土的嘻哈歌手和嘻哈作品。主持人和嘉宾向听众细数宁波知名嘻哈歌手以及草根玩家，包括在宁波玩得最久、已有将近十年时间的超级兄弟，刚来宁波半年、已在校园做巡回演出的来自无锡的"新宁波人"C4 组合等近十位歌手，在介绍音乐人的同时，节目穿插播放了包括《我的祖国》秦涛版、《宁波有嘻哈》、《diss 老张》、《黄鱼大人》、《新拔兰花》、《宁波麻将》在内的六首歌曲，宁波嘻哈音乐的历史伴随着这些精彩的原创音乐被娓娓道出，为听众所知。

二、强调嘻哈本土化的宁波元素，让音乐亲切而接地气

嘻哈本是用多种元素构成的街头文化的总称，最早源自美国社区，应该说是舶来品，然而该节目有趣之处在于将"舶来品"加入了宁波元素，甚至成为本土化的一种音乐创新。宁波嘻哈音乐中的本土元素有两种表现方式，其一，用宁波方言来演绎嘻哈音乐，有助于推动嘻哈音乐成为宁波全民娱乐。节目介绍了一个宁波方言说唱版的《宁波有嘻哈》，内容是关于宁波人家餐桌上的家常菜葱油白蟹，而且宁波话"鲜蟹"就和"嘻哈"读音一样，这种谐音的说唱音乐创作让宁波人听了特别亲切，也拉近了嘻哈音乐与宁波人之间的距离。其二，用嘻哈音乐来推广宁波"特产"，增强本土嘻哈音乐的生活气息。节目介绍了两个宁波音乐人王乐汀和叶匡衡在 2016 年创作的嘻哈音乐《宁波麻将》。宁波是现代麻将的发源地，宁波麻将作为最复杂最好玩的一种麻将深受宁波人民的欢迎，因此这首歌迅速在宁波人民之中广为传唱，甚至有人在吃饭、打牌、洗澡的时候都会听。嘻哈音乐作为艺术融于宁波的本土生活，既表达了宁波人的生活方式，同时也为生活增添愉悦和趣味，非常的接地气。

三、述说宁波好故事，彰显嘻哈音乐的宁波骄傲

节目介绍了不少认真做音乐的宁波嘻哈音乐人，通过述说宁波好故事，使宁波人能理解身处同一座城市的嘻哈音乐人的生活处境和音乐梦想。在节目中，嘉宾小林讲述了一个高手在民间的故事：一个宁波本地嘻哈音乐人老张创作了歌曲《宁波有嘻哈》，掀起了宁波业余地下 Rapper 们的创作高潮，其中一个名叫"波托邦"的组合对老张发起 diss（挑战），后来老张又 diss 回去了，由此诞生了好几首宁波话说唱，这几个业余音乐人彼此也产生了高手之间惺惺相惜的感情，这在宁波嘻哈音乐圈中也成为一段传奇佳话。

虽然是业余爱好者，虽然小众化，但宁波嘻哈音乐人用自己多年来的不懈坚持，来实现自己的音乐梦想，并且还将自己对宁波家乡的热爱融入自己热爱的音乐之中，彰显嘻哈音乐的宁波骄傲。上面所提到的用宁波方言说唱就是一个最佳明证。除此之外，富有创新精神的宁波嘻哈音乐人还能把爱国和爱家乡紧密联系在一起，将宁波这一城市品牌打响至大江南北。节目介绍，宁波嘻哈歌手秦涛团队在 2017 年初春节期间创作了《我的祖国》MV，歌曲除了对伟大祖国的赞颂外，还融入了鲜明的宁波元素：三江口、鼓楼、天封塔、天一阁等地标性建筑以影像的方式先后呈现；王阳明、邵逸夫、包玉刚、屠呦呦等宁波人物则在歌词中被一一细数，道出作者浓浓的家乡情怀。歌曲一出立刻火爆网络，后来被共青团中央、紫光阁、环球时报等官方微博相继转发，仅原视频点击量就直逼 500 万次，吸引了众多网友的评论、点赞。秦涛的团队运用了 Rap 这种既接地气、又广受年轻人喜爱的歌唱形式，使爱祖国爱家乡的主题在新的时期变得更加轻松、活泼又饱含正能量，这首歌曲甚至可以成为宁波的城市宣传曲。秦涛团队对宁波的热爱也融入歌曲之中，歌颂的不仅是对祖国的深情，还有对家乡的浓浓骄傲。

四、注重传统和新兴音乐碰撞混搭，弘扬宁波和谐音乐文化

本期节目在制作中胸怀宏观和全局的音乐视角：一方面关注嘻哈音乐在中国的发展前景，关心优秀音乐人才的储备状况；另一方面关注嘻哈音乐和宁波传统音乐的融合，以此来弘扬宁波的和谐音乐文化，为宁波打造"音乐之都"加油助威。在节目中特地提到嘻哈音乐人和甬剧团合作，把甬剧、电音、饶舌等多种音乐元素混合在一起，形成了一首原创歌曲《新拔兰花》。这种宁波传统甬剧和新兴 Rap 电音的混搭，产生了让人眼前一亮的音乐效果，这种传统和新兴音乐的激情碰撞，不仅为嘻哈音乐的发展开辟了一条新路，而且让更多年轻人对走书、甬剧这些传统曲艺文化有更多的了解。

在这期节目中，主持人和嘉宾配合默契、内容充实，音乐既作为主题又作为背景运

用恰到好处，使整期节目节奏感强，松弛有度。其中搜集资料、约访和录音等环节都需要主创人员和嘻哈音乐人的精细化沟通，看得出这期节目在制作上下了不少功夫。本期节目以宁波嘻哈音乐为由头，传唱宁波好声音，讲述宁波好故事，发扬宁波音乐文化，同时呼吁更多年轻人用自己的方式来助力宁波"音乐之都"的建设，形式活泼，主题突出，立意深远。

文学专题

我的诗篇

这是一位工人，在读另一位工人写的诗。

午夜下班的时候

雪还在落

......

一个打工者

我们有着不一样的籍贯

我们在别处出生

......

一个15岁出门的人

你看不清早晨工业的浓雾和暮春的黄昏

你看不清四季怎样变化，人生怎样无常

......

一个货车司机，一个诗歌爱好者

我想告诉自己　我在五千米深处打发中年

我把岩层一次次炸裂

一个环卫工

一个拼在城市的人

一个走在异乡的人

【诗句叠入】

......

父亲笑呵呵

像温暖的经书，让我念诵不已

这是他们的诗，他们的生活......

这些诗写于一些城市的打工者，他们来自巷道深处、工地荒山，来自归乡的途中，来自所有诗意照进现实的时刻。它们共同构成了一部当代工人的诗集，诗集的名字就叫《我的诗篇》。

> 让我们的心
>
> 穿越这南方漫长而荒凉的铁轨
>
> 回到千里之外的空乡——在那里
>
> 我们的孩子已经出生　在起风的旷野里奔跑
>
> ——李笙歌《打工者》（读诗人：轨道工地高伟、刘刚）

【音乐起，采访声音叠入】

我必须先坐下来，习惯那些声音：

【音效：建筑工地环境声，推土机、纺纱机、货运电梯的声音，马路街道声……】

习惯切割，习惯铁的敲打，习惯工厂的下班铃；习惯马路，习惯齿轮的摩擦，习惯灰尘落下的声音，如同此刻他们要习惯面对诗歌一样。

> 六点钟，我什么都没准备好
>
> 晨光没有耐心，窗台显得粗暴
>
> 炸油条的小伙子掌握着油锅的安静
>
> 什么都在快速变化，油条变得金黄
>
> ——谢湘南《忙碌的人群是坚固的》

（读诗人：王敏，网红环卫工，快手直播 ID"情歌老头"，拥有 4.1 万的粉丝。上过《人民日报》的微博，被点赞 7000 多次）

这是一位 51 岁的环卫工人。他遇见那位叫谢湘南的工人，是在他的诗里。一个在他乡，一个在此地。

此刻的马路车来车往，比诗里的清晨还要忙碌。他看着诗，像看着熟悉又或陌生的彼此，诗意与真实容纳了两者。

> 六点钟，我什么都没准备好
>
> 太阳脱下大海白色的睡裙
>
> 穿上牛仔裤，线条多么耀眼
>
> 出门的人都被引诱，忘记向家人告别
>
> ……

> 从夜班上退下来的　　找到自己时钟的秩序
> 身体喊叫着，柔顺着
> 伴着城市轨道上车辆的奏鸣
> 　　——进入睡眠

6点，他已经在马路上走了一个来回，知透了冷暖。很显然，他是第一次读诗，他捧着诗的样子，像在看天，仿佛一字一行都写满风雨。

他说扫马路的日子，最怕风雨。

来宁波10年，他叫王敏。做环卫工人之前，他在慈溪的采石场爆过荒山，高亢的野劲还在。

> 午夜下班的时候
> 雪还在落
> 没有风，没有一点声音
> 我诧异已是三月的中旬
> 怎么还有这样大的雪
> ……
> 　　——《雪夜》

> 好些年了，村庄在我的离去中老去
> 此刻它用一条小兴场的泥路
> 反对我的新鞋、迎接我的热泪

这是一位装修工人。这首诗叫《迟到》——诗的作者，在服装厂打工。

> 父亲笑呵呵
> 像温暖的经书，让我念诵不已
> 他的拐杖又长高了不少
> 而母亲笑呵呵在我心里
> 今夜我要睡在她的旧床上
> 　　——《迟到》吉克阿优（读诗人：装修工老豆）

他不相信诗就是这样，我告诉他那也许是修辞……

诗歌在他心里，仿佛一种高尚的仪式。他说诗，模糊了他认识与不认识的生活。

你们有着不一样的籍贯

你们在别处出生

不约而同地来到此地

来到……

生长之地，来到另一个

生命的起点

——谢湘南《在深圳的姑娘》

　　15 岁出来打工，他上过小学。离家 20 多年，他说最想念家乡的中秋，能吃上一顿特别丰盛的饭菜。尽管现在日子好了，三菜一汤也有了酒劲儿。

　　1992 年来到宁波，他叫老豆，46 岁，做过泥水工、打过楼板、刷过油漆……

遮天盖地的黄尘，

呐喊着在飞旋，

遮住了天空、树林和山峦

挡住了测量镜的光圈……

谁会害怕　这咆哮的风沙

明天它会化作春风，

在绿色的工人村轻轻掠过……

——《信念》（读诗人：高伟，轨道工地钢筋工）

　　高伟，28 岁，和老何在同一个工地。我从诗里第一次看见他们，看见诗与这些穿劳动布的人群站在一起，望着风，望着雨，望着故乡的天和异乡的云。一年又一年。

儿子

我们已经很久不见了

你在离家二十里的中学

我在两千里外的荒山

儿子

爸爸累了

一步只走三寸

三寸就是一年

　　儿子　用你精确无误的数学算算

　　爸爸还能够走多远

　　儿子

　　你清澈的眼波

　　看穿文字和数字

　　看穿金刚变形的伎俩

　　但还看不清那些人间的实景

　　我想让你绕过书本看看人间

　　又怕你真的看清

　　——陈年喜《儿子》（读诗人：工人老何）

　　我告诉他们，这是一位爆破工用手机一字一句敲打在博客上的诗歌。一念诗，再刚毅的男人也有了秘密。

　　高伟的儿子今年3岁，因为远在千里之外，他一年只能见儿子三回。他来宁波前，去过四个城市，装过管片，打过螺栓，抬过钢轨。

　　他已经习惯了想念，只是还不知道怎么把它们想成一首诗。

【音乐起，诗叠压混】

　　我们活泼的身体曾在这个城市的街巷里穿梭

　　在制衣厂　玩具厂　电子车间　柜台前　写字楼

　　我们或许成天加班

　　或许在城中村的一个楼梯间，热烈地

　　吻过自己的恋人

　　（读诗人：建筑工人刘刚）

　　……她送去温热的午饭

　　此刻，也是幸福的。像其他女人一样

　　轻轻的，羞涩的

　　灰尘也像点缀在幸福脸上的雀斑

　　一个女人的恋爱渗出工装

直指一台机器
——《一个女工的恋爱》（读诗人：打工女小潘）

爸，你的头发全都白了
像后坡地里收了棒子的秋玉米

爸，我越来越像你了
只有头发还有区别
只有头发把我们分成了父子
——《给父亲理发》（读诗人：国营理发店工人）

倘若有一声轻轻的召唤
她就能感到一双手
正轻轻打开一扇漆红的门
——利子《下夜班了》（读诗人：打工女小王）

在夜班过后的食街中用一个甜点　一串麻辣烫
来安慰寂寞的肠胃
此时你们的耳边响起的仍是工地的桩声
是车轮滚滚的流逝

这些诗歌，仿佛来自中国深处的文学故事，像工人的履历，也是诗歌的履历。

白天的小路已经消失
四周一片银白
——徐晓宏《雪夜》
【诗句叠入】

放下诗，他们仍然还是一线从事生产的工人：搬运、爆破、装修房子，贴近钢轨、站在庞大的轰鸣机器前……

他们的背影叠加在一起，他们藏在诗中，在每一天时间的流水线上，跋涉南北，迎向生活，渴望远方。

> 风扇静止
>
> 毛巾静止
>
> 口杯和牙刷静止
>
> 邻床正演绎着张学友
>
>   旅行袋静止
>
>   横七竖八的衣和裤静止
>
>   绿色的拖鞋和红色的塑胶桶静止
>
>   我想写诗　却点燃一支烟
>
>   墙壁上有微笑和透明的女人
>
>   有嚼过的口香糖
>
>   还有被屠宰的蚊子的血
>
>   ——《呼吸》（读诗人：工人王哥）

这是五金厂的男工宿舍。距离回家还有十八天，一个不冷不热的季节，一个星期天的晚上，九点半。

【出采访声】

老汪59岁，跑了大半个中国。他，不识字。

走进工地的时候，老汪见了我笑。我和他之间隔着一道疤，疤痕贯穿手心。老汪说他不想看诗，看了就会有眼泪。诗无法走进他的生活。

老唐接过诗，没有拒绝，因为诗人姓唐，跟他是本家。

> 从湖南退到深圳，从东莞
>
> 退到杭州，从常熟退到宁波
>
> 从温州退到成都，退到泥土、草木
>
> 五谷的香气里，故乡依然
>
> 很远，是一只走失的草鞋
>
> 退、继续退，从工地里退出来
>
> 从机器里退出来，从那滴泪水里
>
> 退出来，从四十岁退到三十岁
>
> 二十岁、十岁……故乡依然
>
> ——唐以洪《退着回到故乡》（读诗人：工人老唐）

【音乐起　出采访声】

　　　　车窗外，一帧帧美景从眼前掠过

　　　　像一枚枚箭镞射进心底

　　　　……

　　童琳，来自河南，22岁。诗歌在她活泼的身体里形成某种交响，她和恋人在同一个工地，此时，他们的耳边响起的仍是工地的桩声，周围车轮滚滚地流逝。

　　晚班过后，他们会在食街中用一个甜点，一串麻辣烫，来安慰寂寞的肠胃。

　　　　来宁波十八年，故乡反倒成了异乡

　　　　我爱她的朝气蓬勃，一年四季轮番上阵的花朵

　　　　常青的树和草

　　　　热爱她的每一寸生长。

　　　　这种爱渗入到毛孔里、皮肤里、细胞里、血液里、骨头里

　　　　即使这座城市的户口簿上没有我的名字。

　　　　——邬霞《谁能禁止我爱》（读诗人：工人童琳）

　　我看见他们在诗里，从拥挤退到空阔，从轰鸣退到寂静，从工厂回到少年，他们成了诗的主人。

　　　　故乡依然很远

　　　　是一只走失的草鞋

　　　　——《退着回到故乡》（读诗人：五金工厂老李）

　　　　这里有一丛丛绿意盎然的丝瓜、南瓜、豆角、白菜

　　　　几棵灌木和香蕉树

　　　　还有三株金黄的向日葵

　　　　——《在工业区走过一段田园》（读诗人：工人老熊）

　　【念诗的声音，唱歌的声音】

　　《我的诗篇》是关于平凡世界与非凡诗意的故事。诗歌不能让我们感受的，也许生活可以，一点一点地去发现、去朗读这个时代更加完整的样貌。那里没有荣辱，那里没有贵贱，那里没有城乡，那里没有泪水，那里没有贫穷，那里没有富贵，相遇的都是亲人。

　　故乡依然……

在风中,我能闻到草叶的清新和

一个打工妹擦肩而过的淡淡的花香

远望东江边的高楼

我常常忘了

一处低矮民房里轰鸣的机器声

……

退,继续退

退到母亲的身体——那里

没有荣辱,没有贫穷贵贱之分

城乡差别。没有泪水,相遇的

都是亲人

【所有读诗的人采访介绍】

音乐扬起——结束

单位:宁波广播电视集团音乐广播

作者:申小轩、胡建泽、陈晔、诸晓丽

播出时间:2017 年 12 月 23 日

让诗歌照进现实,让艺术走进生活

——《我的诗篇》评析

石艳华

《如意鸟·有声杂志》是宁波广播电视集团打造的一档精品栏目,它致力于关注中国社会历史文化变迁,传播和弘扬浙江历史文化。该栏目连年推出了很多优秀作品,多次获得省市级大奖。广播文学节目《我的诗篇》又一次向广大听众呈现了这档精品栏目的艺术创作水准。

在众多广播电视节目类型中,综艺节目和新闻节目可以说是主流,前者为媒体创造经济效益,后者为媒体创造社会效益。近几年,随着《中国诗词大会》《朗读者》《见字如面》等电视节目的热播,文化类节目逐渐崛起,成为有别于满屏综艺的一股清流。不过,广播文化类节目不温不火,备受关注的广播文学节目也不多。《如意鸟·有声杂志》栏目多年来坚持创作有温度的文化节目和文学节目，真的难能可贵。

一、善于挖掘边缘题材，让诗歌照进现实

稍微对文学和文学节目有所了解的受众都能认识到，作品《我的诗篇》的选材比较边缘化。在当今中国，工人尽管人数众多，却是边缘群体，在媒体中话语权并不多；诗歌虽然历史悠久，却逐步变为边缘文学，朗读的人少，创作的人更少。作品将这两种伟大的边缘凝聚在一起，在这个充满实验意义的文学作品中，碰撞出了意想不到的感动。

《我的诗篇》不是文人、名家之作，而是一些城市打工者创作的诗集，是他们在巷道深处、工地荒山，在归乡途中、在诗意照进现实的时刻创作的作品，记录着这个底层群体的劳作与生活、悲欢与离合、情感与价值，是当代城市打工者的群体镜像。因此，我们不难理解，那些读诗的工人们，尽管文化水平不高，文学素养也不深，有的没上过学，有的小学肄业就来到异乡打工，却能从诗歌这种比较陌生的文学作品中发现巨大的力量。因为他们第一次从诗歌里看见了他们自己，第一次在诗歌中感受到了熟悉的彼此。

可能有人说，这些工人们的普通话并不标准，嗓音并不清澈圆润，更谈不上抑扬顿挫的朗读技巧，但是，就是这些不加修饰、比较粗糙的原生态声音，给了我们听觉的惊喜，原来他们才是生活在诗歌里的主人，他们才是最好的朗读者。

二、构思巧妙，制作精致

文学节目就像文学作品的创作一样，大到布局谋篇，小到一字一句，都要仔细推敲。仔细倾听作品《我的诗篇》，就能感受到主创者们一丝不苟的创作态度。

首先，作品结构设计十分精巧。作品运用朗读、讲述和采访三种语言表达方式来呈现节目内容，不千篇一律，也不呆板生硬，时而铿锵有力，时而娓娓道来，时而谈笑风生，节目的可听性特别强。在节目中，绝大部分读诗工人所占的时长在1分钟左右。就在这短短的1分钟时间内，主创者能向听众讲述一位工人和诗歌的故事，让听者意犹未尽、流连忘返。

其次，声音元素丰富，制作精致。除了主播情感充沛的讲述语言之外，作品还把背景音乐、音响音效等表情达意、渲染气氛的声音元素同有声语言有机巧妙地结合在一起，使它们相辅相成，俨然就是一场声音秀，令听众陶醉其中。

据主创者介绍，作品《我的诗篇》在2017年播出之后，在工人群里引起了强烈反响，有更多的工人用不同的方式表达了想参与节目的热情。这让我们看到了作品的传播价值，也让我们看到了让诗歌艺术走进社会生活的希望。

综艺专题

> 这红色　滚烫炽热
>
> 我扎入这片血海，瞪圆双目却看不见星光
>
> 我在等待暮霭降临，夜幕拉开，
>
> 灯火将过往一一笼罩，
>
> 将人们的记忆渐次点亮。

红

音频：2017 南京大屠杀死难者国家公祭仪式新闻播报

2017 年 12 月 13 日，国家公祭仪式。肃穆的气氛让人脊梁陡直，骨骼坚硬，双腿生根。

降下来的半旗在风中招展，眼前这红色，从五千年前就开始积攒，厚积薄发。这浓重的红色，是从 80 年前那三十余万死难者的鲜血中提炼出的一种红。这种红，一旦涂抹在十几亿中国人的精神上，那就是一片浩荡的火海，这火海，可以让凤凰涅槃重生……

长诗《狂雪》　王久辛

如果你害怕　就闭上眼睛/如果你恐惧　就捂严双耳/你只要嗅觉正常/闻　就够了/那血腥的味道/就是此刻/半个世纪之后的今天晚上/我都能真切地闻到

两个女孩隔空相对。

来自 1937 年里的女孩全身是灰，衣服单薄，光着双脚，她的身旁是枪火留下的烟尘和战争留下的荒乱；而 2017 年里的女孩穿着暖和的棉服，在她身后，是现代的高楼和干净的街道。她们伸出手，想透过漫漫岁月，触摸对方。

（甲：2017 年女孩；乙：1937 年女孩）

甲：我……没有去过彼时的南京。那六朝古都还被称为金陵时的繁盛景象，和它在成为炮火硝烟中栉风沐血的人间地狱的时候。

乙：我是被炮声惊醒的。突然哑掉的炮声太吓人了。我跑到门口，看到逃难的人群和车把城门堵了个严严实实。我还看到一个男人，他的脸给绷带缠得只露一个鼻尖，他的制服上全都是血。

甲：我还记得第一次在电影院里看《金陵十三钗》时的情景：我一个人去的，想着张艺谋这部电影以南京大屠杀为题材，不想被别人看到我落泪。

音频：《金陵十三钗》电影片段　音乐：《秦淮景》

那曲《秦淮景》，第一次是穿着学生服唱的，而在她的回忆里，却是穿着鲜艳红色旗袍的十三钗。

女学生们能记起的是从教堂彩绘玻璃窗上的破洞，还有锅炉房的通风口，还有地下室隔板的缝隙看到的光景和说不出具体是谁，嘴上那一抹鲜艳的殷红。那殷红，变换形状，有时如新月，有时又似一道伤口，有时是一个闭合的图样，露出里面珍珠般的皓齿。

日本兵要女学生们去唱歌助兴，谁都看得出真实的目的是什么，女学生们以死相抵。

音频：电影《金陵十三钗》片段

乙：我看着她们换了发型，洗掉胭脂，抹去浓黑眼线和醉人的口红，她们原来跟我一样，是再清纯不过的女学生的样子。我想，她们这样娇俏这样纯情，可以骗过每个蠢笨的日本人。

甲：我知道，你甚至忘了关心她们换上学生装后，接下来的命运。

乙：后来，阿多那多把他从外面拍回的照片洗出来给我们看。我只看了一眼，吓得浑身发抖，赶紧用手捂住眼睛，从指缝去看那横尸遍野的城市，烧成炭的身体，毁成一片瓦砾的街区，一池鲜血的水田……我听到神父用颤抖的声音说，"我要你们看清楚，并且要永远记住"。

歌曲《红色》　演唱者：刘天阳

那耀眼的红/能为他们　带去什么/一不小心　他们注意到我与他们的差异/毫不犹豫　丢弃了人性/刀刺向我的身体

音频：张纯如拍摄的南京大屠杀幸存者采访（选自纪录片《1937 南京记忆》）

南京大屠杀幸存者刘永兴：人死了以后他用汽油烧，把死尸烧得不像个人了。

南京大屠杀幸存者唐顺山：马路上尽是死尸，马路上尽是血。就跟下雨一样，全是血。

南京大屠杀幸存者潘开明：醒过来一看，我是人还是鬼啊，日本人把我打死了，可能我不是人了。

南京大屠杀幸存者刘永兴、唐顺山、潘开明，三人略带乡音的讲述让从小出生在美国的张纯如有些不知所措，她没办法完全听懂。但情感是相通的，表情与动作是相通的，她读懂了超越话语内容的恐惧与气愤。

1995 年，张纯如只身来到南京，为写书搜集资料。在堆满屋子的资料里，她的眼里只有黑白两色，南京城里痛彻心扉的苦，变成了手中薄薄的旧照片。她仿佛看到了那些幸存者口中提到的名字的主人，睁大着眼睛，带着急促的呼吸，以那样惨烈的形式倒在猩红的血泊之中。

她的心在滴血。

甲：我就是从张纯如的文字里读到那段历史的。

乙：历史……

甲：就是你所经历的……这些事。

乙：她和英格曼神父一样，是美国人？

甲：不，她是华裔作家，江苏淮安的女儿。

《南京浩劫：被遗忘的大屠杀》这本书出版后，哈佛大学历史系主任威廉·柯比评价它为"人类史上第一本充分研究南京大屠杀的英文著作"。而张纯如则遭到了日本右翼势力的报复和骚扰。她不断接到威胁信件和电话，这使得她不断变换电话号码，不敢随便透露丈夫和孩子的信息。她曾经对朋友说，这些年来她一直生活在恐惧之中。后来她患上抑郁症。2004年，张纯如在自己的车中开枪自杀，时年36岁。

歌曲《红色气球》 演唱者：李志

红色的气球它现在飘在哪里/红色的舞鞋又在谁的怀里/我们就坐在这里的下面/听他们歌唱或者沉默/这么多年过去了你看/我的眼中充满着泪水/这么多年过去了你看/我的眼中充满着泪水

乙：那……2017年的中国还打仗吗？你是不是还像我一样，常常在睡梦中被轰炸声惊醒？能吃得上一天三顿白米饭吗？

音频：电影《横空出世》片段

硝烟，灰烬，鲜血，亡魂。

从逆境中艰难爬起的人们用生命和鲜血换来了如今的和平。落后就要挨打，奋起直追才能昂首挺立。

此时的中国红，是一种沉甸甸的红，是一种饱经沧桑之后的红，是一种历经磨难之后的红，是一种血雨腥风之后的红，这样的红，红得深沉。

影评《静好的岁月多么奢侈》 作者：Irene

如果哪天阳光正好，走进巷子里来，里面一定飘着刚洗过的衣服散发的淡淡皂角的香味，会闻到裁缝铺里熨烫衣服的蒸气味儿，书铺子里堆积的大量印刷书年久受潮的纸张的霉味儿，鞋匠铺里的皮鞋和胶水的味道，还有理发店里染发膏的味道……当然了，到了饭点，家家户户的烟囱里都会飘来阵阵饭菜的香气。生活在巷子里的人们就如同我们自家门口随处可见的老张、老李，或是爱占点小便宜，或是胆小怯懦，或是妖娆艳丽。这里什么都有,唯独没有安静,一天到晚永远有吵不完的架、聊不完的八卦和算不清的账。

……这样的生活琐碎、平静,甚至有些单调。这样的一群人普通、渺小而平凡,都有缺点,不算绝对的好,也算不上完全的坏。

……最喜欢半晚上的人们从窗户外叫住卖馄饨的小贩,也喜欢他们在公园里漫步,喜欢他们一起上下班,喜欢一切琐碎的小事。

甲:柴米油盐酱醋茶的日子,那么平凡、朴实、具象,对现在的我们来说再普通不过了。

乙:可对于我来说,这是多么奢侈的梦啊。

如今,我们日常的生活,和平、安宁,岁月静好。然而并非全世界都如此,地区战争不断发生,恐袭阴影笼罩很多国家。

多少人希望面朝大海、春暖花开。多少人向往岁月静好、现世安稳。

多少人看不见黑暗,因为有人用生命,把黑暗阻挡在你看不见的地方。

多少人看不到战火与硝烟,所谓的岁月静好,不过是有人替你负重前行。

音频:《战狼1》片段

音频:新闻播报片段

中国第一艘货运飞船"天舟一号"成功发射;

"中国量子计算机诞生",这是历史上第一台超越早期经典计算机的量子级计算机;

我国成为全球第一个实现在海域可燃冰试开采中获得连续稳定产气的国家。

《红》 演唱者:宿雨涵

一朵红的花/静静地开放/深藏在心中/山河也飘香/妈妈告诉我/红在血液里流淌/无论在哪里/你我颜色都一样/我祈祷,我努力/没有战火的消息/为自由,为和平/为了梦中的安宁/把手递给你/换你的真心/我们肩并肩/坐看阳光照大地

乙:80年后,不再有战争,不再有隆隆的炮声,不再过担惊受怕的日子。可以幸福地走在大街上,可以开心地笑,可以躺在妈妈怀里,听她讲今天在菜场买了哪些便宜的菜;可以一家人团团圆圆地坐在一起,坐在一起吃饭……

甲:是的,和平、自由,这样的生活,这样的锦绣年华,如今的孩子们都实实在在地拥有着、经历着。如果有一天我们能相遇,我一定会告诉你,山河犹在,国泰民安。

总有人问我们:你们为什么要强大?

因为我们知道,弱小有多么可怕。

这一百年,这个国家几乎遭受了同时期世界民族中最为惨痛的欺辱和磨难,如今,在慢慢地重拾往日的强盛和荣光!

泱泱几千年中华文化的中国红，终于成为一道美丽的平安符。你看，如今，我们眼前的红，是温暖的、安稳的、欢喜的、吉祥的，更是蓬勃旺盛、充满力量的！

单位：宁波广播电视集团交通广播

作者：集体

播出时间：2017 年 12 月 16 日

红色的缅怀　生命的连接
——浅析宁波交通广播综艺节目《红》

刘　燕

2017 年 12 月 13 日，是南京大屠杀 80 周年公祭日。在公祭日到来之前，各地的媒体都在以不同的方式纪念逝者，唤起国人铭记历史、不忘国耻、立志报国的爱国情感。宁波交通广播的广播综艺节目《红》，选取了华裔历史学家张纯如、导演张艺谋、作家严歌苓、诗人王久辛等表现南京大屠杀的作品，以爱国情作为主线线索，通过一段段感人肺腑的故事，不仅重现了 80 年前的苦难，也展现了新中国一路发展的成就和人们对和平幸福生活的珍惜，带领听众一起追问与思考南京大屠杀留给中国人民"红色"的意义。

作品选题具有重大意义，"红"这一主题对每个中国人都有特殊的意义，容易引发共鸣，"红"作为题目具有较好的包容性和延展性，不仅负载在具体的事物上有实体意义，还有情感和政治的象征意义，能够将作品所要讲述的不同类型和不同时代的故事，通过"红"这一多元复合的象征线索串联起来。全文中共有 28 处"红"字词出现，分别有鲜血红、中国红、火焰红、旗袍红、口红、服饰红、花红等，不同的红色在作品中具有不同的象征意义，也能很好地呼应这一片段的故事。如《金陵十三钗》的片段，用得较多的是殷红、口红、旗袍的红；而《南京浩劫：被遗忘的大屠杀》中用到的是猩红，死者血之猩红；电影《横空出世》《战狼 1》则用到的是中国红。

作品撷取了有关南京大屠杀的故事的片段和回忆，并辅之以多元的创作手段，使这期节目的内容丰富，情感更充沛。作品以两个女孩的隔空回忆为起始，一个是生活在现代的女孩，一个是亲历南京大屠杀的女孩，从她们对南京大屠杀的不同感受为入手点，逐渐在影视和历史作品中，重合了现代人与 80 年前的南京人对南京大屠杀的共同记忆，通过电影《金陵十三钗》、歌曲《红色》、纪录片《1937 南京记忆》，一步步地走近南京大屠杀的历史现场，直面战争的惨烈与人性的黑暗。

　　作品并不是纯粹地通过饱含情感的语言和影视作品的片段来渲染情感，更多地是通过故事之间的起承转合，来引发听众思考，建构并传播一个珍惜伟大祖国复兴、珍惜和平与宁静现世生活的价值理念。作品可以分为两段来理解，从血染的中国红到温暖的中国红，一段以纪念南京大屠杀和革命烈士的流血牺牲为主题，一段以中华民族的奋发自强、伟大复兴、人民安居乐业为主题，两段主题互相呼应，把南京大屠杀与当代人之间的关系阐释得十分清晰，我们与逝者是生命的连接，没有壮怀激烈，哪有今日的国泰民安，珍惜和平，奋起前行！

（四）广播少儿节目

少儿栏目

小星星乐园

代表作：

二宝来了

宁宁姐姐：收音机前亲爱的同学们、小朋友们，欢迎大家来到今天的《小星星乐园》栏目。我是大家的好朋友宁宁姐姐。

大脸哥哥：大家好，我是你们的好朋友大脸哥哥。

宁宁姐姐：最近我们老少广播阳光小分队的小朋友因为争论一件事情炸开了锅：

"我们班悠悠有个小弟弟了，我也好想要个小弟弟！那样我就可以跟他一起玩爆裂飞车了！"

"你傻呀，小宝宝生出来哪里会说话哦！根本不可能跟你玩儿！"

"就是！我们家隔壁王阿姨说了，要是我妈妈有小弟弟了，就不会再疼我了！"

"那可不一定，我妈妈现在肚子里已经有小宝宝了，妈妈还是每天给我讲故事呀！"

大脸哥哥：看看，这些小家伙你一言我一语，都讲得头头是道的样子！

宁宁姐姐：是呀，自从我们国家开放二胎政策以来，我们很多小朋友的家里都添了新丁，也许，收音机前的你，家里也多了个二宝，又或是，你的爸爸妈妈也在打算着给你添个小伙伴。

大脸哥哥:在这期节目之前我们走访了宁波的各个幼儿园和小学,采访很多"家有二宝"的小朋友,他们当中大多数的人都欢迎二宝到来,但也有一部分小朋友对弟弟妹妹的到来有点儿小想法。

"以前晚上我都可以跟妈妈一起睡,现在妈妈陪小弟弟睡了,我只能和爸爸睡了,我不喜欢爸爸的大毛腿!"

"我弟弟太不懂事了,上次我好不容易画好的素描居然被他涂上了颜色,真是气死我了!"

"小妹妹太吵了,总是哇哇哭,我作业都写不好了!"

"我买玩具的时候爸爸妈妈总是说这个贵那个贵,可是,妹妹的奶粉比我的玩具贵多了,我不开心……"

宁宁姐姐:这些小朋友们所说到听似被冷落的心情我非常理解,可是,这是不是就代表着爸爸妈妈有了第二个孩子以后就不关心我们,不爱我们了呢?

大脸哥哥:小朋友们提到的情况我想也是很多二胎家庭所遇到的实实在在的问题,今天在上这档节目之前,我和宁宁姐姐也做了充分的准备,针对这些小问题,我们邀请来了部分小朋友的家长,听听他们是怎么说的。

宁宁姐姐:我们先请出第一位小朋友的爸爸妈妈,辣妈你好,昨天我们在幼儿园里采访了您的孩子,您的大儿子天天非常可爱,他跟我们说到一个问题,说以前您是跟他一起睡的,现在是跟二宝睡了是吗?

辣妈1:嗯是的,因为二宝才刚刚出生,晚上要喂奶,所以我现在都是跟二宝睡在一起,大宝是跟他爸爸睡的。

宁宁姐姐:我想问一下宝爸,您的孩子说他不喜欢跟您睡,不喜欢爸爸的大毛腿,这个问题你怎么看?此时爸爸的心情一定很复杂。

爸爸1:确实,小家伙睡觉的时候会说,爸爸,你的腿太扎了,我要跟妈妈睡!我知道,这也不光光是因为我的腿扎人的缘故,他是感觉妈妈和弟弟睡在一起,他受冷落了。

宁宁姐姐:有道理,我们这位爸爸情感也很细腻,那这个时候您会怎么做呢?

爸爸1:我会尽量多给他讲故事,陪他说话,让他感觉到我们对他的爱并没有减少。

辣妈1:是的,宁宁姐姐,其实我们的大宝天天非常喜欢听你们的节目,我觉得有这个机会通过这个节目跟他说说话也是非常棒的一件事。

宁宁姐姐:妈妈有什么话想对天天说也可以通过电波传达给他。

辣妈1：现在我也特别想对我的大宝说，妈妈晚上也特别特别想陪你睡觉，天天不在妈妈身边，妈妈觉得好寂寞，可是，我们家有了一个更需要照顾的小弟弟了，他现在更离不开我，他需要妈妈24小时喂奶，所以，妈妈才不得已跟你分开在两个房间。

爸爸1：我觉得跟爸爸睡也不错嘛，晚上你想听几个故事，老爸一定奉陪，至于你嫌弃老爸的大毛腿，那老爸晚上就穿秋裤！

宁宁姐姐：爸爸真是太善解人意了，我觉得他嫌你扎，可以让他穿秋裤！

大脸哥哥：其实小家伙现在正在爷爷奶奶的陪伴下收听这期节目，并且通过我们微信公众平台跟我们互动着。我们再来听听他的语音留言。

天天微信语音留言：爸爸妈妈，你们在上电台节目，我听到你们的声音了哦，好好玩啊，爸爸，晚上要听3个故事，哦不对，要听5个故事，哦不对，要听10个故事！（哭声）

宁宁姐姐：哎哟，我们都听到小家伙的哭声了，太萌了，可能这会我们直播室里爸爸妈妈的心都已经飞回去了，我们这期节目说好只耽搁他们15分钟的时间，二宝家庭来一趟真是不容易。

爸爸1：没关系没关系，我正好也想通过电波跟大宝说，天天，你已经是小哥哥了，如果弟弟哭了你能够和爷爷奶奶一起哄弟弟开心，那妈妈觉得你会是一个更棒的哥哥！

大脸哥哥：嗯，是的！我们的天天是小哥哥了，一定会帮爸爸妈妈做更多的事了，而且大脸哥哥希望你在不久的将来能够自己独立睡觉，这样你就可以告别爸爸的大毛腿啦！

宁宁姐姐：相信天天小朋友成为真正的小男子汉，将来做弟弟榜样，也祝天天家里的两兄弟健康成长！谢谢我们第一组家庭的做客！

宁宁姐姐：收音机前的听众朋友，这里是FM90.4宁波电台老少广播《小星星乐园》栏目"二宝来了"特别节目正在直播。

大脸哥哥：接下来我们再来回顾一下第二个小朋友的烦恼：

"我妹妹太不懂事了，上次我好不容易画好的素描居然被她涂上了颜色，气死我了！"

大脸哥哥：这个小朋友已经是小学四年级了，而她的妹妹才读中班，有一次，妹妹不小心毁坏了姐姐的作品。

宁宁姐姐：节目前我们也和她可爱的小妹妹做了交谈，我和这个小不点儿的对话也许能够带给大家一些触动。

宁宁姐姐：朵朵，听说你画画画得特别好呀？

朵朵：我的姐姐画得比我还要好呢！

宁宁姐姐：看来你非常喜欢姐姐喽！

朵朵：是的，我的姐姐很厉害的，我也想跟我的姐姐一样厉害！

宁宁姐姐：所以她画画的时候你也想一起画是吗？

朵朵：是的，可是我不会画，我就被姐姐骂了……

宁宁姐姐：你指的是上次你把姐姐画好的画涂上颜色了是吗？

朵朵：你怎么知道呀？

宁宁姐姐：我当然知道啦，我可是有千里眼和顺风耳的，其实呀，宁宁姐姐知道你只是想让姐姐的画变得更漂亮是吗？

朵朵：是的，我，我把她的画涂上颜色，可是姐姐生气了。

宁宁姐姐：那是因为姐姐画的是素描，素描是不可以涂颜色的，你长大了就会知道了，所以姐姐也不是觉得你画得不好而生气哦，并且宁宁姐姐也会替你告诉你的姐姐，你不是故意想要弄坏她的东西的。

朵朵：我希望姐姐不要生气，我希望姐姐跟我玩，我很喜欢姐姐！

大脸哥哥：听完这段对话，我想这位小姐姐的气儿可以稍微消去一点儿了，原来妹妹是那么的在乎你，爱你，她所做的一些看起来不太懂事的行为，只是因为她还小，她不能很好地辨别自己的行为，希望我们的大哥哥大姐姐能够给小弟弟小妹妹一颗包容的心。

宁宁姐姐：是啊，包括我们在开头的采访里有位姐姐提到的，小弟弟总爱哭这件事儿，也是因为他还小，他的世界里一切的需要都只能通过哭泣来表达。比如，当他哭泣的时候，或许，他是在呼唤：哥哥姐姐，你能帮我换个尿布吗？

大脸哥哥：我相信很多的大哥哥大姐姐完全为小弟弟小妹妹做一些力所能及的事，当你们懂得为父母分担的时候，你们就真正地长大了。

宁宁姐姐：最后一个小朋友的问题我们要通过妈妈的一段语音来回答。先来回顾一下这位小朋友都说了些什么：

"我买玩具的时候爸爸妈妈总是说这个贵那个贵的，可是，妹妹的奶粉比我的玩具贵多了，我不开心……"

大脸哥哥：原来又是跟妹妹做了比较，心理不平衡了，我们来听听妈妈是怎么说的。

辣妈2：亲爱的兜兜，主持人给我播放你的采访的时候，妈妈心里为之一惊，也稍微有点难过，我没有想到上次没给你买乐高玩具，你是这么介意。妈妈想对你说，妈妈一点也没有吝啬给你买东西，你知道吗，妈妈都没来得及告诉你，我就要带你去马来西亚的乐高乐园了，因为妈妈知道你特别喜欢乐高玩具，而且这一年因为妹妹的到来，陪你的时间相对少了，妈妈也想找个机会再好好陪陪你！这个春节，妈妈就带你去马来西亚乐高乐园，妈妈已经订好飞机票了，以后你可别再说任性的话让妈妈伤心喽，要是妹妹长大了也说哥哥的飞机票比我的奶粉贵，那妈妈可怎么办呀？

亲爱的兜兜，爱永远是不能用金钱去衡量的，永远记住哦，你和妹妹都是妈妈的宝贝。

妈妈爱你们，一模一样的多，一模一样的深。

宁宁姐姐：妈妈的话真的是非常感人，在这里我也想对所有家有二宝的哥哥姐姐们说：你们是幸运的，你们的父母为你们带来了生命中非常难得的一个小伙伴，他（她）既是你的亲人，也是你的朋友，你们将相伴在一起，度过长长的一生。

大脸哥哥：不论是姐弟、兄弟、姐妹、兄妹，宁宁姐姐和大脸哥哥都希望你们能够和睦相处，互相帮助。今天，你们的父母以及祖辈付出了比其他家庭更多的汗水，明天，我们也希望你们的父母能够收获更多的喜悦，你们都能成为家庭更坚固的栋梁之才，国家更充足的新生力量。

宁宁姐姐：最后，我想送给所有二胎家庭一个动人的小寓言：在你们的家庭，妈妈是一根蜡烛，爸爸也是一根蜡烛，烛火是爸爸妈妈的熊熊燃烧的爱，爸爸和妈妈同时点燃了一根小蜡烛，小蜡烛散发出了闪亮的光芒，而与此同时，爸爸妈妈的烛火也依然没有熄灭，他们依然拥有无穷的爱，后来，他们又点燃了一根小蜡烛，这根小蜡烛也争先恐后地燃烧起来，一下子，家里有了四根蜡烛，它们交相辉映、光彩夺目，于是，你们的家里就变得很明亮、很明亮……

阿拉童谣

大脸哥哥：大家好，欢迎准时收听《小星星乐园》节目，我是各位的老朋友——大脸哥哥，接下来要邀请出我们星星智囊团的两位小朋友，作为我今天的小搭档。

阳：大家好，我是阳阳。

晴：大家好，我是雨晴。

阳：哎！大脸哥哥，今天找我们来是要解决什么问题呀？

大脸哥哥：因为昨天啊，大脸哥哥收到这样一条语音留言，我们一起来听听看。

大脸哥哥，你好，我叫语晨，我的烦恼是这样的：

我从小是爷爷带大的，爷爷是地地道道的老宁波，只会说宁波话，可是妈妈说，小孩子不要学方言，应该说普通话，最好早点开始学习英语。可是我觉得宁波话挺好听的，虽然我宁波话说得不好，但是每次我和爷爷学说宁波话的时候都能把他逗得哈哈大笑。大脸哥哥，你说我到底该怎么办？

【结束音效】

大脸哥哥：大脸哥哥非常明白语晨小朋友的感受，其实啊我相信这样的烦恼不止语晨一个人有，全国各地的小朋友在同时接触地方方言和普通话的时候都会有这样的困惑。带着困惑，大脸哥哥采访了很多路人，我们一起来听听看大家的意见吧。

采访：

您觉得让孩子学习宁波话有必要吗？

1. 宁波人当然要讲宁波话啊，这种老底子的东西怎么能忘记呢？咱们宁波帮之所以世界闻名，就是因为我们宁波人非常团结，在海外一句宁波话就是一种家乡情啊！

2. 我是觉得孩子没有必要学，现在都提倡英语低龄化，那么多的单词要记要背，还要从小培养他的语感，再说了，会说方言考试又不加分，有什么用？

3. 宁波话啊源自古汉语，宁波文明可以追溯到河姆渡时期，可以说宁波话也是我们华夏文明智慧的结晶，不过很多的宁波老话，有许多的俗语、谚语，这些东西，教给孩子有难度，所以怎么教孩子们更好地学说宁波话，确实是一个难题。

晴：大脸哥哥，现在我们小朋友都说普通话，爷爷奶奶外公外婆又都不在身边，怎么学啊？

大脸哥哥：哈哈，雨晴，你可算是说到点子上了，今天啊，大脸哥哥就要教给小朋友另外一种学习宁波话的方法，简单有趣又好玩儿！

阳、晴齐声：大脸哥哥，快告诉我们，是什么啊？

大脸哥哥：你们听！

《宁波特产歌》
鱼米之乡是宁波
资源丰富特产多
奉化蜜桃只只大
慈城杨梅萝查萝
小白西瓜上山坡
邱隘咸荠屑缸做
樟村贝母名气大
还有三北大泥螺

阳：儿歌，哎！还是宁波话唱的儿歌！

晴：傻瓜，这叫童谣！

大脸哥哥：没错，这就是我们的宁波童谣！

（民俗音乐背景）

阳：大脸哥哥，我不是很懂宁波话，这首童谣说的是什么啊？

大脸哥哥：我给你翻译一下哈，这首童谣叫《宁波特产歌》，赞颂宁波是鱼米之乡，物产丰富，童谣里提到了很多咱们宁波有名的特产，比如奉化水蜜桃、慈城杨梅、邱隘的咸菜……

阳：（没等说完）大脸哥哥，别说了，我饿了。

晴：你啊，就知道吃。

阳：嘿嘿，童谣说的都是吃的，我就嘴馋了。

晴：很多时候，别人问我宁波有什么特产，我都只能说出汤团或者海鲜，学会了这首童谣，我就可以自豪地用宁波话向更多的朋友介绍咱们宁波了！真的要感谢大自然给予我们宁波这些珍贵的礼物！

大脸哥哥：大脸哥哥从小啊就是一个吃货，所以当我听到这首童谣，知道了咱们宁波有这么多好吃的东西，心中充满了幸福的感觉，希望能把宁波的特产和美食统统吃一遍！

晴：大脸哥哥，口水，口水。

大脸哥哥：我的意思是，这首童谣让我们明白，现在的生活这么美好，应该知足、感恩，要更加热爱我们的家乡！

阳：宁波美食好，让我吃个饱。

（偷笑音效）

晴：错了！是宁波特产多，我们好骄傲！

（"吱吱吱"）

晴：啊！老鼠！

阳：在哪儿在哪儿呢？

晴：我不敢看，不是有老鼠的叫声吗！

大脸哥哥：别怕别怕，老鼠早被你的叫声吓跑了。

晴：（弱弱的）真的吗……

大脸哥哥：老鼠看到我脸这么大，以为是大脸猫，一定不敢靠近的！

晴：太好了太好了！

阳：这老鼠可真气人，偷东西吃，破坏房屋，还会传播各类疾病，怪不得大人们要说"过街老鼠，人人喊打"！

大脸哥哥：没错，如果一个人也和老鼠一样偷偷摸摸，品行不好，只做坏事，当然会遭到大家的指责，接下来我们要听的童谣就叫做《老鼠歌》。

《老鼠歌》

老鼠尾巴像锉刀

老鼠眼睛像胡桃

前脚低

后脚高

身穿一件破棉袄

日里趣趣困黯觉

夜里做贼做强盗

黄鼠狼

看见告诉老爷道

老爷是噶话

你个赤佬也勿好

得人家生蛋鸡娘咬咬倒

害得两家公婆鸡狗鸡狗吵不好

晴：这首童谣就是在谴责老鼠和黄鼠狼这样的行为，好吃懒做，利己不利人，缺德！

阳：我要教给所有的同学，在学校里大声地唱出来！让老鼠们知道自己的行为有多丢人，让它害臊得晚上都不敢出门！

大脸哥哥：老鼠这么可恨，它身上的坏品行也是万万不能学习的，我们要懂得什么是廉耻，什么是良好的品德，不以善小而不为，不以恶小而为之。要时刻牢记，好的品质保持是很难的，但是坏的习惯，学起来可快了！

阳：大脸哥哥我们记住了！做人知廉耻，品行最重要！

晴：童谣里真的是充满了各种学问，告诉我们要爱家乡，知荣辱，讲诚信，这些我们要学习的良好品质在老宁波的智慧中汇成了这样朗朗上口的童谣，真是太美妙了。

大脸哥哥：其实，运用有趣形象的调侃和讽刺手法来描述事物，是我们宁波人特有的一种幽默。接下来的这首童谣，收音机前的小朋友，你们可要听仔细了，听听看，是不是在说你呢？

《赖学精》

赖学精，偷赖精，看见老师难为情，眠床底下幽旦进。

大脸哥哥：这首童谣啊叫《赖学精》，说的是小朋友爱睡懒觉，爱偷懒，被老师发现之后啊非常难为情，只能跑到床下面躲起来。

晴：我从来都是按时上学，回家好好做作业。

阳：我……

大脸哥哥：你怎么了？

阳：有的时候太困了，就偷一下懒……偶尔！很偶尔！

大脸哥哥：哈哈，好啦，知道你一定会改的，不要脸红了。这首童谣想要告诉我们的是，在学习的时候，切忌偷懒。如果你在课堂上打瞌睡，别的小朋友都听懂了这道题，就你没听懂，别的小朋友获得了成就感，你呢，就只有失落感了，对吧？

阳：我知道了……学习不偷懒！争取不再睡懒觉！哦不！绝对不再睡懒觉！

大脸哥哥：这就对了，如果你在学习的时候都会偷懒，那以后做任何事情，你都会想找捷径，图轻松，对于最后收获了多少你也会越来越觉得无所谓，这才是我们需要say no 的。

晴：困了的时候，就站起来放松一下，运动运动，精神就会好了。

阳：哎，大脸哥哥，有没有和玩儿有关的童谣啊？

大脸哥哥：当然有啊，这还用说，早就准备好了，你听！

《跳橡皮筋》

小皮球,小小落,落地开花二十一,二五六,二五七,二八,二九,三十一……

阳:大脸哥哥,他们在玩的是什么啊?

大脸哥哥:这是跳橡皮筋,是小女孩最喜欢的活动之一,孩子们一边跳一边唱着,每跳一下,脚就要勾住橡皮筋,做着各种各样的花色,嘴里还要配合着跳跃的节奏唱着歌。这个游戏可以增强小朋友的体质,增进团结,培养集体荣誉感,让我们变得更加开朗。

晴:哈哈哈,大脸哥哥,你看阳阳,他跳得好起劲啊!

《十二月歌》

正月轧瓜子,二月放鹞子,三月上坟带顶子,四月种田下秧子,五月白糖揾粽子,六月朝天扇扇子,七月老三挖银子,八月月饼嵌馅子,九月吊红夹柿子,十月沙泥炒栗子,十一月落雪子,十二月冻煞凉亭叫花子。

大脸哥哥:其实,宁波童谣涵盖的方面还有很多,这首《十二月歌》说的就是宁波人各个月份要做的事儿,中间还夹杂着传统节日和我们宁波的习俗,体现了我们宁波人的生活方式和传统文化。

《学英雄》

湿湿燥燥年糕汤,侬吃年糕我吃汤,雷锋思想真美好。

大脸哥哥:这是一首流传于(20世纪)60年代的童谣,叫作《学英雄》,孩子们把心中的英雄编进了自己的歌谣。年糕在那个时代是人们心中的美食,何况对于孩子,能把年糕让给别人吃,自己仅喝点汤,这种思想真可以和雷锋精神媲美。

大脸哥哥:希望今天和小朋友们分享的这些童谣,能帮助语晨小朋友解决她的烦恼,也希望这些属于咱们宁波人自己的儿歌能唤起收音机前的你学习宁波话的兴趣。

结尾:

地方方言不仅联系着过去和现在,还联系着一代又一代的亲情,不管是全国各地哪里的小朋友,大脸哥哥都希望你能从小学习方言。这不会阻碍你的学习进程,也不会让你在同学之间成为异类。你说的一字一句都是家的味道、家的回忆,这种地方的印记是其他东西都比拟不了的。

相信你的家乡也有很多童谣，可能你平时没有在意，但它就在爷爷奶奶、外公外婆的嘴中，就在大街小巷，就在我们的身边。

宁波童谣是宁波人无法忘怀的记忆，挥之不去的情结，更是宁波人宝贵的非物质文化遗产；它不仅是儿童游戏玩耍的脚本，也是儿童认识社会的启蒙；它记录着宁波的风土人情，闪烁着宁波人的聪明才智，蕴涵着宁波人的传统美德，寄托着宁波人的美好理想。

童谣就在我们身边，我们不曾忘记，希望你也能一起来传唱！

单位：宁波广播电视集团老少广播

作者：徐宁、陈曦、王凯甬、罗红波、汤旭晖

播出时间：2017 年 3 月 24 日

2017 年 10 月 27 日

少儿广播节目《小星星乐园》评析

刘小丹

作为一档广播少儿节目，《小星星乐园》不论在内容还是形式上都很符合少儿听众的习惯和喜好。首先，参赛的第一部作品题目是"二宝来了"。随着二胎政策的开放，越来越多的独生子女家庭开始迎接新的家庭成员。与此同时，二胎给家庭，尤其是家中的孩子们带来了惊喜，也带来了问题。二胎这个逐渐成为许多人不得不处理的日常问题，同时也成了当下社会性的热议话题。该档节目用采访和现场访谈互动的方式，就两个相对普遍的二胎问题进行了生动有趣的展示和讨论。

从孩子的视角，听孩子的声音。节目在一开始就用采访中孩子们自己的话语提出了节目中要讨论的二胎问题。孩子们天真的声音，虽然你一言我一语，但节目的思路很清晰，提出的问题只有两个：第一个是关于二胎家庭中父母如何分配时间和关爱给两个孩子，第二是如何处理不同年龄段的兄弟姐妹之间的相处矛盾。

节目随后通过现场嘉宾、采访录音和微信互动的方式有效实现了二胎家庭成员之间的良好沟通。就父母关爱的分配问题上，节目主要从父母的视角向孩子解释自己的立场与观点，从而希望获得孩子的体谅。对于孩子表示感受到的冷落和失落，节目中

的父母首先展现出了认真聆听与接纳的态度，随后他们用自己的方式和幽默对给孩子造成的负面情绪做出解释并给出适当的补偿。微信中孩子的谅解和童真、嘉宾妈妈的深情回应"爱不能用金钱衡量"赋予了节目一种高纯度的和谐感。

《二宝来了》节目将自己定位成了一个情感沟通平台。节目的三大板块——儿童采访、现场嘉宾和微信回复，分别对应了某个具体问题的提出、沟通和解决环节。节目模式中对孩子的声音的强调符合一档少儿节目的定位。节目主题明确，逻辑清晰，衔接流畅。但作为一档少儿节目，每个环节的设定与衔接给听众的感觉有些太顺畅了，以至于有些刻意。儿童总是能成为各类节目的亮点，因为他们能展现出成年人所没有的真实感。但是童真的美好与真实却恰恰源自于孩子的不可控性。节目中的孩子不论在采访中还是微信中播音员式的滴水不漏的流畅表达，反而给少儿节目的真实感打了折扣。

另外，二胎问题反映出的是一个普遍而又复杂的社会现象。可能是因为时间有限，节目中用三言两语就试图解决一个老大难问题，一方面是想提供给人们解决问题的新视角，另一方面却难免给人一种蜻蜓点水的作秀感。

相比之下《阿拉童谣》显得更自然有趣。方言在普通话甚至英语学习热潮中被慢慢淡化的现状是传统与现代化矛盾背景下的一个映射。对于迷失在现代化的快节奏中辛苦前行的人们来说，方言代表的不仅仅是一种语言，更像是一种情感的寄托。其中，《跳橡皮筋》和《十二月歌》唱出了一种有别于当下的生活化体验，留下了一缕悠悠的怀旧感。"蜜桃……杨梅……小白西瓜……"，童谣中的内容也许在今天看来并不是什么值得传唱的美好，但正是这些有时代距离感却又令人人都耳熟能详的歌词和方言韵律给宁波人一种集体归属感。《老鼠歌》和《赖学精》用朗朗上口的方式传递做人的一些基本准则，而《学英雄》不仅传颂一种道德理念，更表达了一种年代记忆。方言未必代表更美好的现实，但是寄托了一份想象中的美好。

节目中选择的童谣很具有代表性，很好地体现了方言作为身份认同之文化纽带的社会意义和价值。轻快的童声穿插简短精辟的点评，《阿拉童谣》可听性强，内容也颇具感染力。

二、电视部分

（一）电视新闻

短消息

《我的祖国》Rap 版：继往开来的爱国情

【导语】

今天是元宵节，是个万家团圆的好日子，可阿拉宁波人的朋友圈，却被一首特别的红歌刷爆了。这首网红歌曲《我的祖国》Rap 版，是咱们宁波老乡创作的，充满了爱国情怀、时尚元素和宁波味道，一经发布，就受到了网友们的热烈追捧，到节目播出前，转发量已经突破 500 万次。

【正文】

【同期声】

（《我的祖国》Rap 版开头 10 秒）

【正文】

短短几天时间，这首说唱版的《我的祖国》红遍了神州大地，7 分钟的曲子，唱出了家乡宁波的名人名胜、日新月异，唱响了祖国母亲的壮丽山河、辉煌成就，歌词情真意切，旋律轻松活泼。这首新红歌的主创团队非常年轻，曾经创作过《王阳明》《邵逸夫》等人物主题的说唱乐，那么，他们怎么会想到以《我的祖国》为蓝本，创作这样一首歌曲呢？答案要从一段网络视频说起。

【同期声】

（网络视频）

【一般字幕】

《我的祖国》Rap 版主创及演唱者　秦涛

【同期声】

这个视频当时不管是我看了还是很多网友看了，都觉得非常感动以及震撼。新的年代我觉得这首歌对我们依然是非常有意义的,我们只是用一种新的技术手段、录制方式来把它重新演绎起来,精神不变,继往开来(共 34 秒)。

【正文】

胡姣是个 90 后小姑娘,在歌曲的创作过程中,她主要负责收集和剪辑相关历史事件的视音频资料,和她的伙伴们一样,创作期间她并没有被繁重的任务累倒,却常常被自己搜集来的资料感动到。

【一般字幕】

《我的祖国》Rap 版创作团队成员　胡姣

【同期声】

我在找素材的过程中,又重温了一遍我们祖国的各种伟大瞬间,真的为自己是中国人感到骄傲。

【正文】

《我的祖国》Rap 版的出现恰逢新春佳节,很快就霸占了微博、哔哩哔哩等多个平台的热搜头条,被人民日报和共青团中央等"网络大 V"相继转发,视频播放量迅速冲上了 500 万次,各种评论、点赞和弹幕纷至沓来,写的是年轻人喜欢的网络流行语,但表达的却是一个永恒的主题:我爱中国。

【一般字幕】

音乐爱好者　兰晨曦

【同期声】

这首歌给了我耳目一新的感觉。听完这部作品我觉得中国在 Rap 方面上也有很大的进步,有很大的见解。

【一般字幕】

大学生　吴娣

【同期声】

我觉得这首歌超级燃,它的节奏也特别好。

【一般字幕】

大学生　尤彬彬

【同期声】

心里有点震撼,因为 Rap 这种方式在年轻人中是比较流行的,大家都能接受,认可这种。

【一般字幕】

《我的祖国》Rap 版创作团队成员　胡姣

【同期声】

我知道它肯定会火起来，但是我没有想到它会这么火，可见我们还是需要一些正能量。

【一般字幕】

《我的祖国》Rap版主创及演唱者　秦涛

【同期声】

大家可能理解现在很多年轻人受西方文化、日韩文化、追星啊这种影响，对国家的热爱和老一辈的感觉可能会不一样，但是其实还是那句话：每个人心底都有一颗爱国的种子，爱国的方式有很多，但是我们对于祖国的情感是永恒不变的。

【同期声】

（歌曲结尾部分）这是我的祖国，这是我的祖国，这是我们的祖国，这是我们的祖国，这是……我们的……祖国。

单位：宁波广播电视集团多媒体新闻中心

作者：贺辛欣、陈伯霖、葛萌、忻圆

播出时间：2017年2月11日

看似意外实则意料之中

长消息《〈我的祖国〉Rap版：继往开来的爱国情》评析

张雨雁

由宁波广电集团多媒体新闻中心创作的长消息《〈我的祖国〉Rap版：继往开来的爱国情》在当年的宁波新闻奖获奖，有些让人意外，但细细品阅作品，又觉得并不让人意外，原因在于其有以下一些特点。

一、敏锐关注社会热点，新闻敏感性强

每个时代都有一些社会热点，记者作为社会的瞭望者，应该具备这样的敏感性，把握好时代的主脉搏，提炼出时代的主题，但并非每个人都做得到。春节期间一曲由宁波一个年轻团队创作的《我的祖国》Rap版红遍了全国，这首歌受到了年轻人的欢迎，也引起了年轻人的共鸣。网络热播也是社会热点，宁波广电集团多媒体中心的记者能够及时关注到这种现象。他们在关注时没有只满足于现象的描述，而是能够从这种现象引申开来挖掘其背后隐含的时代意义，显示了较强的新闻敏感性。该消息重点关注

了这首歌的制作背景,以及创作人员在创作过程中的感悟。作品叙述了歌曲的创作过程,表达了"也许形式不同、但每一代人都有自己的爱国情怀"的主题,生动揭示了年轻一代继往开来的爱国情,引发了社会的广泛共鸣。

二、深入挖掘新闻事实,内容驾驭力强

一首歌曲的网络热播,谈不上是一个新闻事件,而仅是一种现象。对于这样的题材如何把握,往往难度较大,好多记者会觉得无从下手。本片记者在得知消息后第一时间联系歌曲创作方,并多次上门采访、街头海采,调动了多种视听手段才完成此作品。特别是记者挖掘该歌曲的创作背景,源于一次台湾文化学者讲座会上的群众自发吟唱,异口同声即兴唱出《我的祖国》的歌曲,令现场人员为之动容,充分反映出文艺工作者的时代敏感性和使命感。在采访中,作者还特别挖掘出 90 后的主创者,请她现身说法谈创作体会,生动说明了要创作出一个好作品必须作者自身先受感染,才能使作品产生出较强感染力的道理。一则由网络媒体引发的社会热播现象,由传统媒体的电视进行进一步的采访提升,这样的创作理念,体现了融合传播的思想。

三、精心安排采访播出,节目可看性强

如果说仅仅简单地叙述这首歌曲的创作经过和热播情况,叙述一种现象,还不足以充分显现新闻的主题。在创作中,作者充分运用电视新闻的各种视听语言,在节目中穿插相关历史画面:一方面丰富了画面内容,达到升华统一;另一方面,随着这些画面的精心组织,串联了相关历史事实,唤起人们的美好记忆,抒发人们发自肺腑的歌唱祖国之情,引发观摩者的心灵共鸣,使节目呈现了较好的传播效果。此外,节目的播出时间也比较合时宜。节目采制以后及时在元宵节制作播出,时机非常合适。所谓"每逢佳节倍思亲",告诉人们在享受美好生活的同时不要忘记为国捐躯的先烈们,从而起到非常好的宣传教育效果,进一步深化了新闻主题,彰显了主流媒体体现主旋律的职责使命。

长消息

宁波舟山港年货物吞吐量全球首破 10 亿吨
连续 9 年位居世界第一

【导语】

今天，宁波舟山港年货物吞吐量突破 10 亿吨，成为全球首个 10 亿吨大港，连续 9 年位居世界第一。省市领导车俊、袁家军、郑栅洁、陈金彪、冯飞、高兴夫、裘东耀等出席起吊仪式。

【一般字幕】

省委书记、省人大常委会主任　车俊

【同期声】

我宣布，宁波舟山港第 10 亿吨货物起吊！

（现场掌声＋桥吊司机操作＋集装箱起吊＋省市领导观看）

【一般字幕】

本台记者　董寅寅

【同期声】

现在是 12 月 27 日上午 9 点 15 分，我现在是在宁波舟山港的穿山港区集装箱码头 6 号泊位，在桥吊司机竺士杰的操作下，现在我身后这个标有 10 亿吨标识的集装箱，正在缓缓地被吊装到国际欧亚线的"美瑞马士基"轮上。随着它的吊装完成，也标志着宁波舟山港成为全球首个年货物吞吐量突破 10 亿吨的大港。

【一般字幕】

桥吊司机　竺士杰

【同期声】

我亲手吊起了第 10 亿吨的集装箱，非常非常荣幸！我们宁波舟山港一路走来，在大家的共同努力下完成了 10 亿吨，并且（全球港口）最高效率——单机效率也是我们创造的。

【一般字幕】

"美瑞马士基"轮船长　弗朗斯

【同期声】

很明显这是一个硬件设施很好、很先进的港口。我们6小时（装卸）700个箱子，大概在36个小时内（完成装卸）。

【一般字幕】

本台记者　董寅寅

【同期声】

我身后这艘就是"美瑞马士基"轮，它从大连港始发，沿途挂靠宁波舟山港等港口之后，将会途经马来西亚、埃及等海上丝绸之路的沿线国家，最后抵达德国的威廉港。像这样的万吨以上巨轮，每天有近百艘次靠泊宁波舟山港。10亿吨的年吞吐量，它意味着什么呢？这相当于10万座埃菲尔铁塔重量的总和，把这些铁塔首尾相接，可以绕地球四分之三圈。

【一般字幕】

宁波舟山港集团副总经理　孙大庆

【同期声】

围绕着对"一带一路"沿线国家整个一个布局，从而通过同当地合作，包括对船公司的合作，加大我们的航线密度，使整个围绕"一带一路"的航线布局，整个一个我们货物的运输成本能够得到有效的下降。

【一般字幕】

本台记者　董寅寅

【同期声】

站在穿山港区，隔海相望的就是舟山海域，同一条航道，在宁波舟山港一体化实质性运作后，人员、资产、品牌、管理等要素相融合，发挥了"1＋1＞2"的效应。

【一般字幕】

宁波舟山港集团副总经理　孙大庆

【同期声】

形成"散集并举"，宁波以集（集装箱）为主，舟山以散（散货）为主，这样使我们整个一个港口的发展，我们的资源更得到有效的高效的利用，然后也是避免了重复的建设，形成一个拳头。

【一般字幕】

本台记者　董寅寅

【同期声】

这里是宁波舟山港生产调度中心，我身后的实时监控画面当中，我们就能够看到"美瑞马士基"轮现在的作业场景。现在再往我左手边来看，这是宁波舟山港航线图，从图上我们可以看到，目前的航线已经遍布到了全球，242 条航线连接 600 多个港口，其中前往"一带一路"国家和地区的航线就达到了 86 条。

【一般字幕】

宁波舟山港集团董事长　毛剑宏

【同期声】

贸易现在是全球化的。我们"10 亿吨"彰显了一个我们中国跟世界相融入一起发展的这么一种态势，通过共享使"一带一路"沿线的国家以及全球其他国家地区得到发展的同时，我们国家的经济也进一步得到提升。

单位：宁波广播电视集团多媒体新闻中心

作者：叶武、闫全、董寅寅、司陈锋、王铁波

播出时间：2017 年 12 月 27 日

重大可预期事件报道的精心策划

——《宁波舟山港年货物吞吐量全球首破 10 亿吨连续 9 年位居世界第一》评析

李甜甜　吴生华

9 年来宁波舟山港勇立潮头，开放发展，不断创造新业绩，成为了"一带一路"重要的海上节点以及浙江省对外开放的桥头堡。宁波舟山港年货物吞吐量全球首破 10 亿吨的新闻重要性不言而喻。重大报道，尤其是可预期的重大事件报道，做好策划十分关键。宁波电视台《宁波舟山港年货物吞吐量全球首破 10 亿吨　连续 9 年位居世界第一》的报道，在现场画面呈现、结构层次、采访对象的选择和报道语言方面经过精心策划，使得整条新闻完整规范、干净利落。

一、精心设计"第一现场"画面呈现

新闻第一现场画面呈现是最具电视特性和魅力的报道方式，《宁波舟山港年货物吞吐量全球首破 10 亿吨　连续 9 年位居世界第一》以原生态的起吊仪式为开场，巧妙采用分屏形式，打破时空限制，将杭州主会场和宁波舟山港现场紧密地融合起来。由省委书记车俊宣布第 10 亿吨货物起吊，实时同步配上两个现场的鼓掌声、船鸣声，以及喷彩、起吊画面，为整条新闻奠定了庄严而不失灵气的基调。

二、精心布局"四个现场"层层深挖

越是重大主题报道,越要"放下架子",采用人性化、故事化、生活化的手法,让观众看懂现场并理解重大的主题。记者采用4段现场出镜口述,穿针引线般将宁波舟山港码头、"美瑞马士基"轮、穿山港区和舟山海域,以及生产调度中心串联起来,一步步从第10亿吨货物的起吊,推进到宁波舟山港在国际欧亚线的运输中起到的巨大作用,再揭示宁波港与舟山港一体化运作后的"1+1>2"的效应,也就是向观众解释宁波舟山港吞吐量连续9年如此之大、并且突破10亿新高的原因,最后在宁波舟山港生产调度中心,利用航线图直观、宏观地展示宁波舟山港航线在全球的分布情况,揭示宁波舟山港突破10亿吨对"一带一路"战略的实施以及对我国以及全球贸易经济的促进作用。

三、精心安排不同层面采访对象

前文提到,省委书记车俊亲自宣布第10亿吨货物起吊凸显了主题的重大。而重大主题报道如果仅仅从领导层面展开,就难以做到多视角、立体化地生动报道。在精心设计安排的前提下,记者前后分别采访了桥吊司机、"美瑞马士基"轮船长、宁波舟山港集团副总经理、宁波舟山港集团董事长,与记者出镜层层深挖的四个现场相互对应。通过对不同层面对象的采访,提升了整篇报道的权威性、真实性和可看性。尤其是从桥吊司机、"美瑞马士基"轮船长开始采访,从一线工作人员的视角以小见大,拉近了观众与这一重大事件的心理距离,再采访宁波舟山港集团副总经理、董事长,一步步从点到面得到提升。

四、精心锤炼直观形象化的报道语言

这篇电视新闻中,通过对新闻事件的全方位呈现,加上现场记者引导式介入,让观众身临其境。记者要想为观众营造好现场感,提前锤炼语言必不可少。出镜记者在解释关键信息——10亿吨的年吞吐量时,形象化地用观众熟悉的埃菲尔铁塔和地球为参照物,直观地把10亿吨之重描述了出来。整篇报道不论是出镜记者的言语,还是同期声采访或配音,毫不拖泥带水,仅用3分多钟通俗简洁的语言,就把宁波舟山港世界第一大港的风采介绍得明明白白。

长消息

全国首创公益慈善综合体——善园开园

【导语】经过两年的建设，全国首创且迄今为止功能最为齐全的公益慈善综合体——善园今天正式开园，曾经的"义乡地标"因为善园这一"善义"的传承纽带成为宁波市新的爱心地标和当代公益地标。

【记者现场】姜琴

"在我身后就是刚刚建成投用的善园，这一历经90多年风雨洗礼，曾风雨飘摇的严氏建筑群，从保留修缮到扩建扩容为慈善综合体善园，既保持了原先的建筑风格，又赋予了新的含义，实现了善义文化的古今传承。"

【正文】千年义乡，厚德鄞州。善善与共，天下大同。坐落于鄞州区钟公庙街道铜盆闸村的善园以原宁波帮严氏建筑群为主体，2015年奠基开工，总占地面积16000平方米，内含志愿者广场、慈善博物馆、公益集市、公益组织孵化基地、义文化研究中心等，集培训、交流、研究、展示、游览、教化等功能于一体，是国内首家综合性的公益慈善联合体。

宁波帮严氏建筑群的主人严康懋是宁波帮慈善家中的杰出代表，依托宁波帮严氏建筑群为主体建成的善园，不仅实现了千年义乡古今慈善的完美传承，也给现今热心公益的人们一个心灵家园。

【同期声】宁波华茂集团彩虹计划公益活动负责人　何玉花

"善园的开园，不仅是实体的公益地标，也是我们公益人心灵的家园，看到善园开园，真心地想说一句有家的感觉真好。"

【同期声】鄞州银行公益基金会理事长、善园发起人　陈耀芳

"你想要行善，你进来就可以找，你找哪个地区哪个项目都能找得到，如果你需要什么帮助，你可以提上去，我们来操作，大平台。"

开园仪式还举行了善园公益社会组织创新营地授牌和全国知名公益项目"心唤醒"宁波项目的启动仪式，鄞州区首期善集市也随之开启。而在建设过程中，善园已吸引了200多个优秀草根公益项目落地宁波，不少公益组织也纷纷入驻孵化。今后善园将全力打造区域公益总部乃至在国内外具有较强影响力的公益慈善地标。

【同期声】免费午餐发起人、心唤醒发起人　邓飞

"这个地方一定会成为宁波公益的发动机,一个加速器,影响到整个浙江东部,还有更远的地方,它会给中国公益的本地化做一个很好的典范,相信它会是一个标本。"

【同期声】省民政厅副厅长、省慈善联合会常务副会长　江宇

"像这样一种模式,全国还是唯一的,像这样一个多功能的、地标的综合体对全省也好,全国也好,都有很大的借鉴意义。"

单位：鄞州区广播电视台

作者：叶敏、张义朝、姜琴

播出时间：2017年6月17日

深入开掘"千年义乡"新地标的引领意义

——电视长消息《全国首创公益慈善综合体——善园开园》评析

张泽沣　吴生华

《全国首创公益慈善综合体——善园开园》充分运用现场出镜、采访叙述等多种表现手法,累积丰富的镜头画面,报道了全国首个公益慈善综合体善园开园的重要意义,突出展示鄞州作为千年义乡,依托善园实现古今善义的完美传承、打造全国性爱心地标的深远影响。消息采访到位,镜头画面积累丰富,立意深刻。

一、持续跟踪,深入挖掘"千年义乡"深厚背景

鄞州素有"义乡"美誉,慈善事业在当地有着悠久的历史。记者从严康懋故居修缮到以原宁波帮严氏建筑群为主体建设的善园,从奠基到落成,一直跟踪采访拍摄,积累了大量的素材。宁波帮严氏建筑群的主人严康懋是宁波帮慈善家中的杰出代表,依托宁波帮严氏建筑群为主体建成的善园,是鄞州"义乡"文化的标志和缩影。将这些跟踪记录的历史资料运用到善园开园的消息报道中,不仅丰富了消息内容,使报道更加完备,而且为观众展现了善园"从无到有""从有到优"的风雨变化,体现出了该建筑所被赋予的新的含义、实现善义文化的古今传承这一深刻主题。

二、高层采访,定性"全国首创"主题高度

善园作为全国首个公益慈善综合体,从奠基开始就备受各界关注,开园之际更是备受期待。该消息报道结合现场公益活动和长远公益设想及独特模式的意义,对善园

建设发起人、公益人士和相关领导进行采访,加以点题,结构非常完整。如省民政厅副厅长、省慈善联合会常务副会长江宇所说:"像这样一种模式,全国还是唯一的,像这样一个多功能的、地标的综合体对全省也好,全国也好,都有很大的借鉴意义。"以权威人士之口,更好地突出了善园传承千年义乡善义文化的里程碑式的意义和这一模式在全国的首创性,确定了报道的主题高度。

三、场景表达不足,仪式类报道需紧紧抓住第一现场

尽管该消息报道主题明确,相关采访到位,且结构也较为完备,但缺陷也较为明显,即场景的同期声十分缺乏,现场感不足。仪式类报道一定需要火热鲜活的现场画面与音响,同期声的运用最能够体现电视新闻真实的特征。该消息只有相关的场景画面,却没有加入声音,少了现场感,多了几分"说教"的意味。而在一开始记者的现场出镜,仅仅是固定机位的简单介绍,且远离人群,并没有营造出开园的热闹场面,也没有体现出善园的重要意义,仿佛只是某个普通公园的开园,不免降低了消息的重要性。

仪式类的消息报道一方面要注重挖掘事件背后的丰富内涵和意义,突出其重要性;另一方面则要点出该仪式的独特性,如本消息中的善园便具有"全国首创"的重大特征,它的开园仪式就非常具有报道的重大意义。《全国首创公益慈善综合体——善园开园》能够深入挖掘背景,丰富内容,同时借以权威人士采访定调主题高度,令人信服。但其相应场景的缺乏,典型音响运用的不足,则降低了整体的现场感。

连续（系列）报道

百名百姓话变迁

《百名百姓话变迁》之一：宁波，越夜越美丽！

【导语】

描述一座城市的发展变化，最动人的词汇，最真切的感受，一定是在这座城市的百姓口中。所谓金杯银杯不如老百姓的口碑，从今天开始，我们《看看看》栏目推出喜迎十九大大型系列报道《百名百姓话变迁》，以普通百姓的视角，一起感受这座城市的新发展、新成就。

您欣赏过宁波的夜景吗？莫文蔚有一首歌叫做《愈夜愈美丽》，其中有两句歌词我非常喜欢：这世界，愈夜愈美丽；我今夜，只为你着迷。此时此刻，夜幕已经降临，甬城万家灯火。在今天这个特殊的日子里，我想把这两句歌词送给我们生活的这座城市——美丽迷人的夜宁波。

【正文】

（宁波最美标志性夜景＋音乐，15 到 20 秒左右）

【同期声】

我叫秦华，来自北方的新宁波人，30 年前我跟随先生来到了这里。我喜欢在宁波生活，特别喜欢这个三江口，我们的房子就买在江边，每天早上推开窗户，就能看到美丽的风景。吃完晚饭，我们经常会到三江口散散步、聊聊天，我们的生活越来越好，我也越活越年轻。

【正文】

（宁波夜景 2 个镜头）

【同期声】

舟行碧波上，人在画中游。这个夜景比电视里还好看。

"妈妈，你看那边灯光很好看，照片给你拍几张。""嗯，好，多拍几张。"

【正文】

（拍照画面）

【同期声】

三江口的夜景我是百看不厌，感觉每次都不一样。生活在这座城市，感到满满的幸福。

【一般字幕】

市民

【同期声】

晚上夜景很好，也蛮漂亮的。再说我们几个姐妹都蛮好的，一起开心点，广场舞跳跳，每天跳，开心开心。

【一般字幕】

市民

【同期声】

晚上吃完饭，出来走走，有时候看看夜景，也比较舒服，比较惬意吧。

【一般字幕】

游客

【同期声】

拍夜景啊，宁波的夜景不错，当成回忆吧。

【一般字幕】

游客

【同期声】

是小而精致的城市，特别美。我其实是一直想留在这样一个城市，不仅仅是夜景很漂亮，这个城市各个方面都很好，人们也都很友善。

【一般字幕】

市民

【同期声】

这种视觉效果给老百姓的生活带来的变化是非常巨大的。

【一般字幕】

记者　沙瑛雪

【同期声】

宁波三江口，一个特殊的城市空间，承载宁波的历史文化与情感。在这个空间里，市政管理处将建筑立面、公共空间作为舞台，运用媒体立面的手法，用照明给予市民全新的夜景感官体验。

2015年底，宁波市城市夜景美化工程（一期）开始实施，到目前，基本实现了14幢大楼、5座桥梁的夜景动画联动效果。夜景美化工程把江面、堤岸、绿树、桥梁、建筑、天空自下而上组成了一幅巨大的画布，每一个节日，每一个城市主题活动，通过这些"私人定制"让城市夜景成为一种生活体验，让城市核心区域呈现一场"光"的盛宴。

除了三江口的夜景，鼓楼的3D秀以及宁海、奉化等地的夜景同样令人着迷，随着技术的进步，多元化的照明表达手段让宁波的城市照明内容上更加注重艺术性与拓展性，让建筑和桥梁在夜色中展现与白日完全不同的美丽，为打造"夜宁波"和"月光经济"增光添彩，更为宁波人带来了引以为傲的视觉享受。

《百名百姓话变迁》之十六：文化礼堂
——打造农民群众精神家园

【导语】

欢迎走进系列报道《百名百姓话变迁》。当物质生活日渐富足，人们对于文化生活的渴求与日俱增。尤其在文化资源相对匮乏的农村，农民群众不再满足当下的"一粥一饭"，而是有了对"诗和远方"的追求。从2013年开始，按照省委统一部署，宁波开始了农村文化礼堂建设。如今，文化礼堂已经成为新的农村文化地标，极大地提升了农民群众的生活品质，让农民在家门口就能"看得见山水，记得住乡愁"。

【正文】

字幕：鄞州区东吴镇西村文化礼堂

乐队排练现场声

【正文】

我叫陈亚芬，鄞州东吴人，唱歌是我最大的爱好。2014年，我和十多个村民一起组建了喜洋洋乐队。

【一般字幕】

陈亚芬

【同期声】

开心，相当开心。我们有时候聚在一起排练，会忘了回家。有时候时间过得太快，怎么办，吃饭就地解决，一起到快餐店里吃点饭，下午继续（排练）。

【正文】

现在回想起来，当初大家能够聚在一起，除了志同道合之外，最重要的原因就是有了文化礼堂这个固定的排练场地。

【一般字幕】

陈亚芬

【同期声】

有正式的排练厅了,真是太好了！就是(乐队)有了自己的家。

【正文】

我们乐队现在已经有20多位成员了,每个星期都在排练,每个月都在外面演出。有了文化礼堂以后,我们乐队越来越好,越来越兴旺了。

【一般字幕】

文化礼堂民乐队成员

【同期声】

圆我少年梦。我们少年的时候,非常想弹一弹、拉一拉、唱一唱,但是没有条件。现在有那么好的条件,国家繁荣昌盛了,老百姓生活(水平)提高,业余文化生活也丰富起来了。

【一般字幕】

文化礼堂舞蹈队成员

【同期声】

你看这里(的照片),好多地方都是我们去(表演)过的地方,现在有专业的老师来给我们作指导,然后我们更加有信心,感觉自己越活越年轻,也越来越开心。

【一般字幕】

文化礼堂志愿者

【同期声】

我是(文化礼堂)志愿者。我们村里有演出了,我们维护秩序,做好后勤工作。有时候比较忙,但是很开心。

【一般字幕】

村民

【同期声】

手机上也能看到网上文化礼堂了,网上文化礼堂的内容很多,很贴近我们老百姓的文化生活。

【一般字幕】

村民

【同期声】

这里的(文化礼堂)陈列室放了酱油桶、上山袜、小饭桶,这些都是我的爷爷奶奶用过的东西，能放到文化礼堂陈列室里来，我觉得很好。这些东西把我们的文化历史都传下来了。

【一般字幕】

记者 叶丹婷

【同期声】

宁波市自 2013 年农村文化礼堂建设工作启动以来，全市各地围绕"文化礼堂、精神家园"的功能定位，探索农村文化礼堂"建、管、用、育"一体建设。全市农村文化礼堂数量从 2013 年的新建 100 余家，增加到现在的累计建成 900 余家，覆盖了全市 150 多个乡镇街道的 700 多个行政村。

宁波市制定出台了《关于推进全市农村文化礼堂建设的实施意见》，建立健全了农村文化礼堂理事会制度，培养专（兼）职文化管理员队伍，大力培育农村文化团队、农村文化能力以及文化带头人。

仅今年前 9 个月，全市文化礼堂开展各类有组织的活动约 5000 场，累计参与人数达 150 多万人次。在文化礼堂的使用中，不断强化服务意识，推动公共文化服务的发展，注重发挥村民的主体作用，呈现各具特色的乡土文化，增强农民群众的归属感。

《百名百姓话变迁》之二十一：
最多跑一次，办事不再难

【导语】

欢迎走进系列报道《百名百姓话变迁》。去窗口办事大家都经历过，几年前，大家在一个部门一个部门挨个跑、盖公章的办事过程中，焦虑、着急往往影响大家的办事心情。但是从今年 2 月份开始，大家发现情况有了变化。

【正文】

大家好，我叫"不动产交易登记综合窗口"，现在向我走来的是我的主人：卖方姜先生和买方罗先生。两位主人今天要办理的是一套二手房的交易，主人递上身份证和不动产证等资料证明后，我的家人就要跑起来了。

接材料的是我的哥哥——国土部门的工作人员，他拿了身份证和户口本复印件后，把网签材料和不动产证等资料给我的大姐——房产部门的工作人员，由她来审核网签材料、购买合同以及信息备案等内容；与此同时，我的哥哥去了国土部门档案室查询"不动产登记信息"，哈哈，数据在互联网上共享了，查起来可真方便。查完信息后，我哥哥就把这份材料传递给我二姐——税务部门的工作人员。接下来，我主人的相关材料就在我哥哥、大姐和二姐三人中相互流转了。主人只要等在那里签字、缴税就OK了。不到20分钟,我家里三位成员就把信息给登记完毕了,我的主人罗先生也不需要其他材料了,他只要拿上税单和快递单,就能在家里足不出户领到不动产证了。

【同期声】

您好,您的材料办好了。

【一般字幕】

市民

【同期声】

我以前卖房子跑完了国税、地税,还有很多,大概每个部门,排队加上等候要半个小时到1个小时左右,所以整个时间的周期会很长,整个下来会多长时间呢,至少大半天吧,甚至有的时候1天都有,因为中午还有休息的时间。现在整个下来20分钟就可以了,我觉得现在的工作效率非常高。

【一般字幕】

市民

【同期声】

一个窗口就可以办成所有的事情,不用跑各个窗口跑来跑去。工作人员告诉我,证件做出后,可以通过邮寄的方式邮寄过来,我也可以腾出很多的精力去办其他的事情。平时也比较忙,省了很多的时间。

【一般字幕】

市民

【同期声】

原来我在办证的时候要跑很多办公室,这边管捕捞证书的那边管登记证书,那边管船舶证书的,三个办公室跑。现在好了,现在跑一个办公室就好了。

【一般字幕】

某房产公司　办证员

【同期声】

以前办证和现在办证有什么区别吗？那区别大了。原来的话,一个上午的话,做两套吧,要跑上跑下打证明,排队拿号,这个很耗时的。现在很快,取一个号,办一趟大概半个小时就好了,速度很快。现在快了,现在一个上午可以做七八套了,而且现在方便很多。像原来的话,证件不齐,回来再拿证明。现在的话,户口本没带,结婚证没带,家里有人拍个照片回来,这边核验一下,我们打印出来就可以了,很人性化了。

【一般字幕】

市民

【同期声】

有一种换位（感觉），更加有一种获得感，觉得办事情更加方便了。我觉得挺好的，也算是一种享受吧。跟以前办事情的感觉相当不一样了，就是很有那种被服务的感觉。

【一般字幕】

郭雪玲

【同期声】

几年前，焦虑、着急是行政服务中心办事大厅里的常态。这里的工作人员也经常会被群众误解。从今年的二三月份开始，宁波充分利用互联网十服务，积极探索开展"一件事情"梳理工作，对一个部门多个事项、多个部门一个事项、多个部门多个事项等情形进行深度整合，努力实现全流程"最多跑一次"。经过近一年的推广和运行，宁波市本级公布"最多跑一次"事项1413项，占相关部门办事事项的87.5%；区县（市）平均约800项，占比达到84.2%。

"您好，我想办一下驾驶证审验……"（提交材料）

最新的统计数据显示：实施"最多跑一次"改革后，办事流程更加便捷，87.9%的群众对办事流程表示认可，62.9%的公众认为办事比以前更加方便；办事效率更加高效，20分钟以内办完事项比例达到87.7%；整体办事体验更加满意，满意度评价为82.9分。

"您好，已经办好了，20分钟，立等可取。"

"最多跑一次"，目的是使数据多跑路，老百姓少跑腿。"以人民为中心"，满足人民对美好生活的向往。这也是宁波政府通过优化政府供给，以自身改革撬动经济社会各领域改革的"支点"，也是向企业、向百姓作出的郑重承诺。

单位：宁波广播电视集团多媒体新闻中心

作者：集体

播出时间：2017年10月1日至30日

"新"宁波人眼中的"新"宁波
听报道如何推进政策落实

——《〈百名百姓话变迁〉之一：宁波，越夜越美丽》评析

陈佳沁

城市的变迁可以体现在许多方面，其中最为重要的恰恰体现在城市中生活的人身上，因此当记者试图去呈现一座城市的变迁时，将视角下沉，用百姓的眼来看、用百姓的口来说则更能体现出城市最真实的变化。因此，《百名百姓话变迁》这一系列报道，以百姓的视角讲述宁波的变革，立意深刻，细节丰富，是地方台以贴近群众的视角来生产主旋律内容的优秀尝试。

在《宁波，越夜越美丽》一期中，报道的主要内容在于城市景观的变化。报道首先选择了一位住在三江口的"新"宁波人来讲述她眼中的宁波风景。"新"宁波人实际上是一位嫁入宁波并且在宁波生活了多年的北方人，这个人物身上本身带有"新"宁波人的"他视角"以及常年生活在宁波的"自视角"，从两者的结合中可以更好地展现出宁波这座城市的变迁。报道通过镜头跟拍这家在三江口乘船游览宁波夜景的过程并辅以出镜对象配音的方式展开，通过镜头，观众可以非常直观地从中感受到宁波美丽的夜景。而人物的同期配音则将故事与镜头相结合，使得观众可以更好地来感受报道对象的心情，从中折射出宁波这座城市景观的变迁及其对于生活其中的人的影响。

另一方面，本期报道除了以人物出镜和同期声的方式来讲述城市变迁的故事之外，后期还以记者出镜的方式对报道核心内容——"点亮"宁波的照明工程进行了解答。主持人的解说同样从前半部分人物故事的起点三江口的夜景展开，通过一系列"伪"一镜到底的拍摄手法，将鼓楼、宁海等地的夜景结合其中，使观众对宁波的城市景观建设有较为丰富的了解。同时，在报道最后，还使用了航拍的手段，通过镜头的拉高，以鼓楼、三江口为主的宁波夜景逐步呈现在了画面上，并以大远景结尾，给观众以极强的视觉体验。

总结来看，《宁波，越夜越美丽》的报道以人物的故事作为报道的开场，通过"新"宁波人的视角，展现了宁波近年来城市景观的发展及其对宁波人生活的影响。进一步，主持人的解说词与电视画面相配合的手法，生动直观地展示了宁波的优美景观，也很好地说明了城市建设的发展。可以说是一篇故事、镜头、解说结合得较为有序的报道，唯一的不足在于对于宁波建设的解说上专业术语较多，可使用更为口语化的表达。

实实在在的文化惠民

《〈百名百姓话变迁〉之十六：文化礼堂——打造农民群众精神家园》评析

陈佳沁

文化礼堂是2013年起浙江在全省各地农村地区建设的基础文化平台，是我省文化惠民下乡的典型代表。5年过去，目前在省内各区县农村均能看到建设起来的文化礼堂。部分地区虽然礼堂的基础建设已经完成，但也存在文化礼堂使用频率较低、活动开展较少的问题。作为我省农村地区文化活动的重要场所，宁波鄞州区东吴镇西村文化礼堂则开展了丰富多彩的文化活动，真正将文化下乡、文化惠民落在了实处。本期《百名百姓话变迁》就选择了鄞州区东吴镇西村文化礼堂中的故事展开。

与同系列其他报道一样，本期节目从人物的故事引入。开场即展现了鄞州区东吴镇西村文化礼堂热火朝天地展开排练的场景，并以主人公陈亚芬同期配音和采访的形式导入，展现了西村文化礼堂中"喜洋洋"乐队成立的经过以及村民们乐在其中的状态，最终指向文化礼堂的建设对于乐队的成立和开展活动起到的关键作用。通过主人公陈亚芬的叙述以及对乐队其他成员的采访，我们可以从报道中直观地感受到文化礼堂对于当地居民开展文化生活的支持。值得一提的是报道对于乐队成员的采访，展现了文化礼堂对于群众实现少年时代音乐梦想的帮助，更好地说明了文化下乡的作用。

在"喜洋洋"乐队的故事之后，报道采用了出镜记者讲解的形式，来总结宁波农村文化礼堂的建设成就。在故事和讲解之间，报道使用了文化礼堂中的展品以及对参观者的采访来进行过渡，过渡得较为自然。由于在记者的讲解过程中，涉及较多的数据，因此报道也使用了较为活泼的数据可视化的方式来体现，便于观众一目了然地了解宁波文化礼堂建设的情况。另外，在记者出镜的过程中，还以开门、关门为中介设计了一系列的连续镜头，形成了类似于长镜头的观感体验，不但展现出了西村文化礼堂中丰富的活动场所和展览设置，也带给了观众非常新颖的观看体验。

总体来看，《文化礼堂——打造农民群众精神家园》的报道有效地运用了电视媒体的各类视听要素，从实景、采访入手，慢慢推进到故事和背景解说，报道结构清晰，手段多样，镜头变化丰富。略显不足的地方在于报道前半部分的采访，除了主人公陈亚芬外均以"乐队成员""文化礼堂志愿者"等身份来提示被采访者，如果报道能够直接使用被采访者的真实姓名将更好。可以说，本条报道从老百姓的故事出发来展现宁波精神文化的建设，让电视机前的观众能够感同身受。

"二十分钟"，看得见的效率

——《〈百名百姓话变迁〉之二十一：最多跑一次，办事不再难》评析

陈佳沁

  "一窗受理、集成服务、一次办结"是 2016 年底以来浙江省推出的"最多跑一次"政府办事创新服务模式。作为政府效率改革的重要部分，"最多跑一次"可以说是新闻报道中的常客，但是如何报道好这种创新服务模式，如何在镜头前直观地表现出"一窗受理、集成服务、一次办结"也是一条好的新闻需要处理的。在系列报道《百名百姓话变迁》第二十一期，报道以拟人化的开场及记者的出镜较好地体现了什么是"最多跑一次"。

  本条报道别出心裁的地方恰恰在于报道的开头，开场就采用了短视频常用的快剪手法，向观众展示了政府服务大厅中的繁忙场景。而报道中的第一个事实则采用拟人的手法展开，镜头以不动产综合窗口为第一视角，解说词以活泼的口吻将窗口拟人化，通过有趣的解说词还原了一个二手房产权交易的全过程，观众可以在轻松娱乐的观看中了解"最多跑一次"后办理不动产交易的简化程度，向观众展现了"最多跑一次"是如何将过去的多部门简化为"一窗"的。在此基础上，报道继续采访了前来办事的市民，询问了关于"最多跑一次"后的变化和市民的感受，得到了较好的回馈。

  报道的后半部分与本系列的其他报道一样也采用了出镜记者讲解的方式，但本期报道还在记者出镜的基础上，加入了记者亲身体验"最多跑一次"的过程。由于"最多跑一次"是对政府行政效率的一次重大提升，因此解说过程中会涉及较多的数据。在处理这些数据的时候，除了记者的叙述外，报道还辅以简单的数据可视化，更清晰简洁地呈现出改革的力度。另一方面，记者也通过亲身体验驾驶证审验的办理，向观众展现出在行政事务的各方面宁波均发生了变化。

  总体来说，这是一条非常有创意的报道，不论是报道的前半部分以快剪、拟人的方式展开，还是报道的后半部分以记者的解说加体验结尾，都较之传统的报道更为生动活泼，更具可看性。值得一提的是，在报道的各个部分，不论是事实、采访还是解说，报道都突出了办事时长"20 分钟"这一点，前中后以时间长度来呼应，能够更好地将"效率"二字传达给观众。另外，本条报道的出镜记者在解说的过程中语速快慢得当、语气放松、体态自然，整体表现出较强的互动感，为报道增添了一份色彩。

连续（系列）报道

代表作

缤纷之夜

"夜跑"演绎健身新风尚

【导语】

跑步作为一项健身运动，出现了一个特殊的群体——"夜跑族"。在他们的影响下，夜跑刮起了一阵流行风，成为了一种时尚。

【正文】傍晚6点，丁静巧整理跑步的装备，准备开启当天的夜跑。

【同期声】丁静巧这些都是跑步要穿的，衣服最好是速干衣，跑步最好不要带耳塞，所以我会带一个小音箱，还有护膝保护膝盖的。

【正文】一年前，丁静巧坚持每晚慢跑半小时，不仅成功减肥16斤，还结识了不少喜欢夜跑的伙伴。

【同期声】丁静巧：现在出发吧，我一个人跑步无聊而且会偷懒，所以我喜欢大家一起跑，我们有一个群叫追风夜跑群，大家一般是7点多在徐霞客大道聚集。

【正文】于是，夜间锻炼变成了一群志同道合的人"玩夜跑"，也就有了跑团。杨城武是宁海追风夜跑团的团长，他的跑团每天都有活动，而杨城武几乎每天都会参加。今天他带领50多人一起跑步。大家穿着统一的服装，亮丽的颜色在黑夜中特别显眼。

【同期声】现场音　全体做热身运动

【同期声】追风夜跑团团长杨城武：现在在做的是跑前的拉伸，每天跑步前后的拉伸是最基本的，可以预防膝盖和脚后跟受伤。（每天晚上有这么多人吗？）夏天每天有六七十个吧。

【正文】热身运动后,大家组队沿着徐霞客大道延伸段,由东到西开始跑。跑程分为4.8公里、6.8公里、10公里,我们看到在队伍里不乏年纪较大的夜跑爱好者。

【同期声】现场音　跑步……

【同期声】夜跑爱好者:感觉跑了以后越来越年轻,心情方面,工作上班心情就比较愉快了。

【同期声】夜跑爱好者:跑步是凭我的速度和我的坚持、我的努力。(你最骄傲的速度是多少?)刚刚自己跑了45公里,跑了四小时零三分,应该还可以。

【同期声】夜跑爱好者:以前一直在跑的,跑了很多年了,和身体最胖的时候比,瘦了三十斤,以前的三高都没有了。

【正文】有人跑步为了减肥,有人为了促进睡眠,也有人跑步是为了认识更多的朋友。这使得越来越多的人告别了酒吧、KTV、各种饭局等,加入到了健康的行列。那么有一身专业装备就可以跑步吗?其实跑步不简单。

【同期声】丁静巧讲述跑步的姿势

【正文】晚上9点左右,大家陆续跑完了。每次跑步,大家都要晒到朋友圈,慢慢地更多的人也开始加入到了这个快乐的运动中。

【同期声】杨城武:当时我们三四个朋友一起跑,朋友拉朋友,人数到了二三十个人的时候,我们统一了队服,然后在一休公园那边搞了一次活动,活动一直持续到当天晚上12点,人数上升到100个人。(现在有多少人?)现在我们有两个跑步群,一个二群,一个大群,加起来总共有500多人。

【正文】夜跑对于上班族来说不仅是锻炼身体,更多的是在跑步中释放压力。

【同期声】县体育发展中心副主任冯宗川:夜跑是全民健身比较好的一种方式,特别是我们年轻人,平时工作压力比较大,没有时间去参加健身活动,所以说这几年夜跑已经成为一种时尚,可以说是一种风向标,夜跑可以缓解一天工作的压力,放松心情。

【正文】夜跑也因人而异,最好不要过于激烈(地)运动,而在夜晚跑步也要注意安全,不要去过于偏僻的地方和车辆过多的地方,最好穿着荧光色的衣服。

夜跑的人越来越多,这得益于宁海近几年的城市规划和大力倡导全民健身。目前兴海路、天明湖公园一期工程打造的城市慢行系统,让市民可以沿着人行道骑行、散步。因为风景秀美和迷人的夜景,徐霞客大道、兴海路、前童等地成为了最佳夜跑地,宁海的城市生态规划、建设,使得跑步的流行风吹遍了每一片区域。

【同期声】县体育发展中心副主任冯宗川:宁海有比较好的山、海、岛资源。这几年,在县委县政府的打造下,宁海的生态环境得到很大改善。特别是因为体育部门连续开展一些户外活动,宁海的户外健身活动得到大力发展,参加户外健身活动的人数越来越多。放松心情，亲近大自然，是我们这几年倡导的生活方式。总的来说，参加体育锻炼，不单单是强身健体，而且在舒展心情、释放压力方面有着很好的促进作用。

【正文】因为有了夜跑族，使得宁海这座城市增添了时尚与活力，也让越来越多的年轻人寻找到了个性化的快乐。

夜系列报道：寻找夜之声

夜不仅仅代表日落而息，夜也不仅仅象征深邃沉寂，夜是另一种生活的开始，是白日忙碌后的休闲，也是工作之后的另一种演绎。夜里，有各种各样的声音，而这其中最活跃的就是来自民间那自由组织自我发挥的文艺队伍。

【正文】

【同期声】自述　邬静芳：我叫邬静芳，今年72岁，我组织了一个团队，有13个人，平均年龄是66.9岁，所以这个团队叫669。

（演唱现场音）

【正文】在邬静芳的家中，小小的屋子挤着教唱的老师和平均年龄66.9岁的学生们，所有人都在认真地练习着，每个人负责哪个声部、哪个段落都分得清清楚楚的。

【同期声】现场音：（男高声部，是娄建根、娄德明、陈忠飞、王孝明……）

演唱现场音：（男声部）

【正文】都是退了休的老人家，白天忙活家里的事，带带孙子孙女，晚上就是属于他们自己的时间。

【同期声】自述　陈月美：我叫陈月美，今年74岁了，我们队里我年龄最大了，因为参加这个歌唱队心情比较愉快，老有所学，老有所乐。

自述　陈忠飞：669队伍经常在星期三、星期四晚上训练的，有时候队伍要外出演出，我有辆车，就带着他们去。

【正文】小本子上记录着这支民间文艺队每次的演出时间，密密麻麻，他们自备服装、车辆，免费参与到每一场演出当中。

【同期声】（在外演出现场音）

采访　罗建耕：这帮老姐妹兄弟们都不辞辛苦，也不怕疲劳，随时随地，随叫随到，什么时候需要了，队长一叫，我们就马上来。

采访　钱静娟：大家组织在一起，都很愉快的，一起练歌，一起到外面搞活动，都很开心。

【正文】在冠庄社区的一场文艺表演后台，我们也见到了一支和669合唱团差不多类型的队伍,她们统一着装,风姿绰约,如果不是事先打听,很多人都猜不出来这是一支平均年龄在 50 岁以上的模特队。

【同期声】采访"一枝秀"模特队队长　吕彩萍:我们大概平均年龄 50 多吧,应该大概有 10 个人。

【正文】晚上组织在一起训练,哪里要表演就去哪里,伴随着音乐,变换队形,展现出最好的精神状态和风姿。

(表演现场音)

而像这样的队伍,在县老年大学有很多,"文艺养老"让老人们不仅生活充实,精神上同样丰盛,挖掘出老人们旺盛的活力和热爱生活、热爱社会的激情。"文艺养老"虽然不像"物质养老"一样实实在在,伸手可及,但从某种意义上来说,其巨大魅力和作用比起物质养老毫不逊色,甚至更有过之而无不及。

【同期声】采访　县老年大学学生会主席　葛文娟:我们想到哪里去就到哪里去,我们是到处都做义工的,哪里需要到哪里去,每个班都是自己掏钱的,人家七十多了到这里唱越剧唱歌,都是很开心的,都是自己掏钱的,只要身体健康,开心就好了。

【正文】夜深并不人静,夜幕下,人们欢声笑语,尽情歌唱跳舞。民间文艺在人民生活中属于人民群众带有审美色彩的生活方式,并非仅仅作为一种文艺样式存在,还作为一种意识形态的综合体存在并发生影响。来之于民,反哺于民。

【同期声】采访　县文广新局文化文物科科长　潘海英:百姓大舞台的这个演出是种文化,顾名思义,老百姓自己的团队,属于自己的演出,都是他们团队自己组织的。我们宁海县现在有这样的,能够独立组织这样一台晚会的团队,其实也有好几十支。

【正文】字幕:我县百姓文化生活丰富多彩

送戏下乡演出全年 360 场

天天演文化惠民演出全年 105 场

宁海之夏戏曲纳凉晚会每年 7 月到 9 月已演出 1500 余场,受益群众十余万人次,百姓大舞台演出截至目前共举办 50 余场……

夜系列报道:奔跑在绿茵场上的夜色精灵

【导语】现在的人越来越注重运动健身。运动的方式有很多种,跳舞、瑜伽、登山、跑步、打球等等。很多人都会选择自己喜欢并且适合自己的运动方式,度过夜晚的闲暇时光。这不,在皎洁的月光下,在绿茵场上,就奔跑着一群热爱足球的人们。

【现场声】

【正文】这里是位于溪南东路罗家村附近的志成足球场,晚上7点多,夜幕已经完全降临,球场上的灯光显得格外耀眼。20多名足球爱好者就在这里展开他们的5人制足球赛。球队队员不固定,比赛时间不限定,他们只想在这里尽情挥洒汗水。

【字幕】足球爱好者　葛林钢

【同期声】我们有一个群嘛,我是我们那个夜球群的群主。每周三晚上在这里组织了一个夜球群,大家都是同学、朋友,或者爱好者。

【正文】在这个群里,年龄最小的只有十几岁,最大的已经四十多岁了,葛林刚属于团队中的青壮年。由于天生一头自然卷的头发,大家习惯称他为小卷。20多岁的年纪,也是最有活力的时期。他从初中开始就爱上了踢足球,并把这份爱好延续到了现在。

【字幕】葛林钢

【同期声】初中的时候主要是我们学校踢球氛围比较浓厚。我们那一届同学,包括现在在踢的,也有从初中踢了十年球的朋友,这份感情应该值得大家珍惜。

【正文】徐吉兵是这个团队中年龄最长的,45岁的年纪,身体已经开始发福,但在球场上奔跑起来仍旧劲道十足,夜球群中,大家都喊他老牛。

【字幕】徐吉兵

【同期声】(为什么还要到这个球场上来踢?)喜欢。(怎么个喜欢法?)主要是实在没有办法的喜欢,非常喜欢。

【正文】徐吉兵对于踢足球,可以说已经到了痴迷的状态。从小喜欢足球的他,不会打麻将,不去健身房,晚上没事就跑来踢足球,最令他着迷的就是足球运动中团队的协作与对抗。

【字幕】徐吉兵

【同期声】主要是心情好。踢完球以后回去,白天工作的一些烦恼事情好像都会消散掉,这个是非常爽的一件事情,出汗嘛,有句话不是说,请我吃顿饭还不如请我出身汗。哈哈哈!是吧?

【正文】踢了几十年的球,仍保持着这份激情,徐吉兵这头"老牛"还真有点儿"老骥伏枥、志在千里"的意味。

对于足球爱好者来说,最好不过的就是能够经常踢踢球、出出汗。至于踢夜球,也是现在大多数球迷的无奈之举,白天上班学习,只有晚上一点儿空余时间,就是这点时间,很多人还是挤出来的。

【字幕】赵钧辉

【同期声】现在老婆生了孩子嘛,基本上都在家里陪老婆,陪孩子,但是每周都会抽一到两天时间来踢踢球，运动运动。

【正文】踢足球除了有时间，还有场地的问题。足球场必须得大，要不怎么能尽情奔跑，铆足劲儿把球踢出去呢？

【字幕】葛林钢

【同期声】原来我们是去峡山国华电厂，（他们里面有场地吗？）因为比较远，我们冬天夏天都跑下去踢球。

【正文】为了踢球，不辞辛劳，不畏酷暑严寒，看来，他们对这项运动是真正的热爱。这个夜球群中的很多人都表示，只要条件允许，他们都会一如既往地踢下去。

【字幕】赵曙光

【同期声】像我是从初中开始踢的，那么现在二三十年了。

【字幕】赵钧辉

【同期声】就是踢完球的话整个人比较放松，比较舒服。（那你会坚持下去吗？还是怎么的？）我想我肯定能坚持下去，坚持到四五十岁，哈啊哈啊哈啊哈！

【正文】坚持一项运动，保有一份爱好，他们在绿茵场上挥洒的是汗水，释放的是激情，绽放的是青春的力量，他们是奔跑在绿茵场上的夜色精灵。

单位：宁海县广播电视台

作者：沈洁、陈翔程、陈轶群、张雯雯、张旭灿、童柄霖

播出时间：2017 年 7 月—2017 年 10 月

关注民生变化　心系百姓喜乐
——宁海县广播电视台《缤纷之夜》获奖作品评析

胡蓓蓓

一、标题有特色，报道成体系

宁海县广播电视台获奖作品《缤纷之夜》系列报道共有 12 篇，围绕"夜"这一题材，全方位、多视角进行报道，主要包括：夜·练——城市夜跑族、城市夜骑族、城市广场舞族群；夜·声——各种文化盛宴，居民自我组织的小范围表演，政府的送文化送晚会下乡等；夜·味——夜宵经济、茶室经济等；夜·学——老年大学、图书馆学习培训文化；夜·产——宁海在夜间生产的特色食品如洋糕、麻糍等；夜·景——各种景观大道、公园等硬件设施的变化。

这些报道都有一定深度和新意，各篇报道的标题也较有特色，自成一体又相互联系，注重点面结合，不仅描绘宁海人民在吃穿住行方面的变化，也通过报道综合调动受众的视觉、味觉、知觉和嗅觉等感官系统，全面体现宁海人民在夜晚的最新生活方式和生存状态，见微知著，以小见大。拍摄角度、报道水平都比较好，能较好地反映整个城市的经济发展水平、文化产业布局和集聚辐射能力，以及相关产业的布局。作品形式新颖，注重地域元素，主题集中，报道生动，角度合适，信息量大，百姓生活结合民生实事工程，符合中心工作舆论引导和宣传需要。

二、选题立意高，传播价值大

新闻主题是电视新闻的统领和灵魂，好的新闻主题要符合国家舆论宣传导向需要，呼应群众的诉求，解决老百姓的热点难点问题。电视系列报道的优劣与选题有很大的关系，选题立意高低一定程度上决定了新闻传播价值，选题工作准备得充分才能使传播的信息具备新闻性、可看性和影响力。党的十九大报告指出：中国特色社会主义进入了新时代，我国社会主要矛盾已经转化为人民日益增长的美好生活需要和不平衡不充分的发展之间的矛盾。对人民日益增长的美好生活需要的认识和把握，是当前媒体工作的重要着力点，需要从物质、社会和精神需要等方面来综合理解。宁海县域经济发达，人们的物质生活水平较高，那么如何打造更丰富的精神文化生活不仅是现实的需要，也是推动人民更美好生活的一个维度，推动人的综合发展和社会全面进步的有力武器。

《缤纷之夜》这组系列报道的选题优势明显，不仅反映了社会发展过程中的当地群众对美好生活的创造，也体现了当地政府为满足人民日益增长的精神文化生活的需要所做的努力。具体体现在：一是选题的切口小但挖掘深，角度多而不乱，重准备善提炼；二是选题贴近老百姓的生活，也反映群众关心的问题；三是老百姓生活水平如何是当下政府治理的重点，需要注重宣传引导；四是体现政府的公共服务能力，公共设施怎么样，群众文化怎么打造，老百姓能否安居乐业，这些都是地方媒体需要重点考虑的新闻视角。在选题得当的基础上注重主题的提炼、报道手段的运用、信息的整合传播，围绕传播效果下功夫，也使得整篇报道有理有据，张合有度。

三、语言显生动，画面朴实优

一般来说，好的系列报道要求记者对新闻事件有敏锐的感知，具备对事件前因后果进行有序表现的能力，对事件进展和相关联人事物进行深入探究的能力。以"'夜跑'演绎健身新风尚"篇为例，报道中的结构是比较典型的消息结构：标题—导语—主体—背景—结语。标题点明主题，导语呼应主题，新闻主体的展开层层递进，从"夜跑族"现象的出现到原因的解释以及意义的呈现，从画面到语言整体比较完整流畅。通过一位普通夜跑爱好者的介绍，讲述自己为什么参加夜跑，夜跑的准备工作，夜跑带给自己的改变，再到团队组织者和体育局领导的同期声，说明宁海夜跑的环境适合，人员参与度高，组织规范，既有政府引导又有群众基础，"夜跑"健身风尚值得倡导。从总体上来看，整篇报道的有声语言、视频画面和文字语言较好地呈现了新闻报道特点，提升了新闻报道的总体质量。

记者现场同期声、被访当事人同期声有力地表现了信息传播的现场感和个性化，自然朴实的语言，看似平淡，实则容易打动人。"现在出发吧，我一个人跑步无聊而且会偷懒，所以我喜欢大家一起跑"，"无聊和偷懒"这样的语言就是普通群众的视角，它解释了参加"夜跑族"的朴素动机，就如中国特色的广场舞现象，背后都有较深的社会心理和文化变迁的影响。智能媒介和社交媒体的普及，可以让交际圈扩大，也容易减少集体参与的热情，虚拟朋友圈和真实朋友圈的概念是有区分的。向往美好生活，但如何打造美好生活，一定程度上来说，对自己的外表和健康负责，注重锻炼和健身是国民健康素养提升的表现，从关照自身回归对日常生活的热爱，自我价值实现途径的变通，通过有序的民间组织完成集体需求社会化表达的过程。

电视画面通过动态和静态相结合的形象传播，纪实性和现场性是主要特质，视听兼备，声行并茂，现场的直观和真实，画面的真情实感，剪辑组合的顺畅，应该说都是画面传播的加分项。"文似看山不喜平，画如交友须求淡。"画面中有一段20秒左右"夜跑族"跑步的长镜头，可以看出团队成员多，跑步步伐熟练稳健，还可以从画面中看到男女老少都有参与，身体的矫捷轻盈与参与者的快乐通过画面很自然地呈现出来。紧接着进入一段跑步爱好者的现场采访，选取了三位精气神俱佳的代表，无声的积极的体态语，这种行为状态的感染力是很强的，不仅从语言中看出跑步对心情的作用、减肥对身体的帮助，还看到了毅力、乐观和动感，虽谈不上多么精美，但有一种朴实的力量。此外，近30秒的宁海夜跑环境的画面，反映了政府打造大森林大景区的背景，生态环境好转对户外运动兴起的辅助，作品善于通过自然画面来呼应主题。

总的来说，这组系列报道以新颖的题材、精巧的构思、深入的报道、饱满的节奏，紧紧抓住小城生活的特色，娓娓道来，有滋有味，通过群众的视角，用系列事实展现了城市生活新风貌。这组系列报道虽不是宏大主题，切口小但挖掘较深，通过对典型主题的信息整合，进行了全景式的描述，情节抓人眼球，细节深入人心，对新闻事实的报道角度多而不散，表达较为立体多元。善于运用与表达主题贴合的事件和人物来调动观众的收视热情，善于抓住新闻故事化的表达手法和人物细节化的表现方式，使新闻具备了较优的传播效果。

连续（系列）报道

朝霞妈妈的北京来信

胡朝霞写信勉励贵州参军学子：立志跟党走

【导语】胡朝霞代表作为宁波三位十九大党代表之一，常年在工作岗位上兢兢业业，努力践行党的群众路线，积极组建爱心团队，长期关心资助贵州台江县山区孩子上学，是贵州山区孩子心中富有爱心的好"妈妈"。与其他十九大代表交流，再次整理熟悉发言稿，接受媒体采访等等，昨天，胡朝霞抵达北京后一直忙碌到晚上10点。不过，一回到住地的房间，她就拿起笔给刚参军不久的贵州贫困学子张少华写起了信。

【正文】

【读信件　出漫画图：

少华：

给你写信时，刚结束一天的活动回到自己的房间……几年的时光，你长成了一个大小伙子参军了。此时此刻，从窗外望去，首都的夜晚宁静而又安详，特别想跟你说说心里话。】

2011年开始，胡朝霞开始关心资助贵州台江县的贫困学子上学。张少华就是胡朝霞连续资助了7年的学子之一。2015年，胡朝霞带着爱心团队从宁波远赴贵州助学时，见到了这个孩子。当时，几乎家徒四壁的张少华告诉"朝霞妈妈"，他的理想是当兵，报效祖国。今年9月份，得知张少华顺利到云南省参军后，胡朝霞着实高兴了好一阵子，答应会给他写信。

【采访　十九大代表胡朝霞：我们那么多年来，在贵州进行扶贫，在物质方面是有了，精神方面是不是能够更多，而且少华已经成年了，可以给他一些精神方面的（支持）。所以说我想通过妈妈从北京来信（方式）来告诉他们，尤其是告诉我们的少华，你在部队这个炼炉里面，要好好地锻炼，要立志跟党走，听党指挥，做一个"四有"的好战士。】

胡朝霞说，这封信在发给张少华的同时，也发给了她结对助学的贵州台江县方召镇反排小学的校长王小龙，希望鼓励更多的孩子。今天下午 3 点，王小龙校长趁着课间休息时间，给孩子们读了胡朝霞写给少华的这封信。

【念信现场音　反排小学校长王小龙：最近我总想起 15 年前的那天下午，站在鲜红的党旗下，举起右拳庄严宣誓……】

听王小龙校长念完信，不少孩子都很羡慕少华哥哥，并立志做一个有用的人。

【采访　贵州台江方召镇反排小学邰生由：我长大以后也要像少华哥哥那样，为党为国奉献自己的一份力，保卫国家，保卫疆土。】

朝霞妈妈的北京来信：激励贵州山区孩子勇往直前

（略）

朝霞妈妈的北京来信：少年强青年强则中国强

【导语】这两天，我们连续报道了十九大代表胡朝霞给贵州山区孩子们写信的故事。今天，咱们再来看一封信，这次"朝霞妈妈"来信的题目是：少年强青年强则中国强。鼓励孩子们做一个对国家对社会有用的人。

【正文】

【读信件　出漫画图：

孩子们：

今天是 2017 年 10 月 18 日，一个必将成为中华民族复兴征程上广大青少年最激动、感奋的日子……你们一定要牢记习近平总书记的叮嘱，做到德智体美全面发展，将来成为祖国建设的栋梁之材。】

在信中，胡朝霞向贵州的孩子们分享了参加十九大开幕会的感受，并转达了习近平总书记在报告中对广大青年的深情勉励和有力号召。鼓励孩子们全面提高自身素质，长大后做一个对国家、对社会有用的人。

【采访　十九大代表胡朝霞：给孩子们带去物质帮助的同时，更多地给予精神方面的帮助，让他们能够树立一个远大的理想，走出大山，有一个出彩的人生。】

2011 年到 2017 年，胡朝霞共结对资助了 75 名贵州贫困学子，并和爱心团队队员一起前往贵州助学 6107 人次，成了贵州台江山区孩子们口中的"朝霞妈妈"。胡朝霞说，给孩子们写信，正是出于一个妈妈对孩子的期待与鼓励。

远在贵州大山深处的台江县方召镇中心小学收到信后，音乐老师张永强趁着课间休息时间，给孩子们看"朝霞妈妈"在北京写的第三封励志信。

【同期声：胡朝霞阿姨在百忙当中抽出时间，给大家写了一封信，大家想不想听？胡妈妈给我们写的主题是：少年强青年强则中国强。】

听老师念着信，五年级学生张国花开始有点想念这位"朝霞妈妈"。张国花说，同学们现在穿的棉校服、用的字典和文具等，都是"朝霞妈妈"和她的爱心团队捐赠的。去年她见到胡朝霞还和她聊了天，在她心里，这个原本不相识的女民警占据着非常重要的位置。

【采访　方召镇中心小学五年级学生张国花：让我们穿到温暖的校服，有一种母亲的爱，就是穿上去的时候很暖和。】

2016年以来，除了物资捐赠外，胡朝霞爱心团队还帮助学校建起了多媒体电教室、饮水工程等等，解决了近500名师生的部分教学和生活难题。

【采访　方召镇中心小学老师张永强：胡朝霞参加党的十九大这么重要的一个会议，能够在百忙当中抽出时间来给学生写信，让我从中看到，她是多么关心我们贵州的孩子，我们的贫困孩子。】

【同期声　朝霞妈妈，我们想念您！】

孩子们给胡朝霞回信：我们会做有用的人

【导语】十九大代表、北仑公安分局出入境管理大队大队长胡朝霞，在全心参加十九大的过程中，每天晚上都抽时间给贵州台江县大山里的孩子们写励志信。在连续收到"朝霞妈妈"写来的三封信后，许多孩子开始给"朝霞妈妈"回信。

【正文】

【读孩子的回信　出漫画图：

朝霞妈妈：

感谢您多年来对我们的关心和帮助。请您放心，我们一定会更加努力地学习，长大后做一个对祖国对社会有用的人……】

这是台江县第一中学初二学生杨星给胡朝霞的回信。杨星是贵州方召镇巫梭村人，因为父亲聋哑，母亲也没什么文化，家庭收入非常有限。2016年4月，她家的房子被泥石流冲垮，一家三口只能住在六七平方米大的简易房子里，除了几根支架木头外，其他部分都只能是用尼龙布包裹。

当年 10 月，胡朝霞爱心团队了解情况后，给杨星家捐赠善款，让她家重新盖起了房子，还资助她上学。现在杨星的学习成绩不错，一直保持在全年级前五的水平。

【采访　台江县第一中学学生杨星：因为有了她的帮助，所以我才有机会上这所学校。我希望我以后能有机会报答她。你要是经常能和她在一起见面的话，帮我叫她不要每天工作得太累，不要工作得太晚，早点睡。】

杨星说，她一定会记住"朝霞妈妈"在来信里的叮嘱，努力学习，好好锻炼身体，将来要考上大学并学有所成，做一个对社会对国家有用的人。收到包括杨星在内的孩子写来的回信，在北京参加十九大的胡朝霞非常欣慰。

【采访　十九大代表胡朝霞：我觉得特别开心，因为在 18 号召开的党的十九大开幕会的时候，报告中提到了我们要精准扶贫，扶贫要和扶志、扶智相结合，我就这样在做了。我跟孩子一天天在写信，已经开始帮孩子们在志和智上面下功夫了。】

2011 年以来，胡朝霞个人结对资助贵州贫困学子 75 名，爱心团队累计资助贫困学生 6107 人次。胡朝霞说，接下来，她和团队会在提供物质帮助的同时，更注重帮助孩子们树立远大的志向。

单位：北仑区广播电视中心

作者：宋文、鲁勇辛、曾丹华、李娜、朱英、徐澍

播出时间：2017 年 10 月 17 日

好新闻，需要一个好的新闻策划

——评电视系列报道《朝霞妈妈的北京来信》

陈洪标

电视系列报道《朝霞妈妈的北京来信》之所以取得成功，就在于有一个好的新闻策划。

一个好的新闻策划，需要具备四个功能：首先是新闻素材的聚集器；其次是新闻操作的快捷键；第三是新闻内涵的催发剂；第四是新闻传播的收割机。

这组系列报道一共是四篇：开篇是《胡朝霞写信勉励贵州参军学子：立志跟党走》，801 字，时长 2 分 46 秒；第二篇是《朝霞妈妈的北京来信　激励贵州山区孩子勇往直前》，822 字，时长 2 分 52 秒；第三篇是《朝霞妈妈的北京来信：少年强青年强则中国强》，882 字，时长 3 分 29 秒；结尾是《孩子们给胡朝霞回信：我们会做有用的人》，720

字,时长 2 分 42 秒。

从这四篇报道来看,如果没有一个好的新闻策划,参加十九大会议的党代表、北仑公安分局出入境管理大队大队长胡朝霞,给刚参军的结对帮扶的贵州"儿子"张少华写信,按照常规的新闻报道,从爱民模范的警察关爱贵州贫困山区孩子的角度,做一篇新闻就可以解决问题了。那么这样做的结果,只是传播了一种关爱之情,只是停留在社会新闻的层面。作者也正因为不甘心就做这样一篇普通的新闻,而想要深挖其新闻价值。所以在得到胡朝霞参会期间会给张少华写信的信息后,进行了新闻策划。通过策划,让所有的新闻素材都聚集在了一起。

于是,一心爱民的好警察胡朝霞对结对帮扶的贵州"儿子"张少华参军后要立志跟党走的勉励和胡朝霞与贵州 75 名贫困学生和老师之间的感情联系在了一起;让北京、北仑、贵州三地联系在一起;让十九大会议、党代表、贫困山区师生三者联系在了一起……

只有把这些新闻素材聚集在一起,才有更多的内容可以挖掘,并赋予更多的价值;才有后面四篇系列报道,形成相互回应的效果;才能让新闻更有广度更有深度,从而产生新闻的聚集效应。

一个好的新闻策划,第二步就是要便于实际操作,要不然再好的策划也是纸上谈兵。

这组一共四篇是系列报道,一共派出了两路记者:一路赴北京采访胡朝霞的记者,克服代表忙、采访受限多等因素,拍到了胡朝霞写信的镜头,并进行了采访;一路记者前往贵州,克服山区的诸多困难,及时采制到孩子看信后的反馈,以及老师读信学生落泪的现场,以及学生给胡朝霞写回信的镜头。

这些镜头和现场采访是这组报道最核心的内容,最终形成了一篇篇高大、生动又有呼应的精彩报道。

一个好的新闻策划,应是新闻内涵的催发剂。

这组系列报道以信为载体,把北京、北仑、贵州三地连通,让十九大会议、党代表、贫困山区师生三者联系在了一起,不仅生动讲述了胡朝霞为民服务为爱奔跑的事迹,而且通过写信回信这个载体,有效地传达和宣传了十九大精神。

以写信这种传统的联系情感的方式,巧妙地将十九大精神融合在有感情的故事中,达到了四两拨千斤的效果,使原本一则社会新闻的内涵最后上升到潜移默化地宣传十九大精神的高度。让新闻内涵实现最大化,依靠的就是通过新闻策划带来的提升效果。

一个好的新闻策划,更是新闻传播的收割机。

一封信变成了四封,而且相互呼应,不仅让观众了解到胡朝霞从 2011 年起,就与贵州台江县 75 名贫困学生结对，并且胡朝霞和她的爱心团队资助贫困学生已累计达 6107 人次，金额超过 120 万元。而且通过这件帮扶结对的事迹，让贫困孩子和观众感受到了胡朝霞对党忠诚、为民服务的共产党员形象，更通过信件潜移默化很好地宣传了十九大精神。所以，新闻播出后在社会上引起良好反响。

如果没有这样一个好的新闻策划，就没有这组出彩的新闻报道。

新闻专题

牡丹花开

【正文】

【字幕】12月17日至21日，宁波红牡丹书画国际交流社社长姜红升两年内第四次应邀赴英国交流教学。

【同期声】

你好

早上好

外面太冷了

还好

你好吗

我很好　谢谢

我亲爱的朋友

这个礼物和你一样美丽

【同期声】

这里画一笔

那里也画一笔

这里是中心

这里

【一般字幕】

英国皇室礼仪顾问　科霍恩男爵夫人

【同期声】

英国已经在期待Jack(姜红升)了

英国人民需要更多地学习中国文化

通过他的作品和教学

我想每一个人都会（成为艺术家）

【正文】

【字幕】18 日上午 9 点，姜红升受邀在英国诺丁汉 Rushcliffe 福中学教学。

【同期声】

Two three together

【一般字幕】

英国诺丁汉 Rushcliffe 中学学生

【同期声】

我觉得真的很有意思

我们不常接触中国画

今天学（中国画）特别好

【一般字幕】

英国诺丁汉 Rushcliffe 中学学生

【同期声】

特别有意思　我想多上这样的课

因为平时我们画（西方画）

这个（中国画）更棒

【一般字幕】

英国诺丁汉 Rushcliffe 中学老师　Maria Collins

【同期声】

欢迎"红牡丹"

【一般字幕】

宁波红牡丹书画国际交流社社长　姜红升

【同期声】

非常开心　非常感动　忙不过来　这个 Jack（姜红升）　那个也叫我　他们都想

画画得更漂亮　（牡丹花）不是开在宣纸上　而是开在世界民众的心里

【同期声】

谢谢　不客气

1.【片名】牡丹花开

【同期声】

那是一个美丽的下午

他们那么的喜欢

那天下午后

我就对做这种艺术的工作着迷了

【正文】

书画社每来一批新的学员,姜红升都会讲起 5 年前,他第一次教外国学生画牡丹的故事。当时,这群孩子刚踢完一场球赛。

【一般字幕】

宁波红牡丹书画国际交流社社长　姜红升

【同期声】

累坏了

但是当我画了一瓣牡丹花在纸上

他们所有的疲劳都消失了

特别有一个德国的男生

这个毛笔在宣纸上下去那一瞬间

软的　软的

他惊讶地跳起来了

从那时起

我在想是不是要改变我的人生方向

【正文】

姜红升爱好书画多年,创作的牡丹画曾获全国金奖,但他还是没想到,中国书画竟然有这么大的魅力。现在,来宁波的外籍友人越来越多,能不能开办一个书画社,专门教他们学习中国传统书画呢?姜红升产生了辞职开办公益书画社的念头,但他的忘年交瞿嘉福却有些担心。

【一般字幕】

姜红升好友　瞿嘉福

【同期声】

说实话

人还是要生活的

没有固定的收入

这当然是我担心的

【正文】

老朋友担心的事,在医院工作的妻子龚春芳却没有阻拦。

【一般字幕】

姜红升妻子　龚春芳

【同期声】

他就这个性格

他要做的事情

第一个我也知道拦不住

第二个我觉得也挺好

【正文】

2012年10月,在鄞州图书馆免费提供的一间阅览室里,宁波红牡丹书画国际交流社成立了,姜红升也辞去了22年的中学英语教学工作。没多久,书画社收到了区民政局第一笔4万元的公益创投奖。有了场地,也有了起步资金,没想到,之前从来没放在心上的事,却成了最大的难题。

【一般字幕】

宁波红牡丹书画国际交流社社长　姜红升

【同期声】

我们从来没想到

学生这么难找

就是开始从(20)12年的10月

到(20)13年的4月　一个学生也没有

【一般字幕】

姜红升妻子　龚春芳

【同期声】

但是我们总觉得好像（学生）应该是会有的

我们都是无偿地教他们的

【正文】

日子一天天过去,没有一个外籍友人来到书画社,姜红升很纳闷,宁波有那么多的外籍友人,怎么就没人上门呢?

【同期声】

一张 A5 纸　折起来

这是个封面

上面写红牡丹书画社

这里印上你的名字和标识

【正文】

正在和姜红升讨论的是书画社最早的学员、宁波诺丁汉大学教师维吉。诺丁汉大学与鄞州区图书馆仅相隔几百米,2013 年,维吉和夫人吉莉安在鄞州区图书馆偶然看到了红牡丹书画社。来自澳大利亚的吉莉安爱好绘画已经很多年,跟随丈夫来到宁波之后,她一直就想找一位好的老师,学习中国的书画。

【一般字幕】

澳大利亚学员　吉莉安

【同期声】

我们可能是第一个或者第二个学员

差不多这里成立 6 个月后就来了

我当时很高兴

都不相信自己这么幸运

因为我原以为要跑很远的路去找一位教画的老师

但是没想到从大学走 10 分钟的路就找到了

而且他还讲英语

【正文】

吉莉安被红牡丹深深吸引。从此,只要有时间,她就会来书画社跟着姜红升学画牡丹。可是她的开心没持续多久,就与姜红升发生了争执。

【一般字幕】

宁波红牡丹书画国际交流社社长　姜红升

【同期声】

红着脸

她红着脸跟我急

我也红着脸

因为照理说,书画社的事情她听我的对吧

【正文】

两人之间的争执,源于书画社宣传页上的地图。除了中英文标示,吉莉安还要求
在地图上增加标志性建筑、公交车路线等信息。

【一般字幕】

澳大利亚学员　吉莉安

【同期声】

刚开始他不想把这些信息放在地图上

【一般字幕】

宁波红牡丹书画国际交流社社长　姜红升

【同期声】

把一般的地址发给人家就够了,对不对?

【一般字幕】

澳大利亚学员　吉莉安

【同期声】

必须把公交车线路放在地图上

他说不要不要,我说要的要的

【一般字幕】

宁波红牡丹书画国际交流社社长　姜红升

【同期声】

结果一个早上争执了N个回合

【一般字幕】

澳大利亚学员　吉莉安

【同期声】

当你在自己的国家

你知道地方在哪里

看着地图你就知道在哪里

很容易就找到路

但有时候对我们外国人就很困难了

【正文】

冷静下来的姜红升,最后听从吉莉安的建议,重新制作了地图。果然,来书画社的外籍友人渐渐多了起来。这让姜红升意识到,如果不设身处地地为外籍学员着想,可能他们连书画社的门都找不到。

【一般字幕】

宁波红牡丹书画国际交流社社长　姜红升

【同期声】

但是摸不到门不是他(们)的错

是我们没有提供非常好的、到位的服务

或者服务的方式、口径没有打通

2.【片名】牡丹花开

【正文】

【同期声】

来,加入我们吧

非常重要的有三步

第一步是用多少水

第二步是如何让毛笔像这样蘸上颜料

【正文】

听完姜红升的讲解，学员们开始自己作画。

【一般字幕】

俄罗斯学员　波丽娜

【同期声】

他是一个好老师

我喜欢他教我的方式

【一般字幕】

克罗地亚学员　伊莉娜

【同期声】

很感谢 Jack

他让我了解了一些中国文化

【一般字幕】

俄罗斯学员　波莉曼

【同期声】

因为 Jack 和他的牡丹画

我可以学到更多的中国文化

我真的非常喜欢

我希望每个人都能来学画牡丹

【正文】

可是姜红升早期上课时，外籍学员却并不适应。

【一般字幕】

澳大利亚学员　吉莉安

【同期声】

你需要解释更多的细节

这样我们才能理解

【一般字幕】

宁波红牡丹书画国际交流社社长　姜红升

【同期声】

但我觉得要做这件事情

还要自己画一下拍照一下

我就说太忙太忙

【正文】

对外籍学员的这种要求，姜红升并没有太在意。

【一般字幕】

宁波红牡丹书画国际交流社社长　姜红升

【同期声】

那么一次两次推托

她也没说

到后来她说

你再不弄出来

我跟你翻脸

【正文】

有着教育硕士学位、当了22年老师的姜红升没想到，自己的教学方法会受到质疑。惊讶的同时，他开始思考学员们的要求。除了上课增加细节和步骤的讲解，他还在课后尝试记录和整理，更有针对性地备课。仅仅为了教好怎样调色，他就琢磨了将近一个月。

【一般字幕】

宁波红牡丹书画国际交流社社长　姜红升

【同期声】

开始的时候

我们没想到笔杆要放下来调

就告诉他颜色怎么调

竖起来的，没讲到位

后来通过观察

当你把笔放到 5 度到 10 度之间

调的味道、色彩最好

【正文】

一段时间下来，姜红升积累的教学细节越来越多。当他把这些细节按照顺序整理成册，就成了外籍学员画牡丹的说明书。结合姜红升现场的讲解，很多学员很快就能画出牡丹。

【一般字幕】

韩国学员

【同期声】

这是我第一次画

很开心

【一般字幕】

意大利学员

【同期声】

看到老师怎么教大家画一些东西

有很多互动

所以我真的很喜欢

【一般字幕】

中国美术学院教授、中国画系副主任　刘海勇

【同期声】

作为一个外国的书画爱好者

来学习我们中国画的画法

在这么短的时间内

能够达到这样的效果

我觉得是非常了不起的

【正文】

去年，隶属国务院新闻办的五洲传播出版社，在已经对外出版牡丹画册的情况下，又出版了姜红升的红牡丹绘画教材。

【一般字幕】

五洲传播出版社副社长　荆孝敏

【同期声】

我觉得他拿到这本书就可以画出一朵非常漂亮的牡丹

原来一说国画特别高大上

但姜老师告诉你半个小时

你按照我的去做

就能画出一朵牡丹

我觉得这也是一种创新

3.【片名】牡丹花开

【正文】

　　每周二晚上，姜红升都会到宁波大学，教这里的留学生画牡丹。听说姜红升最近要到保加利亚出差，学员伊丽莎请他帮忙带礼物给父母。

【同期声】

开车到索非亚要多长时间

两个小时

【正文】

　　伊丽莎学习画牡丹已经有3个月，这次她送给父母的礼物，就是自己画的红牡丹。

【一般字幕】

宁波红牡丹书画国际交流社社长　姜红升

【同期声】

她的风格比较纯

用水　用颜色方面比较纯

包括叶子　调色比较好

【同期声】

我会把它装裱好

真的吗

是的

【正文】

每过一段时间，姜红升会带着学员们去装裱大家创作的画。第一次来这里的弗拉基米尔，看得特别认真。

【一般字幕】

乌克兰学员　弗拉基米尔

【同期声】

（装裱）工作真的很特别

我很喜欢

【正文】

一起来的康斯坦丁对这里已经很熟悉了。

【一般字幕】

乌克兰学员　康斯坦丁

【同期声】

对我们来说（装裱）工作很棒

因为我们画完画之后

他帮我们完成最终的装裱

这样我们就能拿着画作送给朋友

如果没有他的帮助

我们就没法尽情享受到绘画的乐趣

【同期声】

国色天香

非常好

这是一个很有名的成语吗

非常有名

尤其是用来描述牡丹的

【正文】

对中国传统书画中涉及的一些成语和典故，姜红升会和学员们反复探讨，让大家理解得更准确。

【同期声】

疏影横斜水清浅

暗香浮动月黄昏

非常美

每一次我在画花朵的时候

都会被这两句绝妙的诗深深打动

【正文】

11月23日，由宁波承办的中国文化中心在保加利亚首都索非亚揭牌成立，姜红升应邀参加活动。在现场，伊丽莎的父母收到了女儿画的三幅牡丹。

【同期声】

我没有拿反吧

没拿反

上面有你女儿的中文签名：伊丽莎

这里吗

是

你一定是个好老师

她也是个好学生

对啊

【正文】

在现场的视频通话中，伊丽莎的父母了解了女儿跟姜红升学画牡丹的经历。

【一般字幕】

伊丽莎母亲   斯托雅诺娃

【同期声】

太不可思议了

有这样好的老师来教导

我们太感谢了

【一般字幕】

伊丽莎父亲   舍维特里

【同期声】

她看起来很高兴

当她和我们分享跟着 Jack 学习的情景时

说真的，她看上去特别快乐

4.【片名】牡丹花开

【正文】

现在，红牡丹书画国际交流社成为了宁波对外交流的基地。图书馆扩大了书画社的场地，赞助了所有桌椅、颜料、纸张等用具和器材。各方支持的经费，让书画社的活动越来越丰富。

【一般字幕】

姜红升好友　瞿嘉福

【同期声】

比方说得到这里图书馆的支持

得到民政局的支持

后来到文化局的支持、教育局的支持

各个部门都支持他

这为什么

他要弘扬中华文化啊

【正文】

书画社每增加一个国家和地区的新学员，这张地图上就会贴上一朵红牡丹。塞浦路斯女孩蒂莫希娅，贴上了第 168 朵红牡丹。目前，到书画社学习过的外籍学员超过了 1 万名。

【一般字幕】

文化部对外文化联络局副局长　郑浩

【同期声】

我想这是很不容易的事情

作为绘画艺术它不需要语言

就能传达中国的和平、美丽、和谐等很多很多概念

中国有足以引以为傲的传统文化

所以我们现在有高度的自信

和国外平等地开展这种文化交流和合作

【正文】

现在，姜红升每周的课表排得越来越满。只要一有空，龚春芳就会来给丈夫帮忙。有一天，他们从早到晚接待了6批100多名外籍学员。

【一般字幕】

姜红升妻子　龚春芳

【同期声】

辛苦是非常辛苦的

就白天晚上、晚上白天的

我们几乎没什么空余休闲的时间

【一般字幕】

宁波红牡丹书画国际交流社社长　姜红升

【同期声】

独乐乐不如众乐乐

如果说让更多的世界民众能够享受这个快乐

我觉得太幸福了

【一般字幕】

乌克兰学员　康斯坦丁

【同期声】

Jack是我们之间的桥梁

他向我们展示具有代表性的中国文化

【一般字幕】

澳大利亚学员　吉莉安

【同期声】

他愿意和我们外国人分享国画艺术

并用绘画把不同文化背景的人们连接起来

遍及世界的每个角落

【正文】

现在，书画社的一些学员已经有了自己的学生。

【一般字幕】

澳大利亚学员　吉莉安

【同期声】

很多人第一次画枝条的时候很难画对角度

差不多是30度的样子

得这样画一笔

然后接着画

【字幕】

目前，有超过20名书画社的早期学员，在世界不同国家和地区教授中国书画。自2012年10月成立至今，宁波红牡丹书画国际交流社的学员遍及168个国家和地区，总数超过1万人。

单位：宁波广播电视集团多媒体新闻中心

作者：徐明明、丁杨明、蔡志飞、田丰、吴金城

播出时间：2017年12月29日

牡丹花开，香飘万里

——评析新闻专题《牡丹花开》

朱　怡

"讲好中国故事"是近几年的创作研究重点。"讲好中国故事"不仅是主流价值观对内传播的需要，更是中国形象对外传播的需要。尤其在推进国际传播能力建设方面，在讲好中国故事的同时如何进一步强化中国正面形象，是这一轮文化建设的重点。宁波广播电视中心的新闻专题《牡丹花开》正是在此背景下涌现出的优秀电视作品。

一、选题体现大局观，新闻性强，专题意识高

新闻专题《牡丹花开》讲述了宁波红牡丹书画国际交流社5年来免费教授1万多名外籍友人学习中国书画的历程，应该说从选题层面它就具备优秀专题作品的素质。

首先，从画牡丹到牡丹书画社再到《牡丹花开》片名，所有的关键词都锁定了"牡

丹"。众人皆知,牡丹是中国国花,也是中国画最典型的题材之一。以国花牡丹之名,传中国文化之魅力,以小见大视野下的大格局是本片选题的第一妙处。其次,小小书画社身处江南一隅,却着眼全球诸国,片中提到168个国家和地区的外籍友人参与此项目,是一个典型的小作坊大能量案例。第三,《牡丹花开》涉及的拍摄素材,既有书画社社长姜红升在宁波教授外籍友人画牡丹的镜头,又有姜红升受邀出境教学交流的画面,实证牡丹书画社在对外传播领域的双向影响力。

因此,以新闻专题类型而言,该作品选题既具有较强的新闻时效性、接近性,又具备了专题作品在典型性和趣味性方面的较高要求,是一部选题优秀的新闻专题作品。

二、人物表现真实生动,具备专题感染力

这部作品的主要人物是宁波红牡丹书画国际交流社社长姜红升,其他出镜的人物还包括他的朋友、妻子以及学员。作为第一主角,操着一口流利英文、画得一手好牡丹国画的姜红升能够瞬间引发观众好奇心。显然,很难以常识推断一位英语流利的中年男性为什么笔下牡丹栩栩如生;同样也很难从常识理解一位拿过国家级绘画金奖的中年男性怎么还能同时具备流利英语技能以及超出常人的中文表达能力。应该说,人物自身魅力赋予这部作品先天的关注度,显然这是专题人物至为重要的吸引力来源。

其次,姜红升的魅力不仅仅在于他自身的技能出众,也在于他面对镜头的真实与坦率。"累坏了""学生这么难找""我也红着脸",从他直白的叙述中一个有着真实个性的人物形象逐渐树立了起来。在具体操办书画社的过程中,姜红升和第一期学员多有争执,片中姜红升的采访直面矛盾:"因为按理说,书画社的事情她听我的对吧。"书画社的事业并不是一蹴而就的顺利,也是经历了不少挫败之后才慢慢走向正轨。这部作品尽管是站在正面立场刻画人物,但主要人物有成长有变化,具备影视作品人物最重要的"转变"特质。从观众立场而言,影视作品人物的成长性是构成可看性最重要的要素,这也是人物可信、可亲的重要来由。

三、叙事结构有设计感,剪辑制作精良

这部专题作品全长16分钟,在总体结构层面兼顾内容需求和传播效果,具体剪辑层面手段丰富,制作精良。

开场部分直接切入姜红升两年内第四次应邀参加英国交流教学的空镜画面,继而观众看到的就是姜红升在英国古堡里和男爵夫人一家的亲切交流。在整部专题作品中,姜红升和英国皇室礼仪顾问科霍恩男爵夫人之间的热络其实是书画社对外文化传播的成果。可以说,开场部分选取的是体现传播成果的小高潮片段,而非常规开场部分的"开始"画面。从作品结构安排来看,这种处理更常见于强调开场"抓人眼球"的影

视剧作品而非纪实性新闻短片。

以姜红升出访英国受到礼遇的高潮开场引发观众好奇之后，短片才回到常规叙事开始追溯故事缘起。从姜红升书画社的创建开始，书画社在对外传播方面历经"创建—挫败—修正—成功—扩散"几个阶段，每一个阶段都有大量采访素材的验证，内容厚实可信。

清晰的叙事结构加上平实的讲述风格，令观众被慢慢带入牡丹书画社的故事进程。在每一个小段落的转场过渡中，创作者大量运用了声音剪辑技巧，使用"拖声法"将声音延续到下一个镜头，使用"捅声法"将声音前置于上一个镜头的例子比比皆是。尤其值得一提的是，创作者较好地处理了作品中大量采访镜头，声画在两个轨道上互为补充，传达了更为丰富的视听信息。

总体而言，这部作品在选题、叙事、人物方面的处理都是比较优秀的。相对而言，某些局部的处理还可进一步斟酌。如片头字幕部分使用了数字特效的牡丹花开画面，创作意图虽好，但画面中只见牡丹，不见人更不见笔，很难充分表现出该片牡丹书画社主题。结尾处以字幕为主要表意手段尽管指向清晰但艺术性稍欠。168个国家和1万多人的数据化表述当然是精确的，可效果却不如片中在世界地图上贴牡丹花更具视觉美感和情绪感染力。另外一处明显遗憾是短片中教授外籍友人中国古典诗词段落中提及著名诗句"疏影横斜水清浅"，该句出自《山园小梅》之"疏影横斜水清浅，暗香浮动月黄昏"，被誉为千古咏梅绝唱。虽为咏花名句，但歌颂的是梅花而非牡丹，何况牡丹素以"国色天香"闻名，谈何"暗香浮动"？文化传播意图虽好，此处引用不免有文不对题之惑。如果创作者能意识到"牡丹"主题的一以贯之，该处疏漏自可避免。

牡丹花开，香飘万里。牡丹书画社的成功，是姜红升职业转型的成功，更是"坚持创造性转化、创新性发展，不断铸就中华文化新辉煌"背景下的优秀对外传播案例。该作品在宁波台和浙江电视台国际频道专题播出后，引发众多观众共鸣，激发了他们对优秀传统文化的自豪感，也吸引了更多外籍友人产生对中国传统文化的兴趣和热情，在社会传播方面取得较好的效果。

新闻专题

勇立潮头

（字幕画外音）

向东是大海，海定则波宁。敢闯敢拼一直是宁波人生生不息的内在基因，创业创新始终是宁波城市赖以发展的根和魂！

（片头字幕）

潮起，不息的血脉

逐浪，不凡的品质

跨越，不懈的精神

片名：勇立潮头

2017年1月9日，北京人民大会堂，屠呦呦从国家主席习近平手中接过获奖证书。这位宁波籍科学家，继获得诺贝尔生理医学奖之后，又获国家最高科学技术奖。

2016年8月10日，里约奥运会，宁波运动员石智勇勇夺冠军，实现了我市奥运会金牌零的突破。

2016年6月13日，第三届中国机器人峰会在宁波开幕。省委书记、省人大常委会主任夏宝龙出席开幕式。他指出，发展智能经济，宁波当仁不让、责无旁贷。

2016年8月18日，工信部、中国工程院、新华社和宁波市政府联合召开新闻发布会，宣布宁波成为全国首个"中国制造2025"试点示范城市。省委常委、市委书记、代市长唐一军出席发布会，并向媒体发表讲话。宁波从此扛起国家制造强国战略赋予的探路先行的重大使命。

宁波，这个人杰地灵的家园，这块涌动梦想的热土，正上下一心，众志成城，掀起新一轮发展大潮，不负我们民族伟大的复兴！

潮　起

宁波三江口，矗立着一组"三江送别"的雕像。祖祖辈辈出去闯世界的宁波人背着行囊，从这里起航，几百年间，终于闯出了一个风云天下的"宁波帮"。

那时，家乡的码头太小，容不下他们的梦想。时间到了1984年，改革开放的大潮将宁波推到了时代的前沿。邓小平发出号召，"把全世界的'宁波帮'都动员起来建设宁波"，沉寂已久的"宁波帮"再次为世人瞩目。

宁波是中国最古老的港口城市之一。唐宋以来，宁波港有1200余年对外开放的历史。1979年1月10日，北仑港10万吨级进口铁矿中转码头开工建设，揭开了宁波港一个全新的历史篇章。37年之后的2016年12月19日，宁波舟山港年货物吞吐量一举突破9亿吨，连续八年成为全球第一大港。

改革开放的春风，不但唤醒了沉寂已久的宁波港，也唤醒了"红帮裁缝"的精神传承。从1997年宁波成功举办首届国际服装节至今，20年弹指一挥间，宁波霓裳华丽蝶变。

创建于1979年的雅戈尔，这个中国服装产业中最响亮的名字，正在进行新的创业，坚持实业与投资并驾齐驱、产业与金融双轮驱动的发展战略，实践着必须成为百年老店的决心。

申洲集团创业30年，成为中国最大的纵向一体化、针织服装代工企业，是宁波纺织服装业率先国际化的典范。

宁波人自古有着经商办实业的传统，一批先行的创业者披荆斩棘，开创了新时期宁波工商业的崭新天地。

宁波海天集团的前身，是一家成立于1966年的老工厂，如今已发展成为世界最大的注塑机生产和中高端数控机床研发与制造的国家级高新技术企业。

今天，宁波的码头越来越大，成为浙江"双城记"和"一体两翼"中的"一城一翼"；是浙江港口经济圈和宁波都市圈的核心区；是浙江对外开放的主门户和先进制造业的战略高地。

2011年首届世界浙商大会以来，广大浙商甬商大力实施产业回归、资本回归、总部回归，累计在宁波投资项目2800余个，实际到位资金2700亿元，东华能源、海越新材料、华强中华复兴园、银泰城一批超百亿重大项目落户宁波。

"宁波帮"先辈们造福桑梓、富民强国的浓厚情怀，敢为人先、敢争一流的自信与担当，正在当代浙商甬商的血脉传承中彰显，正在他们奋斗前行的脚下延续。

逐　浪

沧桑变迁是正道，大潮奔涌逐浪高。世界与时代发展的大潮，激励着宁波企业家不断创业创新、转型升级，形成了中国经济中一道亮丽的风景线。

在G20杭州峰会上，不时出现宁波的身影。宁波吉利博瑞，成为峰会官方指定用车；各国元首和参会代表的礼品笔，来自宁波贝发集团……宁波制造、宁波服务、宁波智慧等纷纷亮相，展示了全球经济发展大格局中宁波的贡献。

2016年，宁波工业总产值已达1.74万亿元，位居浙江省首位。逐步形成汽车制造、新材料、家用电器等八大千亿级产业为支柱的先进制造业体系。这振奋人心的宁波图景，正是一批批浙商甬商用自己的勇气与智慧所描绘。

奥克斯从7个人、负债20万元起步，一跃成为年销售额超600亿元的企业集团，产业横跨电力、家电、通讯、医疗等多个领域。

全球第一大的车载镜头供应商舜宇集团，中国厨电行业领导品牌方太厨具，拥有28家全资和控股公司的中基宁波集团，在全球拥有六个制造研发基地的博威集团……多少浙商甬商以他们宽阔的视野、超前的意识，扎根实业，创新开拓，打造着生机勃勃的愿景。

宁波有着制造业强劲的体魄，也有着文化产业儒雅的面容。"十二五"期间，宁波市文化制造业总量居于全省首位。引进了华强、荣宝斋等一批文化龙头企业，培育了创E慧谷、和丰创意广场、象山影视城、1844等一批产业发展平台，得力文具、大丰舞台、海伦钢琴、音王音响等一批文化企业蜚声海内外。

如果说创业是为了越做越大的规模，那么创新便是为优势突出的特色。在创新引擎的驱动下，宁波制造频频发力。在高性能磁性材料、核电密封件等细分领域，突破了一批关键的核心技术，崛起一批行业"隐形冠军"。目前，宁波已在12个优势产业、200多个细分领域优势明显，涌现出140多个"单打冠军"。

跨　越

杭州湾千年潮汐涨落，仿佛一夜之间，矗立起一片现代化的崭新城区。它便是国家级经济技术开发区——宁波杭州湾新区。德国大众、吉利汽车、德国博世、美国伟世通、中信集团、联合利华等世界500强企业纷纷在这里落户。

昔日只以白茫茫的盐场为宁波人所记忆的梅山，正在奋力争创浙江第二个国家级新区——梅山新区，将打造成为面向环太平洋经济圈的海上开放门户，成为浙江省的重大开放创新平台。

　　几年后，我国首个具备产业、文化、旅游、社区功能的"机器人小镇"，将出现在阳明故里。宁波的智能经济已经从这里扬帆起航。

　　跨越的宁波，不但拥有大力支撑的战略载体，还拥有一批功能强劲的创新平台。宁波新材料科技城、宁波国际海洋生态科技城、中科院宁波材料所、北方材料科学与工程研究院、宁波大学、宁波诺丁汉大学、宁波工程学院、宁波国际材料基因研究院等一大批高端研发机构聚集宁波。浙大宁波的"五位一体"校区建设，即将实质性启动。

　　跨越的宁波，不能缺少人才。至 2016 年，全市人才总量已超 200 万，海外高层次人才 8000 余人。正是人才，使企业专利特色数据库达 1700 多个，建设了国内首个模具产业知识产权创新基地。正是人才，令全市已培育创新型初创企业 9010 家、高新技术企业 1739 家。正是人才，让全市高新技术产业年增加值超过 1150 亿元。

　　人才、科技、资本的融合，造就了一批跨越型领军企业的崛起。全市已拥有 73 家境内外上市公司，集聚 333 家私募基金管理机构和逾千只私募基金。境内上市公司总数和私募基金管理机构总数双居全国各城市前十强。

　　均胜电子通过海外并购，提前实现了全球化和转型升级战略目标。江丰电子超高纯度金属材料及溅射靶材打破了美、日跨国公司的垄断，激智科技是我市"3315 计划"人才创办的首家 A 股上市企业，美康生物自主研发的医学体外断试剂领先国内，锦浪新能源科技走在全球同行前列，太平鸟大力拓展新型的电商业务……

　　甬尚创新，智胜未来。宁波的跨越，是实力和规模的跨越，更是智慧与精神的跨越。

　　2016 年 12 月，科技部宣布在宁波建设首批国家科技成果转移转化示范区。宁波还是国家保险创新综合试验区和国家跨境电子商务综合试验区。为浙商甬商的发展提供了又一个施展身手的舞台。

　　今天的宁波，正在加快推进产业高新化、城市国际化、发展均衡化、建设品质化、生态绿色化、治理现代化。一个个令人热血沸腾的发展大战略大举措，充分展现了宁波追求卓越、自我超越、奋力跨越的豪迈身姿。

　　而这一切的背后，是政府不懈的支撑与服务。近年来，宁波建设服务型政府、法治政府和责任政府，已连续 4 年入选"中国服务型政府十佳城市"，法治政府建设水平居全国首位。

　　坐上宁波的城市轨道交通线，去和义大道喝一杯咖啡，或者到南塘老街咬一口油赞子，徜徉在天一阁的书香中，听一场大剧院的交响乐团音乐会，走过绿树婆娑的林荫大道，呼吸着带着花香的清新空气，这就是"中国最具幸福感城市"的宁波，这就是"全国文明城市"、公众首选宜居城市的宁波。在这里，每个人都会感受到祥和与幸福。

　　"不畏浮云遮望眼，只缘身在最高层。"浙商甬商站在宁波这"一带一路"的战略支点，站在长江经济带龙头龙眼，胸中天地无比宽广。

（企业家采访）

潮起东海，逐浪五洲！港口兴则宁波兴；产业兴则宁波兴；科技兴则宁波兴；人才兴则宁波兴！宁波，已经站上一个全新的历史起点，明确了一个全新的发展方位。谋划建设国际港口名城、打造东方文明之都、力争早日跻身全国大城市第一方队的奋斗目标。每一位浙商甬商，和宁波同命运、同呼吸、同发展，为了我们共有的美好家园，携手开辟宁波更加光明的发展前景！

单位：宁波广电集团教育科技频道

作者：王玮、赵军、孙武军、陈贵积

播出时间：2017年2月

城市形象的符号建构与叙事

——《勇立潮头》评析

陈书泱

城市形象专题片以影像语言符号概括性地展现一个城市或地域的历史文化和地方文化特色，树立起这个城市或地域的独特形象，因此它也被称作一个城市或地域形象宣传的视觉名片。一部成功的城市形象专题片应综合该城市或地域的历史和文化，体现该城市或地域的精神和灵魂，注重该城市或地域的发展和未来。《勇立潮头》作为一部典型的城市形象专题片，以其恢宏的画面、精美的包装、磅礴的气势和浓厚的人文情怀，完美地诠释和表现了宁波这个历史名城和经济重镇的精髓与气质。

英国学者特伦斯·霍克斯认为："任何事物只要它独立存在，并且和另一事物有联系，而且可以被解释，那么它的功能就是符号。"符号是叙事达意最直接的载体，也是能够获得快速传播的有效方式。城市形象专题片作为一种影视作品类型，是由文本符号和视听符号构成的综合性叙事系统。在当今媒介融合时代，以文本、图像和声音等多种媒介符号交织的多模态话语，成为城市形象专题片的重要窗口，而多模态话语也成为城市形象专题片叙事话语中广泛使用的手段，文本符号和视听符号共同进行着叙事，以充分调动受众的感官协同作用。《勇立潮头》正是如此，它以宁波城市符号的建构和叙事演绎了宁波作为创业创新历史名城和时尚之都的特性。

一、流畅深邃的文本符号

文本符号是城市形象专题片的重要组成元素,起到解释说明的作用。城市形象专题片中出现的各种人、事、物、景等往往是该城市或地域最具代表性和表现力的标志性符号,对其加以文本符号的提示,能够帮助受众更好地认识理解城市形象专题片的内容。城市形象专题片中的文本符号一般体现为解说词,在屏幕上出现的便是字幕。

《勇立潮头》具有流畅、深刻的解说词,它的解说词是整个作品的灵魂和核心,将整个作品完整地串联起来,使得整个作品变得层次分明,更好地表现了浙商甬商群体创业创新精神和宁波这座城市的气质内涵。

1.《勇立潮头》的解说运用了线点结合的叙事方式

全片以浙商甬商群体创业创新精神的诠释为主线,从"宁波"城市命名的来源为切入,在叠化似的列举宁波近年来的科技和制造业成就的引子后,以三大板块叙述了宁波作为创新活力之城、人杰地灵家园、涌动梦想热土的城市属性。这条主线立意深远,发人深省,使得整个作品的结构变得层次分明,每个板块的立论变得鲜明易懂。在主线贯通的基础上,全片选取多个高科技企业、高科技成果作为点,串缀在主线上。这种串珠式的叙事方式,点面结合地表现了宁波的城市本质。

2.《勇立潮头》的解说运用了时空结合的叙事结构

在叙事时间层面,作品从历史叙事转到现实叙事;在叙事空间层面,作品着重构建由地域空间进而形成的人文空间。全片将宁波的历史背景、工业文化和创业创新的现代化建设依次展开,中间交替叙述宁波不同地域自然空间的特定场所的创业创新的成就和成果,进而构建为自然空间和人文空间相结合的宁波特色城市空间。

3.《勇立潮头》的解说运用了传统的"格里尔逊"叙事模式

传统的"格里尔逊"叙事模式即"叙事＋解说"的模式。解说词通过文本符号贯穿全片,能最大限度地概括作品的内容,为营造整个作品的基调和构成完整作品内容服务。这种传统叙事解说模式作为纪录片的表现方式或许不是最好的,但作为城市形象专题片恰是合理的。因为城市形象专题片重在"揭示",这样的叙事解说模式使得作品的主题更加厚重,立意更加深远,更能发人深省。全片3400多字的解说词完整展现了宁波创业创新的历史源流、过程成就以及未来展望。即便单看解说文字,受众也能明确了解宁波创业创新发展的历史轨迹。从其他的关于城市形象的专题片也可以看到,完整的解说词在片中应用得非常少,有的在片中仅仅出现散化的几字,或者说解说词只是为了配合画面而出现,只注重其画面和特效。两相比较,不能不说前者更符合城市形象专题片宣传功能的发挥。

4.《勇立潮头》的解说做到了叙事和议论结合

"叙"就是真实完整地呈现事实，"议"就是清楚明白地表达观点。这种叙议结合的解说方式政论片中运用较多。《勇立潮头》借用了这一解说方式，在叙述了宁波这一城市涌现的许多重大的科技创新事例的基础上，画龙点睛地揭示了宁波这座城市的气质。这是解说词运用的一种新的方式。尤其是片中集中展现的宁波企业家们的采访答语从不同角度诠释回答了宁波作为科技产业强市的缘由。

二、唯美精致的视觉符号

视觉符号是城市形象专题片的基本组成元素，视觉符号在城市形象专题片中主要呈现的元素有画面元素、镜头元素和剪辑元素等。从城市形象宣传片的自身特点来看，城市景观、人文风情、地域文化、资源优势等应该是大多数宣传片所要表现的重点。《勇立潮头》也是这样，其视觉符号堪称唯美精致。

1.基于画面元素的视觉符号

《勇立潮头》基于画面元素的视觉符号的运用主要体现在构图、景别、景深、角度、色调、影调等综合性叙事手段上。作者通过多元画面元素视觉符号，展示了宁波作为历史文化名城、创业创新之都的本质属性。

其一，构图宏大，展现城市风貌。

《勇立潮头》运用宏大构图，将画面语言的张力放大。片中主要运用了平衡式构图、九宫格构图和曲线构图等形态构图，较好地展现了宁波既古老又时尚的城市风貌。全片构图紧扣宁波城市之魂——"潮"，显现了"潮"之磅礴气势、灵动之秀。无论是杭州湾还是三江口的潮汐涨落，其构图都是那么宏大精致。

其二，景别多元，表现城市特质。

《勇立潮头》运用多元景别，表现出宁波的城市特质。片中全景的使用占较大比例，其中在建筑设施类运用最多，远景的运用也主要在此。而中景、近景和特写的使用主要在人物形象塑造上，通过对人物的近景拍摄，展现宁波企业家、宁波普通市民的精神状态，从而间接地塑造宁波的城市形象；同时强调被摄物体的局部，凸显被摄物体的细节，使画面更加出彩，更吸引人，也使"人""物"相连，体现出工匠精神。远景则侧重于平拍和航拍的结合，多用来展示高耸的建筑和宽广的自然环境。尤其是航拍大远景的用意在于环境叙事，不仅交代了宁波的自然环境，也表现了宁波的社会环境。航拍的角度是一般受众所触及不到的一种特殊视角，给受众带来广阔的视觉体验。而大景深的画面更给人带来一种强烈的真实感和参与感，使得场面更为视觉化。

其三，角度参差，述说城市精神。

《勇立潮头》运用俯视、平视、仰视等不同拍摄角度，为受众提供不同的观察视角。

平视的拍摄角度在片中运用占据主要比例,平拍角度在片中的使用侧重于人物为主的画面,通过人物与镜头的平行构图,塑造平等地位。平拍人物可以较为准确地表现人物的面部特征,贴近受众平日习惯的观看视角,因而可以使受众备感亲切和自然。而仰拍可以突出主体,简化背景,多用于片中建筑或者景观的拍摄,表现建筑外景和设施等,给人以高大雄伟的感觉。俯拍多用来交代地理位置,即交代被摄物体在水平面上的位置,作为摄影"天眼"的打开,它拓宽了受众的视野,给人以画面的震撼感。

其四,色调变换,交融城市情韵。

《勇立潮头》的整体视觉色彩特征是高饱和度的色彩,突出了宁波城市的磅礴、时尚和生机,蓝色的主色调体现了宁波作为濒海城市的特质,间以黄、红、绿、白的多彩交替则融合了宁波城市的情韵,强化了宁波历史名城的厚重与现代都市的生机。全片第三板块中以南塘老街、天一阁、大剧院等宁波著名景观组成的一系列以暖色调为主的画面,给人以繁荣宁波、宜居城市的视觉感受。

其五,光影造型,凝聚城市诗意。

《勇立潮头》中运用经过设计的光影来塑造建筑、环境、工厂、器物、人物等城市形象的质感。基于表达对象的场景特点,作品中主要运用了自然光,充分运用了各类光源的基本特性,营造特定氛围,丰富画面元素。除了自然光,全片还运用明暗反差,通过光线的强弱对比,营造物象的层次感,突出主体,显现细节。整个作品通过光影的运用对画面形象进行多种造型处理,达到作品所需要的影像效果,从而凝聚起宁波城市的诗意。

2.基于镜头元素的视觉符号

《勇立潮头》基于镜头元素的视觉符号的运用主要体现在镜头运动和镜头调度等叙事手段上。作者通过使用摄影机推、拉、摇、移、跟和升降等镜头运动方式,以及俯拍、仰拍、平拍、斜侧拍等角度变化,而形成的景别变化、拍摄角度的变化,来展示环境氛围、人物活动,以及人与环境间的关系变化,营造宁波城市地域特有的氛围。

其一,视觉化的景深运用。

城市形象专题片的拍摄习惯运用小光圈,大景深地表现城市物象。《勇立潮头》同样如此,全片运用大景深的拍摄方法形成的画面比比皆是,无论是用来交代宁波城市整体形象的俯拍大全景画面,还是用来表现宁波产业科技进步的大建筑、大厂房等都是运用大景深画面。与此同时,全片也有许多对宁波风景地标描绘的画面运用的是大光圈、小景深,它可以屏蔽画面中的杂散部分,使画面获得更为纯粹的影像,强化其叙事表现力,并有助于表达大景深下无法表述的感情。无论是大景深还是小景深的运用,给人带来的都是强烈的真实感和参与感,使得场面更为视觉化。

其二,大视野的航拍视角。

近几年航拍异军突起,其宏大的视野适于拍摄城市全貌,因而成为城市形象专题片的重要拍摄手法。航拍鸟瞰全景，摆脱了地面限制的空中运动镜头，使整体画面镜头更为丰富，构成了独一无二的叙事空间。《勇立潮头》多处画面结合俯拍运用了航拍角度，尤其是航拍大远景的运用意在环境叙事，不仅交代了宁波的自然环境，也表现了宁波的社会环境。航拍画面的开阔为受众提供了难得一见的俯瞰视角，如杭州湾的航拍画面给受众带来广阔的视觉体验。

其三，趣味性的延时摄影。

延时摄影是用后期处理将原本用较低帧率拍摄的表示几小时或是几天的事物变化过程的影像或是图片压缩到几分钟几秒甚至更短时间，集中呈现出现实肉眼无法观察到的奇观。《勇立潮头》也在延时摄影上作了尝试，片中有多处运用了这一方法，比如第一板块结束之处，配合"不负我们民族伟大的复兴"解说词，画面呈现的甬江大桥上的车水马龙就是延时摄影的经典之笔。不过，就全片而言，延时摄影用得并不多，与其他拍摄方法尚未形成合适的比例。

其四，精细化的数字调色。

随着数字技术的发展，后期调色已经是影视后期制作中不可缺少的一个环节，在后期制作中运用数字调色技术对作品颜色基调进行处理已经是色彩控制的主要手段。《勇立潮头》色彩饱满，全片以蓝色为基调，色彩风格统一，由此可以看出全片进行了数字调色，经过一级调色、二级调色、多点追踪、模糊处理等调色操作，对色彩进行可量化的数值微调，做到精细的局部调整，从而达到与作品风格相统一的色彩风格。

3. 基于剪辑元素的视觉符号

《勇立潮头》基于剪辑元素的视觉符号的运用主要体现在剪辑节奏等叙事手段上。作者通过剪辑节奏增强画面语言表现力，形成作品的统一风格，为宁波城市形象的塑造和城市唯美意境的营造起到重要作用。

城市形象专题片的主旨就是将城市或地域最本质的属性展示给受众，由此作品的节奏就显得尤为重要，节奏在形成作品统一风格上有着无法替代的地位。作品节奏的形成是由前期拍摄和后期制作共同完成的，前期构图、景别、角度、色调、光影等画面语言符号的构建形成剪辑节奏的基础节奏，而后期剪辑根据前期画面语言符号进行调整，形成高低起伏、快慢有致的多样化的节奏变化，使受众随着作品的节奏进行情感发酵。由此就需要剪辑人员对作品进行整体理解、把握，最终形成剪辑的整体创作构思，并形成整个作品的统一风格。

《勇立潮头》的剪辑做到了这一点。全片在充分运用前期拍摄构建的丰富的画面语言符号的基础上，运用其他多种符号元素，如动画、图片、文字、图表、特效等手段，将全片整体内容丰富化，有机地熔铸于统一的剪辑节奏中，使作品更加充实、可信、有感染力，形成全片统一的大气精致的风格，从而提升了作品的整体品位，使其传播效果最大化。

《勇立潮头》张弛有致的剪辑节奏彰显了宁波历史底蕴与时代气息的结合。开篇第一板块叙述宁波的开放历史,画面节奏舒缓;中间第二板块叙述宁波的创业成就,画面转为节奏加快;最后第三板块叙述宁波的城市文化,画面又转为相对舒缓的节奏。从全片可以看出,在展现宁波城市现代化建筑、先进科技成就等时,画面衔接的节奏都相对较快;而展现宁波自然风光、饮食元素、民俗文化等时,画面转换的节奏都相对较缓。

三、韵律独特的听觉符号

听觉符号是城市形象专题片不可或缺的组成元素,主要由语言符号和非语言符号构成。语言符号主要指自然语言(人声)符号,非语言符号主要指音响符号和音乐符号。人声符号和音响符号体现了城市形象专题片的真实性,音乐符号则有助于渲染和烘托其气氛。《勇立潮头》的听觉符号堪称韵律独特。

1. 解说富有节奏韵律

《勇立潮头》的人声符号主要由解说语和答访语构成,其中解说语贯穿始终。昂扬有力的解说语节奏平稳,徐疾有致,与画面相得益彰,融汇成全片大气雍容的风格。片中集中出现的企业家略带宁波方言色彩的答访语虽然篇幅不长,并非平铺直叙的描述,但画龙点睛式地揭示了宁波的城市特质,令人印象深刻。

2. 音响体现地域特征

《勇立潮头》的音响符号并不多,但做到了贴切于主题,体现地域特色。涌潮带来的涛声贯穿全片,寓意着“潮头”的“永立”;伴随着“涛声”的海鸥鸣叫声预示着扬帆再出征的意志。其他如奥运举重冠军的“吼声”、观众的“喝彩声”和汽车的“笛声”“鸟鸣声”等也贴近、还原了生活,使作品整体呈现生活化。

3. 配乐烘托画面氛围

《勇立潮头》的配乐经过了精心设计,与全片主题和画面氛围搭配得宜。全片主要运用交响乐配以电子音乐式的音乐材料,舒缓悠扬,起到温暖抒情的效果,给全片注入厚重的历史沉淀感与时尚前卫感。配乐与画面氛围有机衔接,共同形成全片的节奏,其徐疾起伏,节奏富于变化。在叙述宁波是创业历史之城的板块中,其配乐是舒缓中加以激昂,可以感受到宁波当时的繁华景象;而进入宁波是创新活力之城的板块后,其配乐的节奏开始加快,坚韧自信,充满激情,显得更有活力;再进入宁波是宜居生活之城的板块后,其配乐节奏又变得轻盈柔美,显出浪漫气息。

随着城市化建设的日新月异,城市形象专题片的创作也多姿多彩,但也存在着一些不足,如主题模糊、角度散化、表达雷同、内涵不足等等。要使城市形象专题片成为城市形象的品牌,就要根据城市历史发展、地理位置、文化底蕴、城市基因、市民精神,提炼出城市的特点,构建其符号体系,塑造具有鲜明特色的城市形象,真正使其成为城市的“名片”。

新闻编排

2017 年 12 月 27 日《宁波新闻》

导　视

【导语】

观众朋友，晚上好，欢迎收看《宁波新闻》。今天是 2017 年 12 月 27 日，星期三，首先请看内容提要。

【正文】

宁波舟山港年货物吞吐量全球首破 10 亿吨，连续 9 年位居世界第一；

专家解读：宁波舟山港成为"10 亿吨"大港的原因和意义；

创新、协调、绿色、开放、共享，五大发展新理念引领宁波舟山港跨越"10 亿吨"。

宁波舟山港年货物吞吐量全球首破 10 亿吨
连续 9 年位居世界第一

【导语】

今天，宁波舟山港年货物吞吐量突破 10 亿吨，成为全球首个 10 亿吨大港，连续 9 年位居世界第一。省市领导车俊、袁家军、郑栅洁、陈金彪、冯飞、高兴夫、裘东耀等出席起吊仪式。

【现场同期声】省委书记、省人大常委会主任　车俊

我宣布，宁波舟山港第 10 亿吨货物起吊！

【现场出镜】本台记者　董寅寅

现在是 12 月 27 日上午 9 点 15 分，我现在是在宁波舟山港的穿山港区集装箱码头 6 号泊位，在桥吊司机竺士杰的操作下，现在我身后这个标有 10 亿吨标识的集装箱，正在缓缓地被吊装到国际欧亚线的"美瑞马士基"轮上。随着它的吊装完成，也标

志着宁波舟山港成为全球首个年货物吞吐量突破 10 亿吨的大港。

【采访】桥吊司机　竺士杰

我亲手吊起了第 10 亿吨的集装箱，非常非常荣幸，我们宁波舟山港一路走来，在大家的共同努力下完成了 10 亿吨，并且（全球港口）最高效率，单机效率也是我们创造的。

【采访】"美瑞马士基"轮船长　弗朗斯

很明显这是一个硬件设施很好、很先进的港口，我们 6 小时（装卸）700 个箱子，大概在 36 个小时内（完成装卸）。

【现场出镜】本台记者　董寅寅

我身后这艘就是"美瑞马士基"轮，它从大连港始发，沿途挂靠宁波舟山港等港口之后，将会途经马来西亚、埃及等海上丝绸之路的沿线国家，最后抵达德国的威廉港。像这样的万吨以上巨轮，每天有近百艘次靠泊宁波舟山港。10 亿吨的年吞吐量，它意味着什么呢？这相当于 10 万座埃菲尔铁塔重量的总和，把这些铁塔首尾相接，可以绕地球四分之三圈。

【采访】宁波舟山港集团副总经理　孙大庆

围绕着对"一带一路"沿线国家整个一个布局，从而通过同当地合作，包括对船公司的合作，加大我们的航线密度，使整个围绕"一带一路"的航线布局，整个一个我们货物的运输成本，能够得到有效的下降。

【现场出镜】本台记者　董寅寅

站在穿山港区，隔海相望的就是舟山海域，同一条航道，在宁波舟山港一体化实质性运作后，人员、资产、品牌、管理等要素相融合，发挥了"1＋1＞2"的效应。

【采访】宁波舟山港集团副总经理　孙大庆

形成"散集并举"，宁波以集（集装箱）为主，舟山以散（散货）为主，这样使我们整个一个港口的发展，我们的资源更得到有效的高效的利用，然后也是避免了重复的建设，形成一个拳头。

【现场出镜】本台记者　董寅寅

这里是宁波舟山港生产调度中心,我身后的实时监控画面当中,我们就能够看到"美瑞马士基"轮现在的作业场景。现在再往我左手边来看,这是宁波舟山港的航线图,从图上我们可以看到,目前的航线已经遍布到了全球,242条航线连接600多个港口,而其中前往"一带一路"国家和地区的航线就达到了86条。

【采访】宁波舟山港集团董事长　毛剑宏

贸易现在是全球化的,我们"10亿吨"彰显了一个我们中国跟世界相融入,一起发展的这么一种态势,通过共享使"一带一路"沿线的国家以及全球其他国家地区得到发展的同时,我们国家的经济也进一步得到提升。

背景解读:两港一体化　助推"10亿吨"

【导语】

10亿吨! 宁波舟山港又一次创造了全球港口发展的新高度。在这个数字的背后,宁波舟山港走过了怎样的奋斗历程? 请郭雪玲来为大家做一个简单的梳理。

【站播】主持人　郭雪玲

好的。宁波舟山港位于中国大陆海岸线的中段,是我国深水岸线资源最丰富的地区,在古代就是"海上丝绸之路"的重要始发港。今年5月,国家主席习近平在"一带一路"国际合作高峰论坛开幕式上发表主旨演讲时提到,宁波等地的古港,就是记载古丝绸之路历史的"活化石"。

宁波港域和舟山港域虽然在空间上紧紧相连,但由于行政区划的限制,以前两港是分开各自经营的。

2002年,时任浙江省委书记的习近平同志指出,要加快宁波、舟山港一体化进程。2005年12月20日,宁波—舟山港管委会正式挂牌,当时在这个名称中间还有一条横杠。习近平同志在挂牌仪式上有一个讲话,我们来看一下。

【同期声】(新闻视频资料:宁波—舟山港管委会挂牌仪式)

今后的大手笔建设,一个浓墨重彩之处,将是在港口建设方面,港口建设的重点,将是在宁波舟山一体化之举。

【站播】主持人　郭雪玲

2006年，宁波一舟山港货物吞吐量突破了4亿吨；这一年的12月27日，习近平同志亲手按下了宁波一舟山港当年第700万标箱的起吊按钮。

2009年，宁波一舟山港货物吞吐量达到5.77亿吨，首次超过上海港，成为全球第一大港。

2015年9月29日，宁波舟山港集团揭牌成立。注意：此时宁波与舟山之间的这条横杠已经取消了，这说明两港实现了以资产为纽带的实质性一体化，真正成为同一个港口。

整合后的宁波舟山港拥有19个港区、万吨级以上泊位150余座，运输的主要货物包括铁矿石、原油、液体化工、煤炭、粮食等大宗商品和集装箱。

2016年，宁波舟山港完成货物吞吐量9.22亿吨，连续8年位居世界第一；其中集装箱2156万标箱，位居全球第4。

截至目前，宁波舟山港的航线总数已达到242条，其中远洋干线117条，连接100多个国家和地区的600多个港口，每天有近100艘万吨级以上的巨轮靠泊或驶离港区。

专家点评：宁波舟山港将在"一带一路"航运体系中发挥示范作用

【导语】

宁波舟山港年货物吞吐量突破10亿吨，这在世界航运版图上具有什么样的意义？我们请中科院"一带一路"倡议研究中心的刘卫东主任来作个点评。

【采访】中国科学院"一带一路"倡议研究中心主任　刘卫东

这个对于"一带一路"建设，也是个标志性的事件，我们知道21世纪海上丝绸之路的目的，建设的目的就是要打造安全、高效、畅通的海上运输体系，那么宁波（舟山）港突破10亿吨这样一个运量也表明，宁波将在"一带一路"沿线国家的航运体系里面发挥更加重要的作用和地位，那么对于21世纪海上丝绸之路的建设，无疑具有一个重要的示范作用。

嘉宾访谈：宁波舟山港率先突破"10亿吨"
的原因及其对区域经济的影响

【导语】

好的，谢谢刘主任。那么宁波舟山港为何能够成为全球首个"10亿吨"大港？这对区域经济又会带来什么样的影响？今天我们的演播室也邀请到了宁波市政府发展研究中心副主任金戈，把时间交给李飒。

【访谈】主持人　李飒

宁波市政府发展研究中心副主任　金戈

金主任您好，世界港口那么多，为什么是宁波舟山港率先进入全球第一个"10亿吨"港口的行列？

我觉得宁波舟山港，它有着非常好的自然条件，应该说它目前可能是世界上最好的一个港口条件；同时它的区位条件也非常好，它是处于亚太区域的门户位置，同时也（是）与长江黄金水道和我国东部沿海黄金海岸线这样一个"T"字型交汇点的地方；第三个，宁波乃至浙江和宁波舟山港周边区域，它有着非常好的产业基础；第四个，宁波舟山港的市场腹地非常广阔，目前通过海铁联运，我们的市场腹地已经可以延伸到江西、陕西、新疆这样一些非常内陆和边远的地区。

您预测一下宁波舟山港进入到"10亿吨"的港口行列之后，它会对宁波乃至周边区域带来怎样的带动作用？

可以从三个层面来看这个问题，第一个是有利于确立和巩固宁波在它的区域性的枢纽地位，尤其是在长三角乃至亚太地区国际枢纽港这样一个地位；第二个是为宁波新兴产业尤其是高端产业的发展，开辟了一个广阔的空间，尤其是与港口相关的现代服务业；第三个也是对宁波城市能级的提升，也是一个强劲的动力，尤其是有利于巩固宁波在"一带一路"战略支点的地位。

好，谢谢您接受我们的采访。

解码"10 亿吨"
创新发展：科技＋服务　提升口岸核心竞争力

【导语】

创新、协调、绿色、开放、共享，宁波舟山港成为全球首个"10 亿吨"大港，是深入贯彻以新发展理念为主要内容的习近平新时代中国特色社会主义经济思想的成功实践。让我们一起走进港区前沿和内陆腹地，去解码"10 亿吨"背后的奥秘。

【现场出镜】本台记者　沙瑛雪

金田铜业是目前国内最大的铜加工企业，每天都要从非洲、南美洲等地进口成千上万吨的铜原料，加工后的铜制品再发往世界各地。随着近几年宁波口岸通关效率的持续提升，像金田铜业这样的海关高级认证企业，享受到了越来越多的通关便利。现在就让我们随着镜头看看，从工厂生产出来的货物，是如何一路绿灯到达码头的。

这里是海关的报关大厅，所有进出口的货物都需要在这里进行报关。在没有实施无纸化通关之前，大厅里每天都是摩肩接踵、人声鼎沸，报关员们都要拿着一沓厚厚的报关单，在窗口前排队申报。不过，你看现在，整个大厅空空荡荡，所有的单证都通过网络传输，原来需要四五个小时办完的单证，现在只需要几秒钟。

现在我们跟随出厂的货物来到了临近港区的物流堆场。报关完毕的货物，还需要通过宁波海关的查验。你看我身后这个大型的设备叫 H986，是专门为集卡车设计的机检设备，进出口的货物只需要开车通过这台设备，就能完成查验手续，相当于人在做体检时拍了个 CT 一样。科技就是生产力，说的一点没错，一台 H986 工作一天，抵得上 10 个人的工作量。而这样的设备宁波海关一共有 9 台，分布在宁波舟山港的 6 个码头，为口岸货物的快速通关持续贡献力量。

这里是宁波舟山港三期集装箱码头，货物从工厂一路疾驰，很快就要被吊上巨轮，驶向远方。通过提高码头智能化、自动化水平，宁波舟山港的作业效率和服务效率快速提升。目前，码头桥吊最快 15 秒可以把一个箱子从码头吊到船上，这里的桥吊司机王海峰至今仍保持着每小时 235.6 自然箱的桥吊单机效率世界纪录。近 5 年来，宁波舟山港带动上千名职工参与研发创新，诞生了数百项科技攻关成果，其中 50 项获国家发明专利，36 项获中国港口科学技术奖。这些科技创新的"星星之火"相继在生产、管理中"发光发热"，创造的直接经济效益超 5 亿元。

解码"10亿吨"

协调发展：一体两翼多联 共建世界级港口集群

【现场出镜】本台记者 孙大彬

我现在是在嘉兴港务公司的乍浦码头,我身后是3艘正要发往宁波舟山港的内支线集装箱班轮,它们将在8个小时以后到达宁波舟山港,像这样的定期班轮每天会有4到5艘,进出集装箱量达到3000标箱以上。

【正文】

去年年底,浙江在全国率先完成省内港口资源一体化整合,宁波舟山港的"主体"和龙头作用更加明显,带动"两翼多联"港口实现协调发展,同时也强化了对宁波舟山港的"喂给"效应。一体化运作后,嘉兴港务公司在更大范围、更高层次上实现了港口资源的优化配置,港口综合通过能力不断增强并得到有效利用。2017年预计完成货物吞吐量5500万吨,同比增长22%;集装箱吞吐量125万标箱,同比增长7.8%。重点是充分发挥浙北桥头堡的功能,加强浙北市场开发,提升向宁波舟山港进行支线"喂给"的功能,预计全年支线吞吐量90万标箱以上,同比增长17%。

【采访】浙江海港嘉兴港务有限公司总经理助理 王勇

同时借助港口一体化,2017年嘉兴海河联运集装箱量也快速地增长,在原有的4条航线的基础上,又新增了内河航线4条,预计全年集装箱箱量达到7.3万标箱,同比增长120%。

【正文】

全球最大港带领省内"小兄弟",合力打造世界级港口集群。(以下动画演示)2017年1—11月,嘉兴港货物吞吐量完成8093.8万吨,同比增长28.43%;台州港货物吞吐量完成6505.3万吨,同比增长3.77%;温州港货物吞吐量完成8313.9万吨,同比增长7.77%。在今年宁波舟山港的10亿吨货物吞吐量中,有超过5%的货量来自于嘉兴港、温州港、台州港和义乌陆港。

解码"10亿吨"
绿色发展：三大环保龙头项目　守护港区碧海蓝天

【现场出镜】本台记者　郑吟

这里是宁波舟山港的三期码头，在每个龙门吊的下面都有这么一个长长的供电装置，这里就是在全国率先全面完成龙门吊"油改电"项目的码头。据测算，仅仅是在这一个码头，"油改电"项目累计节约的能耗，就可以供近2万户居民家庭一年的使用。

【采访】宁波舟山港北仑第二集装箱码头分公司龙门吊维修主管　蒋旻

其实就是在我们场地这边造了一排架子，这排架子造好以后，就把发电厂发的电，直接通过这个装置供给龙门吊，用来代替龙门吊本身柴油发电机来供电，这样更加节能，更加环保，大概（节能率）达到了40％左右。

【正文】

除了节能环保之外，由于油和电存在的价格差，还可以节约机械动力成本50％以上。2012年底，宁波舟山港集团有限公司所属5个集装箱码头公司、190余台龙门吊已全部完成改造，在全国港口中最早实现龙门吊"油改电"全覆盖。

据了解，龙门吊、集装箱卡车和靠港船舶的燃油废气排放，是港口的三个大气污染源。为打造资源节约、环境友好的绿色港口，宁波舟山港重点推进"龙门吊油改电、集卡油改气、船舶接岸电"三大绿色环保龙头项目，让港区呈现更多的碧海蓝天。

（以下动画演示）

集卡"油改气"：将集卡的动力源由柴油改为液化天然气，可减少二氧化碳排放20％、氮氧化合物等有害物质排放70％，而且完全无颗粒物排放。2010年至今，港区已更新和新增液化天然气集卡535辆。

船舶"接岸电"：把码头电源接入船舶，替代辅助柴油机发电，将船舶靠港后的废气排放降到最低。目前宁波舟山港已建成60个低压岸电点和2个高压岸电点，覆盖全部码头，年接驳船舶超过3500艘次，在全国港口中排名第一。

解码"10 亿吨"
开放发展：海铁联运 打造"一带一路"最佳结合点

【现场出镜】本台记者 张月

这里是江西上饶无水港，在我身后的这辆 8116 次列车，装载的是今晚 6 点准时发往宁波舟山港的太阳能机件，这批机件将沿着浙赣线一路向东，在明天上午的 10 点44 分抵达宁波舟山港，经过一个月之后，这批货物将准时交付到大洋彼岸的墨西哥商户手中。

【正文】

晶科能源有限公司是上饶当地的一家光伏制造企业，出口占企业总产值的六成以上。在上饶无水港建设之前，晶科都是通过公路运输货走上海，再通过上海港出口到美洲及非洲等地。如今，一站式的海铁联运让产品出口更为便捷，也为企业每年节省了近千万元的物流成本。

【采访】晶科能源有限公司单证员 程曦

一个（货）柜能节约 1300 元人民币，海铁联运相比公路运输，受天气的影响以及节假日的影响会比较小一点，恶劣的天气条件和节假日堵车的情况下，海铁联运每班都按时能发。

【正文】

截至目前，上饶站今年往宁波舟山港班列发货总量已达 34 万吨，海铁联运量 4.5万标箱，同比增长 28.3%，基本实现了"天天班"。

【采访】江西上饶海港物流有限公司总经理助理 乐小峰

（上饶无水港）对当地来讲促进了当地的经济发展，降低了当地企业的物流成本，对于我们宁波（舟山）港来讲，它是作为我们宁波（舟山）港在江西区域腹地的延伸，实现了揽货功能。

【正文】

（以下动画演示）宁波舟山港海铁联运业务起步于 2009 年，目前已开通 11 条班列，覆盖全国 14 个省 36 个市并延伸至中亚、北亚和东欧国家，今年海铁联运业务量预计将突破 40 万标箱，同比增长 60％，稳居中国南方海铁联运第一大港。在对接"21 世纪海上丝绸之路"方面，沿线友好港已增至近 20 个，沿线箱量超 1000 万标箱。2015 年 10 月，海上丝路宁波出口集装箱运价指数在波罗的海交易所官网发布，这是中国航运指数首次走出国门。

解码"10 亿吨"
共享发展：带动临港产业发展　构筑港口经济圈

【现场出镜】实习生　林益柏

我现在是在梅山口岸整车进口物流场地，在我身旁这些刚刚从港区卸货的货柜车已经抵达这里了，这批进口车来自于中东，目前海关的工作人员正在对它们进行检验。

【正文】

这批到港的共有 60 多个货柜，120 多辆平行进口车。进口整车在接受海关查验和初步检查后缓缓驶出。而在卸货区一旁的空地上，已经有迫不及待前来看车的市民。

【采访】市民　戈先生

我一直比较关注梅山这边的平行进口汽车，前几天我们的经销商电话打给我，他说最近有一批车子刚刚到港，今天来拆箱，那我今天已经等不住了，我就过来先来看一下。

【正文】

据了解，宁波梅山保税港区是全国第五个、浙江省唯一的整车进口口岸，去年又成为汽车平行进口业务试点口岸。所谓平行进口车，是指未经品牌厂商授权，直接从海外市场购买并进入国内市场销售的汽车，因为省去了不少中间环节，通常比 4S 店的售价要低 10％－20％。截至目前，梅山口岸累计进口整车货值已突破 50 亿元。

【采访】中信港通国际物流有限公司副总经理　陆卓鋆

正是因为有了这些专业的口岸设施和仓储物流设备，然后对于我们来说的话，有望突破 6000 台（进口车），现在越来越多的全国的经销商，都希望在梅山落地进口整车。

【正文】

梅山进口汽车业务的高速增长,是港口带动区域经济发展的一个缩影。

(以下动画演示)据专家测算,宁波舟山港完成10亿吨货物吞吐量,可为当地GDP贡献2000亿元人民币,创造120万个就业岗位。2016年,宁波市实现进出口总额6262.1亿元,居全国省市区及计划单列市的第10位;今年1—11月实现进出口总额6889.7亿元,已超过去年全年,同比增长22.9%。每3个就业的宁波人中,就有1个人直接与外贸行业相关。

微信群聊：宁波舟山港的朋友圈

【导语】

港通天下,货达五洲。宁波舟山港与国内外的数百个港口一起,组成了一个连接世界的运输网络。下面请曹宇斐用一种特别的方式,来介绍一下宁波舟山港的朋友圈。

【站播】主持人　曹宇斐

大家好,欢迎来到"港口一家亲"的微信聊天群。今天宁波舟山港年货物吞吐量突破了10亿吨,这群里就像炸开了锅一样,特别热闹,咱们也戳进去看一下。

您瞧,这嘉兴港、台州港、温州港已经发来了祝贺微信,双击"666",为宁波舟山港疯狂地打call。

上海港目前是全球集装箱吞吐量的老大,而且是宁波舟山港的近邻。在老大哥的面前,宁波舟山港还是挺谦虚的。宁波和上海本身就人缘相亲,今后更加可以优势互补、错位发展,这竞争力是棒棒的。

【同期声】(新闻视频资料:"五港圆桌会议")

今天,宁波舟山港和罗马尼亚的康斯坦萨港、斯洛文尼亚的科佩尔港、波兰的格但斯克港、克罗地亚的里耶卡港等中东欧国家的四个港口在宁波签订合作备忘录。

【站播】主持人　曹宇斐

这四个港口都是地处中东欧,不过它们和宁波舟山港有着密切的合作。

上个月在匈牙利的布达佩斯举行了第六次中国—中东欧国家领导人会晤,各方支持在宁波设立"16＋1"经贸合作示范区,这也为双方港口之间的合作提供了无限的可能。

伦敦港是世界排名第一的国际航运中心，它在航运保险、船舶交易、海事仲裁等方面都非常发达，而这也是宁波舟山港未来的发展方向。

好了，群里的热聊还在继续，而今晚对于国际航运界来说，也注定会是一个不眠之夜。

【编后】

谢谢宇斐。刚才我们看到的这个微信聊天群虽然是虚构的，但是港口之间的交流合作却是真实存在的。祝愿宁波舟山港的朋友圈越来越大，也祝愿全球港口能够合作共赢，助推世界贸易繁荣兴旺。

潘国华：我为港口引航 30 年

【导语】

10 亿吨！这不仅是一个港口生产的统计数据，也与许多人的工作生活息息相关。潘国华是宁波引航界的元老，30 多年的职业生涯，让他亲眼见证了宁波舟山港的发展变迁。

【正文】

凌晨五点半，天空还是漆黑一片，潘国华和他的同事已经从舟山桃花岛的引航基地登上了引航艇。半个小时后，引航艇来到了宁波舟山港的主航道——虾峙门航道外，他们今天要引航的是 18000 标箱的集装箱轮——"美瑞马士基"号。通过悬梯进入驾驶室，潘国华与外籍船长进行了交接。

【同期声】

早上好，潘先生。

早上好，船长。

你好吗？

很好，谢谢，欢迎来到宁波舟山港。

【正文】

在潘国华的引领下，"美瑞马士基"号顺利通过虾峙门航道，驶向穿山港区。8 点

15分,巨轮靠近码头,在拖轮的推动下,潘国华指挥这艘"庞然大物"缓缓靠向指定泊位。

【同期声】

正舵,微速前进,关闭引擎。

【正文】

9点,"美瑞马士基"号平稳安全地靠上码头,并迅速展开装卸作业。

从1985年进入宁波引航站工作以来,潘国华已引航各类船舶8000多艘次,高峰时平均每天引航1艘船舶。

【采访】宁波大港引航有限公司引航一科科长　潘国华

外轮进入中国港口,它必须要有引航员引领,引航员是第一个上船,也是最后一个离船的人,我们引航员在迎来送往的过程当中,享受着这个工作的快乐,也享受着这个工作的成就感。

特里斯坦·波尔家:我在宁波卖红酒

【导语】

港口吞吐量带来的巨大商机,吸引了越来越多的外国朋友前来投资创业。来自法国的特里斯坦·波尔家就是其中的一位,来到宁波近十年,他不仅会说一口流利的中文,还在这个东方港城拥有了自己的事业和家庭。

【正文】

再过几天,特里斯坦设在宁波东部新城的红酒门店就要开门营业了,所以他时不时到店里来看看装修进度。2007年,上大四的特里斯坦在上海当了三个月的交换生。这短短三个月的经历,让他深深觉得中国发展快、机会多,决定毕业后到中国发展。从此,他不仅开始学习中文,还为自己取了一个中文名字,叫"李咏"。

【采访】法国籍贸易商　特里斯坦·波尔家

我就看了一个地图,然后就看宁波这个地方不错,因为第一有港口,那你做进出口肯定很方便。

【正文】

从 2008 年起,特里斯坦在宁波做起了汽配进出口贸易,还在宁波找到了自己的爱情,成了中国女婿。朋友知道他来自法国著名的红酒产区波尔多,又有一个家族酒庄,就让他带些自家酒庄的酒来尝尝。于是,特里斯坦从 2011 年尝试进口自家的红酒,从最初的一两个货柜,到今年一年就进口了 15 个货柜、价值近千万元的红酒。2013 年,他在宁波保税区成立了一家红酒进出口公司。特里斯坦告诉我们,宁波有港口的优势,又对红酒进口出台了不少优惠政策,他有信心以宁波为起点,把自家酒庄的红酒推广到中国各地。

【采访】法国籍贸易商　特里斯坦·波尔家

我们希望就是在中国各个地方,就是会慢慢知道(我们品牌),相信我们。

柴冀:我的"海淘"幸福生活

【导语】

近水楼台先得月。凭借海港口岸优势,宁波成功获批国家跨境电子商务综合试验区,并开通了国际邮件互换局,这为"海淘达人"柴冀带来了福音。

【正文】

"90 后"姑娘柴冀家住宁波市区,五六年前开始接触"海淘"。开始是找自己的亲戚、朋友,利用出国旅游的机会,带回一些商品;后来淘宝有许多卖家有代购业务,但是经常会买到假货,售后也很难保证。

【采访】市民　柴冀

现在的话有天猫国际、京东国际、网易考拉等这些(平台),包括我们宁波本地的跨境购,做得都非常好,真的是便利了很多,而且它的产品质量也有保障。

【正文】

柴冀说,网上"海淘"不但在流程上越来越方便,能买到的东西也比以前多得多,现在家里的很多进口食品、日用品、化妆品,都是她从网上"海淘"来的。

【采访】市民　柴冀

原本的话肯定会有语言方面的限制,你不可能说我精通八国语言,我要买韩国货去韩国的专门网站,去日本的专门网站,现在这些平台都是有中文的,我能买来自世界各地的,我自己想要最心仪的东西。

【正文】

更让柴冀觉得开心的是,由于宁波靠近港口,在跨境网购方面,她往往会比内地的消费者提早两三天收到海淘的货物。

【采访】市民　柴冀

(宁波)也建了互换局,如果说有一些税方面的问题,或者国外寄件一些方面的问题,现在就可以在宁波本地就解决,不需要跑到杭州、上海去了。

现场连线:宁波舟山港夜间作业

【导语】

节目进行到现在,已经是晚上8点左右,此时此刻的宁波舟山港又是怎样的一番情景?让我们来连线现场记者忻圆。忻圆,你好。

【现场出镜】本台记者　忻圆

好的,主持人。我现在是在宁波舟山港穿山港区的码头上,虽然现在已经是晚上了,但是大家可以看到现场依旧是灯火通明,一副忙碌的景象。我们了解到,码头上有45个桥吊,现在这个时间点,还有40个左右正在工作着。在我身后,大家也可以看到,桥吊正在把码头上的货物往巨轮上送。同时我们也了解到,现在还有1000名左右的工人正在紧张工作着,其中包括了桥吊司机、集卡司机,以及捆扎工人等等。我们现在也来问一下现场的负责人码头上晚上的工作情况。

【采访】北仑第三集装箱有限公司营运操作部值班经理　潘竞

其实我们夜班和白班没有什么区别,同样一条大船靠上来,夜班和白班一样的,在半小时之内,我们的机械和人员全部要到位,开始装卸作业。

那工人是不是也是比较辛苦的?

是的,我们码头采取的是"四班两运转"的工作模式,像这批工人,工作12小时回去以后,休息24小时又要回来,到码头来开始装卸作业。

【现场出镜】本台记者　忻圆

好的,谢谢。我们也是了解到,在码头的高速运作和工人的辛勤付出下,码头每个晚上可以完成 14000 个标准箱的装卸,这个装卸数量也是在宁波舟山港所有码头中最大的。好的,主持人,现场的情况就是这样。

结束语＋片尾拉滚:宁波舟山港夜景

【导语】

好的,谢谢忻圆。我们要对坚守岗位的港口工人道一声"辛苦了",也祝愿宁波舟山港生产红红火火,业绩蒸蒸日上。节目的最后,让我们再来欣赏一下全球首个"10亿吨"大港的璀璨夜景。

【正文】

(航拍＋音乐)

单位:宁波广电集团多媒体新闻中心

作者:集体

播出时间:2017 年 12 月 27 日

思路清晰　主题重大　特色鲜明

《宁波新闻》(2017 年 12 月 27 日)——一期电视新闻节目编排的力作

吴生华

新闻节目编排水平,体现了一个台的综合实力。在今年 3 月浙江省新闻出版广电局、省新闻工作者协会、省广电学会组织的 2017 年度浙江省广播电视新闻奖评选中,2017 年 12 月 27 日《宁波新闻》以编排思路清晰、主题重大以及鲜明的电视特色和明快的编排节奏获得电视新闻节目编排一等奖,显示了主创团队对重大题材节目编排的统筹能力和新闻采访、编辑、制作、播出的综合水平。

2017 年 12 月 27 日《宁波新闻》,以"宁波舟山港年货物吞吐量全球首破 10 亿吨"这一重大突破为主题,周密策划,精心编排,较好地做到了主题性、时效性和可看性的统一,生动体现了习近平同志亲自推动宁波、舟山两港一体化的深谋远虑和浙江省深入贯彻"创新、协调、绿色、开放、共享"新发展理念的成功实践。

一、围绕重大新闻事件，以明晰的编排层次体现清晰的编排思路

这期获奖《宁波新闻》，整档节目围绕宁波舟山港资源整合之后成为全球首个10亿吨大港这一重大新闻进行编排策划，以明晰的编排层次设计，体现出了清晰的编排思路。整档节目在三个层面上展开，第一层次以《宁波舟山港年货物吞吐量全球首破10亿吨　连续9年位居世界第一》为头条，配合编发了《背景解读：两港一体化　助推"10亿吨"》和《专家点评：宁波舟山港将在"一带一路"航运体系中发挥示范作用》以及《嘉宾访谈：宁波舟山港率先突破"10亿吨"的原因及其对区域经济的影响》。这一层次以组合报道形态，既报道核心新闻事件，又提供新闻背景，并作简要的专家评论和前瞻性影响分析，多种体裁的组合结构明晰，准确地传达了层次策划的传播意图。第二层次以"解码'10亿吨'"为主题，进行多侧面的深度挖掘报道，以《科技＋服务　提升口岸核心竞争力》解读"创新发展"，以《一体两翼多联　共建世界级港口集群》解读"协调发展"，以《三大环保龙头项目　守护港区碧海蓝天》解读"绿色发展"，以《海铁联运　打造"一带一路"最佳结合点》解读"开放发展"，以《带动临港产业发展　构筑港口经济圈》解读"共享发展"，五篇报道分别从不同的现场出发，在现场采访中对宁波舟山港资源整合发展中，深入贯彻"创新、协调、绿色、开放、共享"五大发展理念作出生动的解读。这一编排层次巧妙地以创新形态的虚拟"微信聊天群"形式——《宁波舟山港的朋友圈》来收口，为厚重的解读性报道组合增添了活泼的气氛。第三层次是三篇人物报道，《潘国华：我为港口引航30年》《特里斯坦·波尔家：我在宁波卖红酒》《柴冀：我的"海淘"幸福生活》，三位不同群体的代表人物，既与宁波舟山港的发展相关联，又跳出了港口发展的单一主题框架，既从侧面角度反映港口发展给港城市民带来的机遇，又以鲜活的人物故事增添整档新闻节目的人情味和故事性，增强了节目的可看性。节目最后以实时的现场连线报道《宁波舟山港夜景》结束，并在片尾拉滚展示实时的宁波舟山港夜景，让观众获得真切的"现在""现场"感受，以实时的港口繁忙工作景象和美丽夜景展示，与头条新闻形成首尾呼应，耐人寻味。整档节目策划细致，组织到位，清晰的编排思路得到完美呈现，展示了新闻节目特有的编排之美。

二、彰显电视媒体特色，以全现场出镜的整体策划增强形象传播

这期获奖《宁波新闻》整档新闻现场感凸显，以全现场出镜的整体策划彰显了电视媒体声画一体展示场景的鲜明特色，大大增强了电视新闻的形象传播效果。头条报道以第一现场展示了宁波舟山港第10亿吨货物起吊仪式杭州主会场省委书记、省人大常委会主任车俊通过视频宣布"宁波舟山港第10亿吨货物起吊"这一激动人心的时

刻,镜头随即切换到宁波舟山港穿山港区 6 号泊位货物起吊现场。上午 9 点 15 分,记者董寅寅现场解说报道标有"首破 10 亿吨货物"标识的集装箱起吊过程,并采访到了桥吊司机竺士杰和"美瑞马士基"轮船长弗朗斯。节目的第二层次,围绕"解码'10 亿吨'"主题所展开的五篇报道,记者都是从现场走起,以出镜转场串接全篇,通过现场展示和现场采访表达主题。如解读"创新发展"的报道《科技＋服务　提升口岸核心竞争力》,主播沙瑛雪从国内最大的铜加工企业宁波金田铜业公司的展示厅走起,到宁波海关报关大厅,到临近港区的物流堆场,再到宁波舟山港三期集装箱码头,生动展示了科技创新服务的环境下,货物快速通关装上货轮的迅捷过程。为了做好这一档重大新闻的编排报道节目,宁波广电集团多媒体新闻中心可谓集中优势兵力,主播、出镜记者悉数出场,在现场出镜报道中展示团队实力,起到了很好的形象传播的作用。

三、创新视觉表达手段,以新颖的表达方式增强屏幕传播效果

在这一期获奖电视新闻节目编排作品中,报道方式和技术手段的创新也得到了充分的体现。首先是后期制作中尝试采用了沉浸式视频效果制作技术,使得节目的屏幕展示效果具有十分强烈的立体性融入体验。比如在《嘉宾访谈:宁波舟山港率先突破"10 亿吨"的原因及其对区域经济的影响》报道中,主播李飒采访宁波市政府发展研究中心副主任金戈的画面,就尝试采用沉浸式视频效果后期制作技术,两人仿佛"飘浮"于宁波舟山港区的海面上,具有新奇的立体视觉效果。其他的各种可视化制作技术应用也随处可见,本来让观众难以招架的各种数据,通过记者走动时的同步呈现、形象化的数据可视化制作呈现,较好地消解了电视观众对数据的抗拒与排斥,变得容易接受和理解。值得一提的是,创新性短片《宁波舟山港的朋友圈》,以虚拟"微信聊天群"的形式,让主播曹宇斐"走进"宁波舟山港的"朋友圈"——"港口一家亲"微信聊天群——接受省内、国内各兄弟港以及世界各大港的祝贺,既有短视频的切入,又有图文的使用,表达元素丰富,语言富有新媒体特色,体现了电视新闻融合新媒体手段的全新探索。

除了上述优势之外,这期获奖新闻节目的编排和播报节奏也值得称道,30 分钟的节目时长,包括片尾拉滚一共播出了 15 条,去除总片头、导视和穿插的小片头,平均单条时长不到 2 分钟,信息量大,节奏明快,较好地实现了主创团队所期望的权威、大气、生动、形象的策划思路。

（二）纪录片

微纪录片

马丁和他的脸书

【旁白】我叫马丁，我是瑞典人，我在中国快5年了。宁波是个很时尚的城市，我在东意映画拍了不少时尚的服装品牌。

【解说】2012年，马丁决定来中国学习中文，一次偶然的机会，他看到网络上一篇瑞典老乡的文章，文章里介绍了10年内宁波的变化和发展，这使马丁对宁波产生了向往。

【旁白】宁波跟哥德堡一样的，靠近大海，很安静。人很多，机会也很多。

【旁白】他叫"来福"，就是门上（贴）的福，福到了。来福，朋友。

【解说】别看马丁现在的状态轻松，生活悠闲，然而在来中国之前，家里发生的变故使他对生活失去了信心。

【旁白】我爸爸去世了，我哥哥的儿子生病了，很伤心。这不是我想要的生活，很痛苦。好吧，人终有一死，我不能照顾别人，但我必须照顾好我自己。我想去一个和瑞典完全不一样的国家。我有一个梦想，想成为一名摄影师，于是我卖掉了公寓，把我的东西放进仓库，辞掉了工作，然后来到了中国。

【解说】来到这个具有悠久文化的国度，眼前的一切都是新鲜美好的，然而文化上的差异逐渐显现出来。

【旁白】在瑞典，我比较讲究隐私，在中国，我在出租车上，他们问我："你结婚了吗？你来自哪里？你几岁？你的收入是多少？"在我的国家，不可能。对我来说，我不仅仅是来学习中文，更需要与人交往，敞开心扉和来自全世界的人交流。

【解说】在来中国的第三年，马丁终于实现了自己的梦想，成为了一名时尚摄影师。

【旁白】我觉得我很幸运，（来宁波）两年后我遇到了东意映画，他们照顾我，我们一起工作。在瑞典，朋友并不会所有事情都会帮你，但是在中国，我想去看医生，微信上的朋友就会主动提出陪我一起去。你们的朋友会帮你做的事情更多，就像家人一样。

【解说】这种朋友间的关怀温暖了这个高冷慢热的北欧人，他没想到在几千公里外的中国，让他体会到如家人般的朋友关系。如今他已经实现了成为摄影师的梦想，他也想用自己的方式展现人性的温暖，从那时起他逐渐产生了创作《脸书》的想法。

【旁白】我想做这样一个项目，在短暂的碰面时间里展现他们个人的经历，我希望当你看到这些照片的时候，你的内心能够有所感受。

【解说】如今的马丁俨然就是一个宁波通，不仅主动和陌生人聊天，而且对宁波也相当了解。

【同期声】出租车司机：你好。

马丁：你是本地人吗？阿拉宁波拧。

出租车司机：对，我是宁波下面奉化的。

马丁：奉化，蒋介石那边。

出租车司机：对啊，哎呀你很了解嘛。

马丁：我认识很多中国人，我很喜欢（中国）文化。现在我知道，你问我"你吃了吗？"就是"你好，你好吗"。

出租车司机：你这个也知道，太厉害了。

马丁：太贵了，便宜点，再见。

【解说】茶楼是马丁工作之余经常光顾的地方，他在这里品味中国的茶文化、交朋友，同时寻找拍摄《脸书》的人物。

【同期声】马丁：我有我自己的艺术照片——《脸书》，我已经拍过 70 个人，我每天在找人拍，问问题。如果你有时间，可以过来我的工作室，可以吗？

蔡时连：好的，我非常高兴。

马丁：谢谢你。

【解说】一年多来，马丁穿梭于宁波的大街小巷，结交了许多宁波朋友。

【同期声】马丁：师傅，辛苦了，天气这么热还在上班？

环卫工人：我们环卫工作不能无人的。

马丁：宁波很干净。

环卫工人：宁波城市搞得很好的，很文明的。

马丁：我要拍很多不同的人，所以如果你有空，我要邀请你来我的摄影棚，宁波人这么好。

环卫工人：可以。

马丁：谢谢你，拜拜。

【旁白】我对那些古老的书非常好奇，今天有机会可以和里面的一位老师见面，我非常期待。

【同期声】马丁：我叫马丁，你好。

天一阁古籍修复中心王金玉主任：这是糨糊，那边碗里面就是糨糊，把破洞补上。

马丁：真的很有意思。如果你有空余时间，我想邀请你来我的工作室拍一张照片，可以吗？

天一阁古籍修复中心王金玉主任：可以。

马丁：谢谢你。

【旁白】我听说宁波有很多手工艺师傅，我朋友认识，帮我介绍了一个。

【同期声】马丁：师傅您好，你现在做的是什么东西？

朱金漆木雕传承人：这个是朱金漆木雕，宁波很有名的。

马丁：我在拍《脸书》，你有时间来我们的摄影棚吗？我邀请你。

朱金漆木雕传承人：可以。

马丁：谢谢你。

【解说】今天下午，马丁约了几位朋友到摄影棚拍摄《脸书》，中午时分，马丁和同事就开始忙活起来。

【同期声】一样的问题，一样的灯，每个人一样的角度。

【同期声】马丁：你叫什么名字？

蔡时连：我叫蔡时连。

马丁：你最开心的时候是什么时候？为什么这么开心？

蔡时连：最开心的时候是第一个小宝宝出生。

马丁：你的儿子出生了？

王金玉：每当在天一阁修复的时候，把每册书一页页的破损东西修复完整的时候，我觉得很有成就感，很幸福。

马丁：真的很开心是什么时候？

宁波交警大队民警汪银君：老年人过马路的时候，公交车、私家车都会主动礼让，行人会给驾驶员主动点个赞，我感觉很温暖。

宁波大学退休教师汤建华：宁波是个大爱的城市，我时常看到人家都在默默地奉献，为别人服务，所以我一退休就想到要去做一个公益志愿者。

月湖公园水治理工程总工程师徐继荣：我觉得生活在宁波非常自豪，非常幸福，我去过很多城市生活，但是最喜欢的就是宁波。

【解说】如今，已经有74人参加了《脸书》的拍摄，马丁说等他拍完100人，他会将这些装订成一本书带回瑞典，向他的家乡人介绍宁波，介绍宁波人的幸福生活。

【旁白】我来宁波，我很开心。我可以预见我将来的生活，每年回瑞典一两次，所以宁波就是我的基地。

单位：宁波广播电视集团

作者：郑萍、陈贵积、邱艳、赵军、张雪午、王玮

播出时间：2017 年 11 月

微片的深广度

——微片《马丁和他的脸书》评析

卢炜

宁波广播电视集团创作的微片《马丁和他的脸书》时长只有 8 分 59 秒，构思巧妙，主题明确，结构合理，可谓是一部短小精悍、文短意长的影视微片佳作。

融媒体时代语境下广大受众追求音视频作品的可视化、碎片化和感官化，微型作品在当下电子媒介的读图时代中备受关注，既是广大受众的热捧焦点，也是创作者的主要阵地。看的人多，做的人多，但是，好的微片不多。简言之，做短易，做精难！

本片《马丁和他的脸书》作为电视台播出的音视频作品不到 10 分钟，可谓短片。如何在短暂的时间内实现价值观正面引导、信息有效传递和艺术作品美感呈现，这是这部作品乃至所有影视短片需要思考的问题。

首先，微片《马丁和他的脸书》在价值观上做到正面展示和积极引导。本片聚焦从瑞典来宁波工作了五年的时尚摄影师马丁，他离开瑞典家乡来到遥远的异国他乡的直接原因是家庭变故，父亲因病去世，侄儿患病，马丁不仅体会到疾病的无情冷酷，而且也为自己不能为亲人排忧解难消除疾病感到痛惜。他来中国是由于"不能照顾好别人，就要照顾好自己"。马丁的出走合情合理，能够被人理解。

马丁背井离乡并非仅仅只是为了疗伤，他积极融入宁波当地生活，传递出积极的人生态度。影片在讲到西方人讳莫如深的隐私问题时，在马丁身上感受到"美美与共、世界大同"的宽广胸怀和伟大人格。

其次，《马丁和他的脸书》短片不短，清晰而明确地传递出众多有效信息。

一方面是马丁个人信息和他所传递的信息。在本片中主人公马丁有两重身份，一是瑞典人马丁，二是时尚摄影师马丁。两者通过摄影镜头的视角融合，观察、感受和融入中国文化、宁波地方特色。

另一方面,是外国人眼中的中国信息和中国受众眼中的国外信息。本片在信息传播中始终进行对比分析:以瑞典为代表的西方社会注重隐私,保持个性;而以宁波为代表的中国社会看重和谐,强调融合。

　　最后,微片《马丁和他的脸书》注重艺术表达影片在视听元素上展示出一定的艺术涵养,比如在影片的画面质量上注重结构表现、色彩组合,在许多画面影调中呈现出意境的营造,传导出诗情画意的美感。

　　然而,本片也存在个别瑕疵。如影片的结构上存在前后衔接问题:影片讲述马丁要找 100 名宁波市民进行拍摄,作品前面部分是出租车司机、茶楼老板、环卫工人、天一阁文物修理师和木雕工匠五人,而影片后面出现的是茶楼老板、天一阁文物修理师、交通警察、退休教师和总工程师五人。前面是马丁主动寻找的拍摄对象,后面是参加拍摄的人员,两者之间不对等,不能有效衔接。这些问题可能是拍摄时间短、细节处理不当造成的,相信创作者如有时间和精力也能予以修改提高的。

　　总体而言,宁波广电集团创作的微片《马丁和他的脸书》瑕不掩瑜,是一部言简意赅、品格高精的优秀短片。

微纪录片

绿色客厅

（字幕：万开元　中国科学院植物研究博士）

【解说词】我最喜欢的事，就是在阳光明媚的午后，坐着小船，徜徉在植物园的水上森林，这里安静、祥和，能真切地感受到水生植物们默默陪伴着的力量。我走访过世界上许许多多的植物园，唯独宁波植物园的水上森林别具一格。宁波自古就是江南水乡，宁波植物园把水湿生木本植物作为主要的建园特色，有着得天独厚的地理优势。现在水上森林有落羽杉、墨西哥落羽杉、中山杉、银叶柳、水栎、水紫树、南川柳等几十个物种及品种，将来还会进一步地扩大引种栽培，并在这个基础上开展相关科研，筛选培育出适合水上景观营造的新优品种。

【解说词】我来宁波植物园工作时间不长，但这里给我留下了很深的印象，除了水上森林，植物园还有幽雅别致的兰园，樱色袭人的樱花海棠园，婀娜多姿的藤蔓园，争奇斗艳的月季园，色彩斑斓的槭树秋香园，还有以中国植物学开拓者钟观光先生命名的科普馆等等。

【解说词】现在宁波植物园拥有物种和品种共三千多个，在带给人们身心愉悦的同时，还向人们揭示着植物的奥秘。紫杉醇，目前发现的最为有效的天然抗癌药物，野生红豆杉因为其含量高而被大肆砍伐，一度红豆杉濒临灭绝，"通过合理利用促进保护"，全社会正在竭力挽救这一物种。水松，极度濒危物种，它们在宁波植物园的水上森林也初步安了家。为了激发人们保护大自然的意识，宁波植物园对濒危物种的展示与科普极为重视，通过多种多样的活动，让人们了解植物的前世今生。不仅仅是濒危物种，宁波植物园还充分发挥科普功能，让人们去发现身边的植物之美，倾听它们的耳语。这不仅仅是儿童亲近自然获取知识的课堂，对于成年人来说，也是一个放松身心、探索未知领域的宝地。

【解说词】补充了一天的Omega-3，是时候坐着小火车休闲一下了，乘上时光列车，追随植物进化之路的奇妙。在植物的陪伴下，放飞自我，恣意生活，这是一种来自原始的呼唤，唤醒人们内心对于自然的热爱，对人与自然和谐生活的向往。

【解说词】植物园是植物的诺亚方舟，宁波植物园是宁波城市的绿色客厅是人们休闲科普的乐园,也将是美丽宁波美丽浙江的种源地。我觉得,我在宁波植物园也有着无限的可能性。

【字幕】镇海电视台
2017年9月28日

单位:镇海区广播电视台
作者:何顺、李晓军、刘健、陈士伟、余骥、高凌宵
播出时间:2017年9月28日

情感背后:微纪录片《绿色客厅》的隐含新意义
张忠仁

镇海电视台的微纪录片《绿色客厅》以宁波植物园为主要关注对象,采用中国科学院植物研究博士万开元的个体视角,将这个开园一周年的宁波城市绿色客厅、植物的诺亚方舟和市民们休闲科普的乐园,做了全方位、立体化的美感展示。《绿色客厅》一片除了通过万开元博士的视角以及其个人对植物园的情感认同,为观众呈现出一种自然的、原始的环境之余,也倡导人们对于自然的关注,对人与自然和谐生活的重视。更值得肯定的是,该片在纪录和展现主人公万开元博士对植物园个人情感的背后,在表现手法和叙事细节等方面,还隐含地体现出反思人与环境关系的新意义。

一、人与环境关系的叙事建构所传达的主题意义

微纪录片《绿色客厅》以不到7分钟的时长,以宁波植物园为主要表现内容,明确地传达了人与自然环境和谐发展关系这一深刻主题。在当下娱乐消费几乎成为影视主流的背景下,影视创作大多拒绝思考,耽于迎合观众趣味,以浅层情绪为先导观念的趋势下,本片的主题定位是难能可贵的。20世纪90年代以来,随着娱乐化观念对影视行业越来越多的影响,中国纪录片的发展曾经处在一种极为尴尬的境地。一方面在影视业为追求经济收益,抱定"娱乐至死"心态的裹挟之下,观众群体耽于浅层浮躁的欣赏旨趣,使极具思想性的纪录片处于传播弱势;另一方面,基于个人对商业利润的追求,纪录片从业者流失严重。即便一些坚持拍摄纪录片的导演,其作品也往往打着关注"情感"的旗号,却疯狂地表现各种"情绪"。直到2010年,随着中国文化产业的纵深发展,当时国家广电总局出台了《关于加快纪录片产业发展的若干意见》,明确提出要"建立健全市场体系",中国纪录片才开始勃发

出新的活力，一直在努力走向市场。在此背景下，中国纪录片行业在近些年中，先后创作并推出了一系列引发社会关注且较有影响力的作品。在题材挖掘和表现形式上，都展现出较大的突破、变化和拓展，尤其是篇幅短小的微纪录片，发展势头更猛。

微纪录片《绿色客厅》的主题意义表达有值得反思和回味之处。首先，本片导演对宁波植物园的记录侧重于环境的表现，并希望通过对各类植物做影像的直观展示给观众提供视觉的触动，进而影响内心感受。《绿色客厅》一片导演在展示植物园环境方面，紧扣了宁波的江南水乡地域特点，以及把水湿生木本植物作为主要的建园特色，有着得天独厚的地理优势。所谓"民族的也是世界的"的提法，其实质是强调独特性才能被广泛接受。纪录片《绿色客厅》对题材选择着眼于宁波所处江南水乡的地域性特点，就有这种独特性，也因为这种独特性，才有了植物园独特的植被规划特点。比如片中强调，现在宁波植物园的水上森林有落羽杉、墨西哥落羽杉、中山杉、银叶柳、水栎、水紫树、南川柳等几十个物种及品种，将来还会进一步地扩大引种栽培，并在这个基础上开展相关科研，筛选培育出适合水上景观营造的新优品种。

其次，本片导演非常注重从人的行为情感因素角度强化对主题内涵的推动。众所周知，基于现实背景选材是纪录片创作的前提。同时，纪录片的档案记录特性也注定了其在对现实关注呈现的过程中，会传达思想、情感、反思等导演的个人创作意图。微纪录片《绿色客厅》在展现宁波植物园环境特色的同时，为体现本片创作的主题内涵，采用了以人的行动路线为叙事线索。影片视角以中科院植物研究博士万开元在一个下午对宁波植物园展开"漫游"为切入点，全片以万博士的行动路线，在不同区域的触景生情，以及以专业人士的感慨和思考为叙事推动线索，将观看本片者带入到植物园优美的景致中，并逐步意识到人与环境和谐相处的精神愉悦。这也正是本片试图传达的主题，也是本片选材、选人，并将二者巧妙融合来建构叙事后所传达的隐含新意义。

二、画面结构形式所传达的象征意味

微纪录片《绿色客厅》虽然篇幅较短，但在有限篇幅时长之下，想把宁波植物园的特色说清楚，展现得有美感有趣味已经很难了。如果在此基础上加入植物学博士万开元这一人物的叙事线索，并且期望通过万博士这个人物带出本片隐含的主题深意，则更是难上加难。

从影视呈现角度看，理想的影视作品之所以能够有力地吸引并影响观众，除了内容本身就是观众感兴趣之外，其画面结构和表现形式还必须容易为观众所领会和接受，即作品的编创者必须把内容通过适当的结构、形式表达出来，使得"作品时间段"展现的是一个有趣味的"故事化"过程。影视作品有趣，首要做好对人物的塑造，而要塑造一个有特点、有个性的人物，其首选就是展示其动作细节。微纪录片《绿色客厅》虽然没有突出的"故事化"情节，但是其遵循了影视化的叙事本质，在记录万博士"漫游"

宁波植物园过程中,选择必要的人物动作、行为作为细节,在表现人物的同时又把其放入全片叙事过程中,这也恰恰是影视"截取"和"重组"叙事的主要特点。

为了解决时长和篇幅限制,本片导演采用了"避实就虚"的表现手法。对宁波植物园各个区域特点的介绍不是完全写实,而是利用万开元博士的个人体验作为解说词,对植物园特点做适当取舍介绍。因为万博士是植物学研究专业人士,本片设定的情节是他因为喜爱宁波植物园而进行的一次"漫游",因此,他对植物园某些特色的介绍既有权威性又容易为普通人所接受。同时,导演对植物园的环境景致采用了象征性画面的展现,也符合多数人的视觉接受心理。

《绿色客厅》在画面象征性的处理上,既有利用画面构图营造场景氛围的手段,又有利用画面景别差异的搭配表现情绪的方法。比如全片开头,在均衡构图下对植物园的芦苇等植被采用逆光特写的表现,一方面展现了植物园局部的真实场景状态,另一方面也通过这种画面氛围的营造给观众传达了视觉美感。在表现植物研究博士万开元个人的内心感受时,配合他的解说词,画面通常采用全景加特写这种"两级镜头"式的句式进行画面叙事。蒙太奇的"两级镜头"式句式可以给人一种视觉情绪上的快速起伏,影视中常用来表现人物内在思想、情感上的起伏、变化。这是基于人类视觉心理的一种视听语言表达。从微纪录片《绿色客厅》的主题内涵看,本片导演的这种画面处理手段,很好地配合了万博士这个片中人物情绪、情感的变化,画面与解说词(万博士个人内心感受)的匹配度较高,展现了人与自身生存空间关系的隐含主题。

多年以来,中国影视作品通常具有"围绕情感表现情绪"的狭隘观念。微纪录片《绿色客厅》把情感还原于万博士这个具体人的身上,从其个体对自然环境的情感诉求上,影响或向观众传达这种人与环境关系的共通性,符合生活真实又能触发观众认同。这正是大多数国人生活的原本状态,虽然受开放环境带来的欧美文化影响,国人情感表达如今逐步外化,可是在现实表达上依然相对含蓄,不会太过轰轰烈烈。

综上,微纪录片《绿色客厅》跳脱了当下流行的娱乐风潮,依照地域现实存在的且有特点的宁波植物园区,以万博士个体的体验带出人与环境关系的思考,符合纪录片思想性传播的本质属性。本片的主题内涵、结构形式、画面表现等诸方面也具有明显的优点。当然,整体来看,本片也有一些不足之处:①片中为了展现环境与人的关系,将着眼点过多投放在植物学研究者万开元的身上,因其自身的专业背景所限制,他的个人感受有时普通人未必能够理解。②因为篇幅的限制,画面叙事相对弱化,一些画面细节有为了配合人物解说过于符号化的倾向。③全片叙事的整体节奏控制略显不足。④全片的音乐、现场声等多手段的综合运用尚有提升空间。当然,这些略显欠缺之处与《绿色客厅》整体内容而言,尤其与其所传达的深层主题内涵相比,并不影响该纪录片的可看性和隐含意义的明确表达。

短纪录片

咱们的冯指导

【字幕】2016年1月　奉化区大堰镇张家村（夜）

【同期声】

村民：镇政府不行就到区政府去讲。

村民：（区政府不行）就到宁波去讲，宁波不行就到省里去讲。

村委会主任：我想想这样吧，每个人签字先签下来。

村民：签吧，我先签。

村民：农副产品都帮我们推销掉了。

村委会主任：让他两年后再走吧。

村民：两年三年不要说，好留多留几年，我和你们讲，这个指导员可以留的让他尽量留在这里。

村民：给我也写一个。

村民：那要叫记者宣传去，（你们）记者一定要让指导员留下来。

【解说】2016年1月，张家村村民群情激昂，联名上书强烈要求留下来的人就是这位普普通通年近花甲的农村指导员冯德林。

【出片名】《咱们的冯指导》

【黑场】

【同期声】冯德林清晨村里走走看看，与村民对话

村民：指导员，你这么早啊。

老冯：不早不早。你哪里去啊？

村民：我到山上去。

老冯：你那边田都拦好了吗？田都公示了，那些土地征用。

村民：那就算量好了吧，我没量过。

老冯：你自己去核对核对看，你心里的亩数和公布是否一致。反正（公布）在祠堂

门口。

村民：好好好。

老冯：去施点化肥啊？

村民：去给豆施肥。

老冯：你这么早啊，这么冷的天气。

村民：我每天都这么早的。

老冯：哦，那好的。你自己当心，那么大年纪了。

【解说】2014年1月，56岁的冯德林受宁波市经信委下派到张家村担任农村工作指导员。从来村的第一天起，他就养成了早6（点）晚11（点）的习惯，每天早上都会绕着村子走一圈，然后到山顶水库看看。

【同期声】和水库管理员对话

老冯：这些都是香椿，你稍微给它施点有机肥，那明年长劲就足了。不能用化肥。

水库管理员：化肥不能用啊？

老冯：化肥不好。

【采访】冯德林：这个鱼塘是我到张家村之后搞的第一个项目，经过村里了解以后，我们张家村经济收入也没有，我当指导员的想法就是把经济收入搞上去，村民收入有所提高。原来我们这个山顶水库那个坝也倒下了，这个平台也没有的，前面的路也不能走过去的，为了发展这个鱼塘，我们构思了一下，把周边的环境弄好，钓鱼也好，让人家欣赏也好，提供一个很好的平台。这个鱼塘搞好以后，可以引进企业搞工会活动，企业的客人来钓鱼，通过这个平台，给张家村的发展（提供）一个机会。

【解说】大堰镇张家村是奉化区西南侧一个偏远小山村，全村共有农户164户480来人，日常在村内生活居住的只有一百来户，而且大都是60岁以上老人。因处于横山水库饮用水源保护区内，村子不得进行工业开发和畜牧业养殖，长期以来戴着贫困村的"帽子"。张家村由章四岙、黄念坑、张家村三个自然村组成，其中章四岙最为贫困，村民主要经济收入靠卖毛竹。

【采访】村民王小高：原来山上砍毛竹都是人背下来的，背到下面车站里。现在冯指导把这条机耕路修好了，现在可以开上来停了，那么背下来的成本就低了，砍的成本也低了，村民收入也提高了，也方便了。

【采访】冯德林：村里这成片的竹林，以前路没修好之前，这些毛竹都无法运出去的，都白白荒废掉了。我考虑到章四岙村民的利益，我和荣安集团对接后争取了20万资金，把这条3公里长的山路打通以后，所有的毛竹都可以运下来了，每年节省成本10多万元，也就是说村民每年可以多收入10多万元。

【黑场】

【解说】2014年起，大堰镇开展美丽乡村建设，各村需要投入大笔资金用于基础设施和文明卫生建设。这对于村集体经济只靠单薄的上级补助的张家村来说实在是一筹莫展。刚完成两个项目改造的老冯又开始了东奔西走。2015年一年时间里，他走访了宁波市12家轻工协会，筹集资金对村口环境、村路村桥和沿路外墙面、文化大礼堂、农居房等进行了改造，对各家门前屋后环境卫生清理和河道进行整治，兴建起了文化长廊，统一装修了13家民宿。

【同期声】游客：干净哦。

【采访】村民张华康：这（民宿）绝对是提高了村民的收入。这样子住四五天，每天200元、1000元钱，成本很少很少。村民心里他的地位相当高，都崇拜他。他给老百姓带来了实惠，别的不用说，口袋里的钱满起来了，说明就是好的。

【采访】村民张义关：我们张家村全村人都喜欢冯指导。

【采访】村委会主任张定飞：他是外地人，宁波人，这里没有亲戚朋友，他的工作都是为了张家村做的，零零碎碎的建设都是拿不走的，那我们是要配合好他的工作，我有时候想想内心非常过意不去，有些干部也自觉起来了。他都这样在做，你也必须得去做，那推来推去也不能推了。

【采访】原奉化圣宇管业总经理张康盛：我（赞助修桥）是应该的，他这是叫无私奉献，他不但自己奉献，还要到外面去拉赞助，让穷村改变面貌。村里也有领导，也有曲折，不愉快的事情也是有的，冯指导自己决心也非常强，如果决心不强就消极了，不要搞了。像这样的帮扶干部是相当少的，国家有这种人对穷村的贡献是很大的。我说以后我们得给他塑个像。

【黑场】

【字幕】2016年3月　村民议事厅

【同期声】老冯：今天我们坐到一起商议，我们张家村准备搞个光伏发电（项目），我们昨天也去参观了鄞州区里岙村，也参观了太阳能日地公司，我们也准备上这个项目，我们已经开了多次（村委）会议，也征求一下村民对这个项目有什么想法和顾虑。

村民：看过以后才知道人家装得是多么好，我们也应该装。

村民：那是好的，这些钱一直可以拿，电也一直可以发。

村民：想想这个事情吃得消啊？要这么多本钱。这就要我们领导，特别是冯指导去想办法了。

村委会主任：老百姓有两个担心，一个怕漏，一个怕触电。

老冯：漏的问题不用担心，我们和村民承诺签订合同，第一时间给村民修复，请村民放心。

村民：那会触电吗？

老冯：太阳能这种是有技术数据的，你们放心好了。

【解说】村民议事厅里正在商议的事是老冯2016年要干的头等大事。老冯在经信委新兴产业办公室工作过，知道光伏发电是国家支持的绿色产业，他看到张家村空气清洁、光照充足，是实施"光伏发电"得天独厚的理想场所，就想以"光伏帮扶"来为这个村子造血。

【采访】老冯：我已经做了规划（方案），通过了光伏专家论证，也得到了政府的支持和各企业的（爱心）大力支持。投入215万元，每年可以带来经济收益二十五六万元，现在我们光伏正在抓紧建设中，想在9月份准备并网（国家电网）实施。

【解说】经过无数次的村委会会议、村民代表大会的商议和做思想工作，2016年7月10日，张家村光伏发电开工建设。

【采访】老冯：今天天气比较炎热，现在外面气温（地面温度）已经达到50多度，我们现在正在施工建设，可以安装的村民（屋顶）我们都给他把光伏板装起来，想早一天并网发电。

【采访】村民：冯指导来了后，做光伏时每天挨家挨户做工作，当时对老百姓来说是新生事物，山里人都不能接受，一户一户（思想）都做通后再做（光伏），每天都是他最早上工最晚下工，经常爬到屋顶上去，有几天天气特别热，他就好几次发痧气、脚抽筋甚至晕倒。

【解说】2016年9月，总投资215万元的光伏发电项目竣工。安装屋顶光伏发电板980块，涉及农户53户，装机总容量250千瓦，年发电量约25万度。

【同期声】老冯：屋顶安装光伏板的村民算租赁，每块板每月3元钱，一般来说每户有20块板左右，那样一年可以获得收入720元左右，再加上每户村民每年免费用电200度，将近1000元左右，村里一年也有将近20万元的收入。

【黑场】

【同期声】村民议事厅

老冯：接下来计划先推出翼支付扫码便捷系统和养老系统。

村民：我们每月买东西要有便利。

某部门领导：可以，绝对放心，大胆用起来。

村书记张天岳：我们广泛征求了大家的意见，也全票通过。

【解说】光伏发电项目成功实施后，老冯紧接着又策划起了信息化农村智慧养老项目。在老冯和村干部们的努力下，在村主要路口安装安全监控、无线WiFi全村覆盖、免费网络电视等一个个项目落地张家村。

【字幕】2017 年 10 月　翼支付超市开业

店主：等一下。

村民：是不是点这个地方？

店主：对。（翼支付）今天好像没有优惠活动，应该没有的，（扫扫）看一下吧。

【同期声】老冯：今天的翼支付超市（开业）也是智慧养老项目之一，翼支付超市的开业给张家村村民带来了极大的方便，张家村村民每户每个月可优惠消费 90 元。

老冯：早上到现在已经有 1300 元的营业额了。

店主：主要是农副产品这块。

老冯：说明农副产品的（销售）潜力是很大的，我们以后要把张家村甚至大堰镇都逐渐做起来，吸引我们的游客。

【黑场】

【同期声】

村民：在干啥呢？

村委会主任：在装摄像头呢，你来看看好坏。

村民：我怎么看得出，你装着好了呀。

安装工：这样好吗？

老冯：再往外一点吧，再往外 10 公分吧。

村民：给我们装得这么好，这个装上是对我们最好了。这个还是村里第一个吧。

老冯：看得很清楚啊。

【解说】2017 年 10 月，老冯为 25 户老人安装了青果摄像头，使远在外地的子女可以直观监看到家中老人的生活起居。

【同期声】村民：冯指导，你这个人的眼睛嘴巴（长啥样）我都没看到过。

老冯：你没看清过我知道的，但路上碰到了你不是在叫我吗？

村民：冯指导，你要万万年都在，不要走，我求求你了。

【黑场】

【解说】2017 年国庆节期间，老冯和村委会主任一起给小鱼塘灌水。

【同期声】老冯：风车咋嘎好看呀。

村委会主任：这个鱼缸也搞得好，鱼会游上去的。

老冯：这个鱼缸点缀一下，客人来了有好奇心。再说这里的水本身是溪水淌下来的，这点挺好的。

村委会主任：也不用电，自然水自己会来，一年到头都会旋转的。还有我们这些夜景灯好,不用电线不用电,都是太阳能自动的,这样看起来我们前几个月的辛勤付出是值得的。

村委会主任:原来这里是养猪的,猪粪很多,建筑垃圾也倒满了,还有垃圾袋等很脏的。指导员看了后在这里种了两棵大树,树种好后鱼塘也做起来了,草坪也铺好了,村口的面貌一下子就有了改善,给人家看看也是蛮好看的,搞得干干净净的。这边原来是污水池,(改建后)指导员把画家请来后画的,初看看不好看,细看看搭搭脉很好看的。

【同期声】导游:共聚智慧,同谋发展,自治管理写新章;俱往矣,数辉煌新篇,还看今朝。在2016年,我们张家村也成为了党建加民富的最美党建联合体,提倡将党员的日常工作和日常生活融入到民富建设当中来。

【解说】在老冯的不断引荐下,各种活动在这里开展,各类会议在这里举行,张家村老百姓的日子过得越来越敞亮,媒体的镜头也常常聚焦于此。

【同期声】村民:这个指导员对我们张家村贡献相当大,在这四年里我总听到书记村委会主任在说,他为我们村筹集到了六七百万元资金,筹集到的钱都是专款专用,比如建光伏、银信潭、文化长廊,特别这个翼支付超市,全部是他搞起来的,这是一个。第二个呢,我们是农村农作物挺多的,譬如土豆、粉丝面、番薯等(要销售),基本上是村民有困难,他总是尽量帮忙,村里作物种收了,他比村民还急,他总是千方百计动脑筋想办法,通过各个渠道去推销,为村民增加经济收入。比如我,我种了葡萄,没有(销售)路,指导员来了后帮了我三四年,这么多葡萄基本上是他推销的,这是说我自己,其他方方面面事情很多,说指导员的事是说不完的,可以说上好几天。

村民:我们张家村群众喜欢冯指导在张家安家落户,户口在这里报,房子会装给他住。

村民:他如果要走(我们)实在是会很难过的,真的。

【黑场】

【字幕】2017年初秋　老冯的爱人带着孙女来看望他

【同期声】老冯妻子金亚菊:爷爷家脏不脏?

老冯:爷爷家好吧?

老冯妻子金亚菊:垃圾,是不是都是垃圾啊?

老冯:很干净的哦。

老冯妻子金亚菊:每天回到家里呢就有很多电话,到张家村了从来不往家打一个电话,我说你怎么不给家打一个电话,到家了怎么老是打张家村。

老冯妻子金亚菊:来,爷爷抱。

老冯妻子金亚菊：（孙女）现在看到爷爷也不太要他抱。有次夜里我跟他通电话说儿媳妇要生孩子了。

老冯：10 月 1 日生的。

老冯妻子金亚菊：10 月 1 日生的，等到出院了，他总算回来了。他就是一门心思在张家村，家里不用指望他做事情，到家最多买些菜，把冰箱塞满，把我们当作猪猪一样。

老冯：说得难听吧猪猪一样。

老冯妻子金亚菊：在张家村累坏了，上阵子牙痛，晚上止痛片吃四颗，在张家村累坏了，（回来）睡沙发上，孙女说爷爷沙发上又睡觉了，爷爷又睡着了。一点工夫都没有，人在家里吧心也在张家村。

老冯：来，抱抱。

老冯妻子金亚菊：臭也臭煞来，你看脏不脏，天热时穿的裤子到现在还没收起来，棉袄到快要穿了还没洗过，我上次来给他洗了，我现在有孙女了也没工夫。

【采访】老冯：我到农村来当指导员，这些工作是我的职责，能有这么一个平台，使自己在有生之年为张家村多做些事情，自己嘛马上要退休了，能把张家村改变就多改变点。工作忙了家里肯定是照顾不到，张家村更需要我，家里毕竟有儿子儿媳妇在。到张家村也是一步一个脚印走过来的，做了事情我也不想要荣誉啊要人家说我好啊，这我从来没想过，就是凭自己的良心做事情，能对得起我们派出单位、对得起我们的指导员队伍。其实我这人也没什么远大目标，就是想把眼前事情做好。自己快退休了，能做多少就做多少，尽自己绵薄之力吧。

【黑场】

【字幕】2017 年 11 月　张家村文化大礼堂

【同期声】老冯：今天是光伏发电一周年，也是村民用电、光伏板租赁费发放一周年（的日子），我们这些表格也列出来了，等下呢来领取，但是要签一份合同，要大家对光伏板负责。

村民：我字不会写。

财务人员：数数呢，1258 元。

村民：这次光伏发电我领了 1020 元。

村民：我领了 899 元。

村民：拿到钱心里很高兴，这样安装着大家就能拿到钱。

村民：靠冯指导、书记村委会主任，他们都忙煞。

村民：全靠村里领导和冯指导，不然哪里有这种钱。

村民：这样的光伏安装我们奉化张家村是第一村，其他村没有，算先进了。

【黑场】

【字幕】2017年重阳节

【同期声】老冯：下面由张家村老书记张明位上台发言。

【解说】又是一年重阳佳节，张家村文化大礼堂内喜气洋洋，其乐融融。这里正在开展的是"情暖重阳、爱心敬老"活动，每年重阳节村里给70岁以上的老人们送上500元的慰问金和其他实物，此外，老人们还享受到了老冯邀约的爱心企业协会带来的多种福利。

【采访】宁波市经信委党委委员陈成海：去年农村指导员要调整的时候，本来要给他调整到其他地方去了，我们张家村村民联名要求继续留在这边工作。他有个最大的特征就是蚂蟥精神，叮牢不放。有个项目他认为可行的，就协调各个部门对这个项目进行支持。那么我们宁波经信委派出指导员，张家村也是我们党建共建的一个对口单位，我们经信委党委对这项工作也非常重视，总是想方设法全力支持冯指导的工作。

【黑场】

【音乐】

【解说】到明年年底，冯德林的农指员任期就要满两届了，但是在他心里还有一个更大的愿望需要去实现。

【同期声】老冯：我明年就要走了，最大的心愿就是把张家村这四五十亩荒山建一个光伏电站，总投资1200万元，装机容量1.5千瓦，这个项目建立以后，张家村将真正成为光伏村，会给村里带来（每年）100万元左右的收入，也会给村民带来好多福利，现在这个项目正在规划中。我虽然做了事情，但是也体现了自身的价值，即将退休了，也会一如既往关心张家村建设，也会常来张家村走走。

【片尾字幕】编　导：王桃波　胡金霞　何　禾

摄　像：傅　聂　李博腾　夏亦蓟

制　作：尹　磊　胡盼盼　傅　陈

单位：奉化区广播电视中心

作者：王桃波、胡金霞、傅聂、李博腾、胡盼盼、周骋

播出时间：2017年12月

以真动人，多维度建构鲜活丰满的人物形象

李 琳

人物纪录片《咱们的冯指导》以真动人，用具有故事性的细节建构有血有肉、真实感人的正面人物形象。没有说教，没有先行的主题，有的是质朴的语言、真实的事件、生动的细节，用新时代观众易于接受的方式充分发挥了传统电视媒体引导社会主流价值观，弘扬正能量的职责。作品不论是选题还是创作手法都可圈可点。

一、精心设计的结构，鲜明展现作品主题

人物纪录片《咱们的冯指导》素材时间跨度长：从 2014 年到 2017 年，涉及人物众多，可展现事件繁杂，如何结构全片，形成线索？作品采用线性结构方式，以时间为主线，点面结合，详略有序，线索清晰的同时又避免了自然主义流水账式的叙述方式。作品先声夺人，用一个充满悬念的开场牢牢吸引了观众的眼球：礼堂内人头攒动，人声鼎沸。"要上访？""要闹事？"随着镜头延续，事件真相慢慢显露，原来是村民集体签名申请留任村里的下派指导员冯德林，随之，引出作品的主人公——咱们的指导员冯德林。这是全片最具有故事性的一个片段，创作者打破了时间进程，把这一片段放在开头，通过悬念设置的方式成功引起观众观看的兴趣，同时，也用村民的行为给作品的主人公、指导员冯德林贴上了"深受村民爱戴"的标签。作品的正片部分从晨光初现的清晨开始，展现指导员冯德林一天的工作，从鱼塘引出指导员冯德林来张家村后所做的一系列工作：帮助村民创业、推进村子的现代化建设、改造环境、开展新农村建设。结构清晰，主题明确，但又重点突出，符合了特定受众人群的观看习惯。

二、多维度呈现，建构丰满的人物形象

人是立体的，人物形象的建构自然不能是单一的。人物纪录片《咱们的冯指导》从村民、家人、上级领导、冯德林自身四个维度的采访建构起了一个丰满的人物形象。村民眼中的冯德林是让自家致富的自己人，是不惜给户口、给房子，联名申请也要留下来的"好官"，一张张受益的笑脸比千言万语更能说明问题。家人眼中的冯德林是个不顾家的人，老伴的抱怨、孙女的生疏切实给人留下了冯德林不是个好丈夫、好爷爷的印象，却也从侧面表现出冯德林公而忘私的品格。上级领导眼中的冯德林是具有"蚂蟥精神"的指导员，认定的事情再难也会想办法实现。冯德林自身对自己的评价是希望踏踏实实做点事情，希望退休了也无愧于心。虽然角度不同，但无一例外显示了冯德

林为什么会成为"咱们的指导员"：坚韧无私、一心为民，有想法又能付诸实践。不用解说，丰满的人物形象自然在观众心中建立起来，即使是旁观者的观众也会为这样为民着想、踏实肯干的好干部点赞。

三、以真动人、以小见大，展示富有生活气息的鲜活人物形象

晨曦间和村民亲切地打招呼，对村民的情况了如指掌；村民议事厅里耐心说服村民，语气温和而态度坚决；村民们提起冯德林时掩不住的敬重和喜悦。如果说这些细节我们并不陌生，类似的作品中或多或少总还是能见到相似的细节，那么家人来访，老伴帮着整理床铺衣物的细节却别有新意。老伴一边唠叨抱怨着一边收拾冯德林入冬了还没收起来的夏季短裤，床铺上杂乱堆放着衣物，这一极具生活气息的场景让观众看到了冯德林的另一面，生活中的他是随性不拘小节的，和工作中具有"蚂蟥精神"的他是一人双面，这样的正面人物真实而又动人。

人物纪录片《咱们的冯指导》摆脱了传统专题片的做作，鲜活而生动，充分体现了纪录片的创作要领。精心取材，用充满生活气息的诸多细节打造了一个富有时代精神，具有"咬定青山不放松"的坚韧品格、鲜活丰满的人物形象。从村民、家人、上级领导、被记录者本人多维角度全面立体地建构了一个深受百姓爱戴的农村指导员形象。精心设计的结构将散落的细节、具有故事性的叙事片段有机地串联起来，鲜明展现了作品主题。

（三）服务类节目

电视服务类

家中如何做艾灸

一支燃烧着的艾条，青烟袅袅，丈夫吸吸鼻子，对着妻子抱怨。

丈夫：这什么烟怎么这么浓啊？被呛死了。

妻子：别说了，我马上用好，我不是颈椎难受嘛，我朋友说，艾灸的效果很好。老公，来帮帮忙，我手很难弄到，没错。

丈夫：这么烦人。

妻子：这里，这里。

丈夫：灸什么灸，有毛病了还是看医生去。

妻子：这你就不知道了，我朋友说，他的孩子感冒了，从来不到医院里去，每天在家里熏熏艾灸。还有我们楼下的阿姨，年纪都七十多了，每天在家里熏得烟雾缭绕，现在这么大的年纪，一点毛病也没有，身体多少好的。好了，帮我熏一下。

丈夫：别说了。这东西有这么好，那人家医院不用开了！

妻子：你呀，别不相信。老公，坐，我先帮你熏一熏。

丈夫：不用了。

妻子：就一会的工夫，就熏一会。

丈夫：哎哟，别灸了。

妻子：马上好了。

丈夫：灸什么灸啊！

妻子：马上好了。

丈夫：这我不相信！

妻子：来吧，一会就好了。

丈夫：我不要弄。

夫妻争吵中，主持人走进房间。

胥可：阿姨叔叔。

妻子：胥可来了。

胥可：怎么这么大的味道？我在门口就闻到了。

丈夫：这位是？

胥可：这位是专家来了，我们宁波市中医院的专家。

出嘉宾名片

丈夫：王医生你好！你是终于来了，我跟你说，你来得正好，我老婆在弄艾灸，还是什么东西，普通话不知道叫什么，一定要给我熏，我好好的人，干吗要熏？你说没错吧，我不要熏，我告诉她，生病了要去看医生，不要弄这个东西，家里弄得烟雾缭绕，熏也被熏死了。

胥可：王医生，我叔叔是不太相信这个艾灸，我阿姨又特别相信，对吧？所以今天专家来了，给我们来讲一讲，这个艾灸到底该怎么去灸才是对的。

王珍珍：那你自己会灸吗？

妻子：我自己灸不来，我就是自己买来试试看。主要我颈椎非常难受，我想着自己先试一下，让我老公也灸一下，但他一直不肯灸，他关节难受。

王珍珍：那膝关节也可以灸的，这个给我看看。

丈夫：从来没灸过的东西。

王珍珍：这个点起来就好了。

妻子：是，点起来就在穴位这里灸。

王珍珍：灸好以后呢？

妻子：颈椎难受，颈椎也灸一下。他一直不肯灸，不相信。

丈夫：没灸过的东西灸，人灸坏了怎么办？

胥可：我们听听王医生怎么说。

王珍珍：这样的话，艾灸的顺序错了。艾灸其实是有顺序的，我们艾灸有三个顺序：先阳后阴、先上后下、先躯干后四肢三句话。阳阴的话怎么说？阳和阴是这样的，背部为阳、腹部为阴，那就比较好找了，腰部是阳、腹部是阴。然后先上后下，那你刚才是先膝盖，那这个就错了，应该先是脊椎，先颈部，再下，再是膝盖。但是最最重要的，你少了一个关键步骤,在艾灸之前。

妻子:是什么?

王珍珍:在艾灸之前要看舌苔。

妻子:要看舌苔啊,舌苔跟艾灸有什么关系?

王珍珍:我们有两种舌苔是不能艾灸。

胥可:王医生你看看我这个能做吗?

王珍珍:你这个舌苔就不可以。

胥可:那我叔叔能做吗?

王珍珍:你的舌苔我看一下,这个舌苔可以做艾灸。

妻子:帮我也看一下。

王珍珍:这个舌苔也是可以的。

胥可:我们三个有什么区别吗?

王珍珍:你们看一下,这个舌苔跟我照片,我今天带了照片,看一下他跟这个照片像吗? 他的舌尖是红的,这个是阴虚火旺,里面有火,那艾灸它是温补的,那不是火上浇油了? 所以不能灸,这是一种。那么第二种,舌苔白,中间还有黄的部位,最主要是这个黄的部位,如果单单它是白,是可以灸的,那么中间加了黄,这个就是湿热,也是有热,热的话就不能灸。那除了这两种舌苔就不能灸(其他都可以灸),所以艾灸之前一定要看舌苔,叔叔你还好,你这个舌苔还好,不然又不好了。

丈夫:艾灸还有这么多说法啊,她从来没和我说过。 跟你说过了不用弄,你不听的。

妻子:那我试试看的。

王珍珍:那所以说掌握好看舌苔以后,我们再开始来灸。

妻子:王医生,你难得来一次,你毕竟是专家,我们有些东西也不知道,自己乱七八糟在弄,那你今天仔细跟我们讲一讲,示范一下,什么地方可以灸,你跟我说,那我在家里也可以帮他灸。

胥可:阿姨的意思是让你示范一下,让她知道以后怎么办,不然自己不知道怎么弄,乱七八糟地灸,效果一点都没有。

妻子:那你今天跟我教一教,帮我示范一下。

丈夫:这没错,你我不相信,王医生我相信的。

王珍珍:好的,那我们示范一下。

妻子:这些东西拿走,老头。这边肩膀酸酸的,他肩膀有点酸。

王珍珍:那这样,如果我们从上开始,示范一下。如果是这个肩部不舒服,这里有个大椎穴,头低下以后,这里有个骨头会突出来的,最突出的骨头的下面(是)大椎穴,那我们这样以它为中心,灸上去。这样的话就已经把肩部很多的穴位都灸进去了,像这个秉风穴、肩井穴都是灸到了,那这样放着就可以了。不是说这里疼,要给它移来移去,不用移就这样放着,这样的话,主要是一个肩颈的不舒服。那你有的人他是偏右边不舒服,那我们就稍微过来一点,但是这个大椎穴一定要灸进的。

妻子:不是这里痛灸这里,那里痛灸那里?

王珍珍:那你大椎(穴)一定要灸进。

胥可:那这个是肩颈部的疾病,那这样一般时间要放多久?

王珍珍:20到30分钟,就光光一个肩膀都要20分钟,一个穴位灸透20到30分钟。那么从肩部我们往下讲,呼吸系统正好是这一块,肺,就是说,很简单,我们怎么看呢?这里是肩胛骨,肩胛骨这里我为沿,这样灸就可以了,或者把它竖着放,这里包括了肺、心、膈三个最重要的,这块区域都在了,也是我们中医院冬病夏治,呼吸科他们贴敷的这个位置。

胥可:那王医生,一年四季什么时候艾灸最好?

王珍珍:那当然,如果是冬病夏治的话,那就是在我们现在的三伏天,天热可以熏的,是很好的。然后我们譬如说咳嗽,咳痰那这个时候你要注意一下,自己的痰液是白色的,还是黄色的。如果是这个黄色的痰,就像我们刚才讲的舌苔一样,黄色,它就是有热,那就不能灸的。对,很多这种老慢支,它都是白色的痰,这个就可以灸,所以咳嗽要分一下。

胥可:那像我叔叔他这样,比如说总是喜欢抽烟,包括喝酒,那这样的朋友,他做艾灸是好还是不好呢?

王珍珍:每天喝酒,每天抽烟,每天咳嗽,他如果是白色的痰,就可以灸,而且效果会特别好,可以的,就是看一下舌苔。

妻子:那老公你的痰是什么颜色?

丈夫:痰是白色多。

王珍珍:那你就看看,如果今天是黄色的痰,你不要灸,停一停。如果是白色的痰,就可以,就是也是这个位置,对,就是这个位置。那时间也是20到30分钟,这个你看就相当于身体的三分之一。那么我们再往下讲,这里就到了我们的中间的位置,肝、胆、脾、胃,正好是中间。放肚子上灸,背部膀胱经上。我们的内膀胱经上,就有肝、胆、脾、胃的重要穴位。那这样是不是效果更好?

那譬如说我们容易生气、容易发火、肝郁的都可以。胆囊的疾病也可以。还有就是脾胃比较差的,我吃什么东西都会不消化,腹胀,吃下什么拉出来什么,这种就不消化的,就可以用这种艾灸。还有像小孩子,脾胃功能不好,饭不要吃的,就是可以先灸这里,这样也可以灸。

胥可：小朋友的艾灸，那我突然想到，跟大人艾灸有什么区别吗？操作啊包括时间上。

王珍珍：其实是差不多的，都一样的，只要按照这个穴位来就行，对，按照这个穴位，你对应的什么疾病，灸哪里就可以了。

妻子：我们只晓得哪里痛灸哪里。

王珍珍：没有，他背部有一定的穴位的。是这样，那么再往下，腰不好了，这一块，灸腰了，那我们刚才说的先阳后阴，第一步灸的就是我们的命门，命门怎么找呢？肚脐眼的正后方，就是我们的命门穴，就肚脐眼往后。这个名字，命门穴，非常明显，这个地方其实是我们艾灸第一步要灸的部位，就是这个部位，它这里的话，命门穴的两边就是我们的这个肾腧。那肾虚的病人就可以灸，譬如说这个尿频、尿急，这种疾病都可以。还有这个腰酸、腰痛都可以灸。再往下这里有我们的八髎穴，八髎穴就是女性妇科的一些疾病，这里八髎穴就可以灸上。

那这一块的话，基本上就是我们背部膀胱经上一些疾病灸掉了，我们五脏六腑几乎都涵盖了。那么另外就是要讲腹部了，那就请我们的叔叔翻过来。

肚脐眼这里我们先开始讲，第一步命门穴灸完，第二步就是灸我们的神阙穴，这个的话就是养生灸，我们譬如说觉得自己有时候很会疲劳，这种养生的艾灸，那么就是刚才的命门穴灸好，就把这个放在正中位，肚脐眼是正中位，就这么灸。

那么从疾病来说的话，女性的乳房纤维腺瘤集结，那我们就可以帮它放在乳房。

乳房的话有一点，两乳头连线的中点，这个膻中穴一定要把它罩住，跟背的原理是一样的，一定要把它盖住。那这个的话就膻中穴一定要把它灸。这个也是20到30分钟，左边就放左边，右边就放右边。那么如果我们这个胃部经常不舒服，我突然今天吃了东西不舒服怎么办？神阙穴先找到，然后它的底边一定要把它罩住，往上放，盒子往上放，这个的话就是我们一些胃部的疾病，胃胀、胃痛、反酸、嗳气，有的人很会打嗝打上来，那这个的话都可以通过这样艾灸。

另外的譬如说我们很容易拉肚子，横着放，因为肚脐眼的两边是天枢穴。拉肚子，还有呢便秘、泻和不拉，都可以用艾灸，它是促进肠胃的一个功能。

如果还有我们女性的痛经，那就是上面的一个边，还是要把它盖住，朝下面一点，这里有两个子宫穴，再往下，对应我们男性的前列腺疾病，女性的妇科疾病。

胥可：其实那句哪里痛灸哪里，还是有一定道理的。

王珍珍：但是这个穴位该盖的地方还是得盖住，把中间这个穴位吃准，就这个意思。比较重要的穴位，你还是要把它灸上。

妻子：我还有个疑问，就是说艾灸从什么时间比较好，早上好还是晚上好，还是随时随地都可以？

王珍珍：因为我们的艾灸它是属阳，阳气的升发都是在早上，早上、中午之前，这个是最好。我们有时候晚上在灸，但是也没关系，如果我们养生没时间，要在晚上灸是没有关系的，没有这么的讲究。

胥可：叔叔，这些位置全都记牢了吗？

丈夫：记牢了，一直在记，我真的记住了，（记忆）不会比你差的。

胥可：你今天运气真好，王医生讲得这么详细。

王珍珍：那么譬如说，我们有些时候肘关节疼痛，肘关节直接放上去，这样放上去就可以了，哪里痛灸哪里，膝盖痛我们灸膝盖，这是骨科的一些疾病。那么另外有几个人体大穴，跟大家讲一下，就是这里的足三里穴，足三里很多人都知道，那足三里穴我们可以作为养生的一个艾灸。除了背部、腹部，再加上足三里。这个位置到底该怎么找是最准的，位置我们怎么找，用他的手，您要不坐起来吧，那么足三里穴，我们很好定位的，你的手的手心放在髌骨的正中位，中指放上去以后，旁开两个手指，你自己的两个手指平移移过来，按到这里就是足三里穴。

丈夫：酸酸胀胀的感觉，这就是一条筋脉啊。

王珍珍：这个是经络，叫足阳明胃经，就是这里，酸酸的，阿姨就是这样移过来，对，一个手指头，旁开，跟胫骨旁开一个手指，就是这个位置。这个是养生灸，养生用的一个灸，然后胃不好的话也可以，它是足阳明胃经上的。

妻子：那王医生，怀孕的人可以熏吗？

王珍珍：孕妇的腹部和腰骶部不能艾灸，这两个部位不能艾灸，其他部位可以的。那如果肩膀疼的话也可以的，不是说不能灸，就是这两个部位不能灸，就是腹部和腰骶部不能。那么我顺便讲一下，过饥、过饱、酒醉不能艾灸。叔叔喜欢喝酒，他如果喝多了，这个时候不能，那喝多的时候不能灸。还有譬如说我们刚吃完饭，那不要灸，过饱不能灸。还有就是快吃饭了，你肚子很饿了，这个时候就过饥，那不能灸。

胥可：吃饱了也不能灸，很饿也不能灸，其他有没有一些过多的讲究？

王珍珍：没有，艾灸其实是可以作为民众保健很好的一个东西。

胥可：那我可以每天灸吗？比如说养生灸的话，那我每天灸一灸？

王珍珍：可以啊，时间可能没那么长。

胥可：10分钟这样，可以吗？

王珍珍：20分钟，还是要20分钟，穴位就是20分钟，你想灸了就是20分钟，这样才有效果，对，然后你就是看舌苔，如果你每天灸，舌苔今天红了，那今天不要灸，明天舌苔不红了，我们继续可以灸。

妻子：舌苔红了就不能灸？

王珍珍：对，就上火了。还有嗓子比如说有点痒、痛，那这个其实就是有点上火，那就是不要灸就可以了。

胥可：阿姨都知道了？

妻子：都记牢了，今天有王医生在，我们真的是受益匪浅。

胥可：叔叔，这下你相信了吧？

丈夫：相信了，这下相信了。

妻子：那老公我可以帮你灸了。

胥可：阿姨叔叔，今天我们王医生讲过以后感觉怎么样？

丈夫：蛮好的，今天受益匪浅。

胥可：现在知道了这个怎么弄？

丈夫：知道了，不会和她吵架了。

胥可：不要吵架了。

丈夫：不吵架了。

胥可：那要么我先送送，我们先走了。

妻子：那王医生，你走了，那你有空再给我们指导指导。

胥可：除了医生指导，平时关注一下《养生有1套》，宁波1套经常在放，里面有很多专家，很多养生知识，特别是叔叔你，一定要好好看。

丈夫：我知道了。

彼此作别，节目结束。

单位：宁波广播电视集团多媒体新闻中心

作者：程国华、张美庭、李科、胥可、张诗晗、梁佳慧

播出时间：2017 年 8 月 21 日

电视生活服务类节目的"三化"叙事
——《家中如何做艾灸》评析
陈少波

电视生活服务类节目作为与人们日常生活息息相关的电视节目类型，与电视新闻类节目、电视综艺类节目和电视教育类节目构成四大板块，为受众所喜爱。电视生活服务类节目经过多年的发展，其形态从单一到多元，其叙事由单纯到多变。但进入媒体融合时代，面对新媒体的冲击，电视生活服务类节目也面临转型之切。它要达到"反

映生活本质,指导生活技能,提升生活品质"的节目宗旨就要有所创新,无论是在题材内容还是在叙事运行乃至在传播模式等方面都要"与众不同",富有特色,否则就连生存也难以做到。《家中如何做艾灸》这档电视生活服务类节目对此做了有益的尝试,在叙事运行的模式上作了创新,其生活化、故事化和情景化的"三化"叙事对电视生活服务类节目的创作不乏启示意义。

一、"生活化"叙事

顾名思义,电视生活服务类节目其体裁的规定性就在于"生活",其叙事运行必须在"生活"的观照下。首先是叙事题材的"生活"性,即它要向受众提供实际的生活服务,如择偶、择业、美食、旅游、服饰、医药、养生等方面的帮助,因而具有生活服务的实用性;其次是叙事情境的"生活"性,即其节目内容的叙事运行要在"生活"的情境中进行,亦即表达的方法必须生活化。《家中如何做艾灸》这档节目就鲜明地体现了"生活化"叙事的特征。

1.题材的"生活化"

从叙事的题材来看,《家中如何做艾灸》选择了受众生活中中医药艾灸的自助式使用指导。艾灸作为一种中医药医治手段,自助式使用门槛较低,也不存在大的风险,故为普通家庭中医药自助式使用的普遍方式,具有较大的适用面。当然它在家庭自助式使用时也会存在一些误区。该档节目由此入手,邀请专业中医师加以指导,从学理到操作"循循善诱",使受众明了和掌握了艾灸的家庭自助式使用方法。由此可以看出,电视生活类服务节目其题材的"生活化"就是要介绍日常生活的各类实用知识,对其提供具体有效的方式方法,带有生活指导意义和较强的知识性、可操作性。其题材内容素材源于生活,贴合人们的日常需求,对受众而言是有生活价值的、可用的。

2.情境的"生活化"

从叙事的情境来看,《家中如何做艾灸》选择了家庭自助式使用的指导方法,其过程都是在家庭中进行,这就强化了节目叙事的"生活化",使得其节目的普世性大大增强,节目的服务面也随之而扩展,使受众中可能会存在的认为节目是对某个品牌的宣传的意识趋于淡化以致消弭。由此可以看出,电视生活类服务节目其情境的"生活化"对其受众面的扩大是非常重要的,同时也能够以此增强节目的真实性和受众对节目的信任度,这是需要认真对待的。

二、"故事化"叙事

电视生活服务类节目其价值在于"服务",这是它区别于其他电视节目类型的核心要素,要提升其"服务"性,就要令其使受众"喜闻乐见","故事化"叙事就是其中奏效的一个策略。《家中如何做艾灸》在叙事运行中，匠心独运地设计了"故事化"氛围，将整个家庭艾灸自助式使用指导包装成一个有趣味的故事，随着节目的运行娓娓道来，充分发挥了讲故事的魅力。

1. 情节的"故事化"

故事最大的特点是有情节，而情节又分为开端、发展、高潮和结局。从叙事的情节看，《家中如何做艾灸》就如同讲了一个有情节的"故事"。这个"故事"的开端是夫妻在家中自助式艾灸，两人发生矛盾；这时主持人偕中医师上门服务，讲解艾灸的功能、部位、禁忌症等，并作操作指导，这就是"故事"的发展；"故事"的高潮应该是在对小儿艾灸、妇科艾灸的科普上，就像"蓄势"，"故事"到这里显出其精彩，艾灸确实大有可为；"故事"的结局紧接着"故事"的高潮，艾灸的作用功能和操作方式被受众明确了，"故事"就戛然而止。整个"故事"显然是虚构的，设计了艾灸的几种适用人群和病症，其"人设"也非常典型。通过这个故事完成了一次艾灸的科普。

2. 运行的"故事化"

从叙事的运行看，《家中如何做艾灸》整个故事的叙述具有很强的节奏感，起、承、转、合恰到好处。全片经历了艾灸自助式使用的指导的缘起（铺垫）→切入→展开（蓄势）→点题→收束的整个运行过程，其叙事节奏的把握总体是舒缓的，故事叙述的风格流畅而清晰。

三、"情景化"叙事

电视生活服务类节目是为受众传播知识、指导生活、陶冶情操，满足其物质和文化生活需要而设的节目类型，要想更好地实现有效传播，就应该为受众所喜爱，为受众所喜闻乐见。节目的包容性越强，叙事形式越有趣味，就越容易被受众所接受。由这一主旨出发，电视生活服务类节目应追求一种活泼、清新、亲切的叙事风格，表现出现代生活的节奏，不拖沓沉闷。在电视节目娱乐化的环境下，为达到电视生活服务类节目的叙事效果，将其适度综艺化是个不错的选择。事实上也有一些电视生活服务类节目与电视综艺节目"嫁接"，形成电视综艺服务类节目样态。《家中如何做艾灸》虽非标准的电视综艺服务类节目，但也具备了其综艺叙事的元素，可以说是电视综艺服务类节目的"雏形"。从综艺的角度看，《家中如何做艾灸》属于一种"情景化"表演型的服务类节目类型。

1. 表演的"情景化"

《家中如何做艾灸》更像是一出家庭版的小情景剧的演绎，剧情是艾灸使用，场景是家庭室内，参演人是夫妻、中医师和主持人。整个节目通过喜剧化色彩，轻松愉悦，调动了受众的情绪，满足了受众对于服务类节目实用性、娱乐性和趣味性的多元审美的需要。

2.角色的"情景化"

《家中如何做艾灸》情景剧的演绎，其成功很大的原因在于其角色的"情景化"。节目中的"夫妻"这对人物显然是由演员扮演的，只是这个扮演很生活化，扮演的痕迹似有若无；在情景对话上，这两位"演员"主要以幽默的语言方式打动人，浓郁的宁波方言和一些专属宁波的乐趣体现了节目鲜明的地域性和贴近性。节目中的中医师也具有一定的表演才能，较好地演绎了她作为专业人员的质的规定性。而主持人则扮演了"引戏员"的角色，具有较高的主持才智，也有一定的表演才能，将自身情感恰如其分地糅进节目的叙事运行中，潜移默化地给受众以回味。节目中几个人物协同演绎具有较强的表达能力，符合节目赋予的人物角色属性。

总之，《家中如何做艾灸》作为一档电视服务类节目，做到了服务性、实用性、娱乐性和教育性的统一。当然，如果节目能进一步注意后期包装，像特技的运用、字幕片花的提示点缀、色彩的运用搭配等，以较强的美感带给受众赏心悦目的新感受，那就更好了。

（四）电视文艺

文艺专题片

丝路音缘

Music Predestination on Silk Road
——宁波交响乐团的德国指挥家巴赫
German Conductor of Ningbo Symphony Orchestra

《印象宁波》片头

Lead-in of Impressions of Ningbo

主持人口播：(一个舞台一束追光)

Anchorperson Shot

他，是一个乐团中的灵魂人物，他拥有无限权力去控制整首曲子的呈现速度和演出效果，当乐师和所有观众的目光都集中在他手势上的时候，他必须凭借着高超的沟通语法，让一个乐团演奏出最美妙的音符。他的身份，就是乐团指挥。今天的印象宁波，让我们去认识宁波交响乐团的指挥——艾伦巴赫。

As the soul of a symphony orchestra, he is at liberty to control the interpretation of music and the performance of an orchestra. When the musicians and audiences keep their eyes glued to his gestures, he has to lead all the musicians to bring out the best music with his brilliant communication skills. He is the conductor of an orchestra. Today, Ningbo Image is going to introduce Erienbach, conductor of Ningbo Symphony Orchestra.

片名

Title

题记（简述他融入乐团与宁波）

Opening words.

（快切：镜头取自下文）

艾伦巴赫画外音：我是埃拉胡·冯·艾伦巴赫，我是宁波交响乐团的指挥。我们音乐人有着一份快乐的工作，我把这份工作也称为我的生活。音乐是我的生命，我热爱音乐，音乐在哪里，我的家就在哪里。

My name is Elahiu von Erienbach. I'm the conductor of Ningbo Symphony Orchestra. We musicians are very happy people：we do not work to live, but we live of work. Music is our life. Music is our love. Where there is music, there is my home.

第一乐章　讲述巴赫与中国及宁波交响乐团结缘的背景

Movement one：How Erienbach came to China and became the conductor of Ningbo Symphony Orchestra.

（可能需要历史资料或者素材，宁波城市风光）

旁白：宁波，在近现代中国音乐史上，涌现了一大批才华横溢的音乐家，浓郁的艺术氛围早已融入这座城市的"血脉"中，而宁波交响乐团在成立后的短短两年时间，就跻身全国优秀的大型演奏团体，成为宁波一张靓丽的新名片。这其中，最让人津津乐道的人物，就要属那位来自德国的指挥家艾伦巴赫了，他是第一位受聘于文化部与官方签约的外籍指挥家，先后就读于法兰克福音乐与表演艺术大学和柏林音乐学院，并获得钢琴、指挥双硕士学位。2016年，因为宁波交响乐团的成立，他来到了这里，与宁波结下了深厚的渊源。

Narration：In the history of modern Chinese music, Ningbo boasts a wave of brilliant musicians. Art and the city are deeply interwined. Two years after the foundation of the Ningbo Symphony Orchestra,it has become one of the top performance groups in China. Erienbach, the German conductor, is the one people talk about most. He is the first expatriate conductor employed by the Ministry of Culture and signed contracts with the authorities. Having graduated from Frankfurt Music and Performing Arts Academy and the Hanns Eisler School of Music Berlin, Erienbach has master's degrees of piano and conductor. And a strong tie has been developed between Ningbo and himself since the Ningbo Symphony Orchestra was founded in 2016.

（与俞峰的合影、与俞峰的微信聊天，最好是与俞峰一起交流讨论的场景）

艾伦巴赫：20多年前，我就来中国演出了。认识中国，是因为俞峰院长。当我在德国还是学生的时候，我就欣赏他的才华，欣赏他的人品，他可以说是我的老师和偶像。

Erienbach：I had concerts in China since nearly 20 years ago. Prof. Yu is the reason why I got to know with this country. I have admired him since the first time I have met him in Germany，when I was a student. He is my teacher and idol at the same time.

俞峰（备注身份：中央音乐学院院长、宁波交响乐团艺术指导）：在2015年年底12月31号，这个乐团建起来了。巴赫是我在德国时候的同学。我们这个乐团刚刚起步的话，需要有一个非常严谨的、在艺术上在各方面是最好的一个水平。所以我特别请他过来，来这边指挥。

Yu Feng（Director of Central Conservatory of Music and art director of Ningbo Symphony Orchestra）：The symphony orchestra was set up on December 31，2015. Erienbach was my classmate in Germany. The symphony orchestra is just getting started，it needs to have a very rigorous bandmaster who is the best in all aspects. So I invited him specifically to do the job.

第二乐章　由乐手简述艾伦巴赫对音乐的执着，对工作的认真，并且乐于帮助他人

Movement Two：musicians talk about Erienbach's devotion to music and his being dedicated and helpful.

（平时排练场景，不断要求重复再来，追求细节。单独讨论的场景）

旁白：艺术的造诣从不仅仅只是天赋，每一台演奏的完美呈现，都源于台下周而复始的练习，这是艾伦巴赫对音乐的尊重，也是对自己及团队每个成员的严格要求。

Narration：Artistic accomplishments are not only about gift. Every fantastic performance comes from repeated rehearsal，which shows his repect to music and his strictness with himself and all members of the orchestra.

周子也：在我们每次排练的时候，巴赫指挥都会要求我们像正式演出一样去对待。他非常的认真和严谨，在排练的过程中如果感觉到我们有什么地方不对，或者没有达到效果、他不满意的地方，他会一遍又一遍不厌其烦地要求大家重来，陪着大家练习。他这种精神是令我非常佩服的。在排练的过程中遇到一些小问题，我都会私底下向他请教，他会非常有耐心、非常细致地向我们讲解。在这一年的时间里，我们从他身上学

习到了非常非常多的东西。

Zhou Ziye: Erienbach told us to treat every rehearsal with full attention as if it were an official performance. He is very serious and rigorous. He will ask us to do it again if there is any tiny flaw in our rehearsal. I really admire such dedication. I often turn to him for instruction after rehearsal. He is very patient and helpful. We learned so much from him over the course of the year.

第三乐章　通过谱务或团长的评价引出巴赫相关生活,进一步由巴赫阐述自己与音乐的渊源

Movement Three: from the music librarian's and director's comments on Erienbach to his further illustration of the relation between himself and music.

（个人生活的场景,在自己家看谱,在琴房弹钢琴）

旁白:追求音乐细节的艾伦巴赫,在生活上却是一个不拘小节的人。

Narration: while he is meticulous about music, Erienbach is quite casual in his daily life.

谱务吴师通:我和艾伦巴赫是非常亲密的工作伙伴,他是一个工作疯子,经常看谱看到深夜2点。他的生活非常简单,经常没有时间洗衣服或者做饭。

Wu Shitong, music librarian: Erienbach and I are close co-workers. He is a workaholic and we can always find him reading scores at 2 am. He hardly has any private time. Sometimes he even has no time to do the laundry or cook.

童团长:在平时的工作当中我们有过太多太多的交集,所以我觉得艾伦巴赫是一个非常非常严谨的人。同时他是一个视艺术为自己生命的人。同时艾伦巴赫还是一个非常具有爱心的人。我们宁波也是座爱心城市,我们每年都要进行市民一日捐活动。巴赫知道了这个消息,他说我也要参加,我也要参加。他已经连续捐了两年,每年数量都捐得很多。他说,其实对我来说有两个家,一个在德国,一个是在宁波。

Director Tong: We have too many intersections in our daily work, so I think Erienbach is a very serious man. At the same time, he is a person who regards art as his own life. He is also a very caring man. Ningbo is a city full of love. We have a one-day public donation every year. He also attended the event, and he has been donating money for two years. He said he has two homes: one is Germany, one is Ningbo.

艾伦巴赫:我热爱音乐,我的妈妈是小提琴老师,可能我的血液里就带有音乐细胞。她热爱音乐工作胜过一切,她在生命的最后一刻还站在讲台上把音乐知识教给

学生。我认为这是人生最快乐的追求，我希望自己能像妈妈一样坚持到生命最后一刻。

Erienbach：I love music. My mom was a violin teacher. So maybe music is in my DNA. She also loved her work more than anything else, and she was still teaching on the last day of her life, although she was very ill. I think this is the great happiness that one can achieve. I really wish, I can also do so.

第四乐章　艾伦巴赫的音乐梦想

Movement Four：Erienbach's music dream.

（艾伦巴赫演出前穿着打扮准备，在后台等候）

旁白：受到母亲影响的艾伦巴赫视音乐为生命，他的生活简单朴素，但他却把每一次演出当做一场神圣的仪式。他带领着宁波交响乐团，让每一个音符奏出他的梦想。

Narration：Inspired by his mother, Erienbach treats music as his life. Though living a simple life, he takes every performance seriously as if it is a holy ceremony. As the conductor of the Ningbo Symphony Orchestra, he makes every note fulfill his music dream.

艾伦巴赫：我在世界各地演出，但宁波是我工作的中心，所以我喜欢宁波，我也很喜欢中国文化，小时候我就知道孔子，他在全世界都很有影响力。我希望我们乐团也能走向世界，希望观众听到我们的演出的时候，会爱上我们的音乐，并深受感动。

Erienbach：As a conductor, sometimes you have to live like a gipsy. But now, Ningbo is, so to say, the center for my work. So I love Ningbo. I also love Chinese culture. Since I was a child I have already heard about Confucius, who is influential worldwide. I hope our orchestra one day will be one of the leading orchestras in China. I hope the audience will fall in love with our music and be deeply touched when they hear our performance.

（一场正式的演出）

旁白：让浮躁随行云流水的音符安然，所有声音在这一刻蓄势待发，随着指尖的轻颤，一场音乐盛会即将开启。在"一带一路"倡议下，宁波的艺术文化将更好地面向国际，进一步与世界交流融合，打造宁波国际化城市的新形象。

Narration：May the hustle and bustle of the world fade away in the flowing music. All the notes are ready to be part of a gala concert. With the strumming of strings, the German conductor . Along the "Belt and Road" initiative, the artistic and endeavours of the city will further embrace the world and more frequent exchanges will be made in this regard to shape Ningbo's new image as an international city.

单位：宁波广播电视集团多媒体新闻中心

作者：陈蕾、刘徽、傅莉丽、李飒、张美庭

播出时间：2017 年 9 月 3 日

讲好新媒体时代的中国故事

——评人物专题片《丝路音缘》

金 叶

2013 年，习近平主席提出了共同建设"丝绸之路经济带"和"21 世纪海上丝绸之路"的合作倡议，"一带一路"作为新时期中国对外关系的顶层设计，成为近几年来主流媒体传播的重要议题。而另一方面，新媒体产品内容频出，融媒发展仍在探索的趋势中，广播电视等传统媒体如何能够更精准地把握时代脉搏，传递给社会正能量，为主流价值观的呈现提供一种新的模式，是需要不断摸索的过程。宁波广播集团多媒体新闻中心制作的人物专题片《丝路音缘》脱颖而出，找到了一个较好的切入点和承载体，特对其作以下解析，以期为业界的主创者们提供有益借鉴。

一、宏大主题下的精小切口

"一带一路"建设展示了中国人天下治理理念的一大变化，是以和平方式重塑世界的重大尝试，其对国际政治经济文化的影响也正在彰显中。① 而宁波市作为"海上丝绸之路"的重要节点城市，也正在着力打造"音乐之城"，使得世界共通的语言——音乐能够成为"记载'一带一路'历史的活化石"。因此，《丝路音缘》的创作突破点着眼于一位与宁波有音乐"情缘"的来自德国的著名艺术家艾伦巴赫，以他在宁波的音乐旅程和人生故事为载体，凸显了"一带一路"主题下的丰富的文化交流。通过精心寻找的典型人物的引入和铺陈，使得观众更感性直观地了解"一带一路"倡议的深远意义和重大影响，体现了主流媒体大处着眼的宏观意识和小处落墨的文化感知，以及其在传播人文主义精神和社会主流价值观层面的能力。

---

① 郑永年."一带一路"五年评估[EB/OL].英国《金融时报》FT 中文网,2018 - 7 - 20.

二、完整结构中的大气叙事

在《丝路音缘》中，主创者采用了经典的三段式叙事模式，以缘起—详述—升华的叙事结构，层层推进，一气呵成，使得艾伦巴赫这位国内第一位受聘于中国文化部与官方签约的德国指挥家，他对音乐的毕生热爱，将宁波视为第二故乡的美丽故事和深厚情感得以淋漓尽致地书写。

此外，全片的叙事主体和视角丰富，可以称作四级叙事层次的融合共进。开篇女主持人舞台化的叙述方式，不仅奠定了主体人物的表达基调，也为这个作品奠定了高质量的艺术化表达的水准。而全片的解说词，配音清晰悦耳，既有效提供了时代背景、人物成长环境等重要资料，也在提升叙事内涵、丰富画面意义、抒发人物情感等方面发挥了重要作用。不可忽略的还有，在专题片中，艾伦巴赫的采访原音以旁白和讲述的方式，娓娓道来，具有感染力，成为叙事结构中的主体支架，贯穿始终。而对艾伦巴赫的好友——中央音乐学院院长俞峰，乐团中的工作伙伴们等重要人物的采访，以旁观者的视角展开叙述，成为整体叙述中的关键组成部分，使得全片故事展开流畅，内容饱满，情感充沛。

三、核心人物中的丰富层次

作为一个艺术家，《丝路音缘》所塑造的核心人物艾伦巴赫是立体而丰富的。通过人物采访、画面传达、音乐烘托、细节抓取等多种创作形式，不仅表现了艾伦巴赫对于艺术的执着追求，对于演出的严谨态度，也体现了他来到中国后的公益善举，尤其是对其生活不拘小节、简单朴素的细节的补充，更是让这位艺术家的人格魅力得以凸显。因此，创作手法的兼容并蓄，展现了人物的多面向。

四、高质声画下的情境交融

爱森斯坦曾说，"画面将我们引向感情，又从感情引向思想"[①]。可见画面在影像意义传达中的重要性。《丝路音缘》作为一部人物专题片，在画面、声音、后期制作等方面都堪称精良。

作品的序幕由主持人在恢宏的大剧院中缓缓道来，迅速将观众带入全片所营造的艺术氛围中，加上多样景别画面的剪切和主持人流畅大气的语言表达，恰到好处的交响乐铺陈，使得观众对主人公充满了好奇。全片整体的画面构图非常用心，拍摄视角多样，无论是采访地点的选择、采访过程的展示，还是核心人物的工作场景和生活细节

---

① 朱羽君.电视画面研究［M］.北京:北京广播出版社,1989:70.

的捕捉,画面构图精巧,有设计感,多方位多角度地展现了艾伦巴赫的艺术造诣。例如作品的开篇,以艾伦巴赫的自我介绍作为画外音,强劲的音乐为剪辑节奏,远景、全景、中景、近景和特写等一组系列景别的采用,以及剧院舞台的光影配合,行云流水,充分地展现了艾伦巴赫在艺术表演中的神态、丰富的内心世界和人物性格。正如施拉姆所说的,"非语言符号(图像等)所包裹的信息,很多时候是不用借助语言来表达的,因为一幅画就是一种完整的传播"①。而且,作品的影像资料也比较充实,较好地完成了背景交代、情景铺垫、时空转换等功能。

此外,作为一个音乐人物的专题片,声音尤其是音乐元素的大量使用,是该片的一大特色,可以说,从目前的综合呈现来看,较好地满足了观众的期待。音乐作为一种独立的艺术形式,是具有独特的叙述性的,其饱满的情感张力,能够增强作品的艺术感染力。对于本片主人公而言,更是视音乐如生命,因此,片中大段的交响乐的使用,是对作品主题的不断深化。全片以音乐内在的旋律来表情达意,或舒缓,或激昂,并与解说词、同期声等紧密结合,使得全片节奏更加顺畅自然,拓展了画面的空间感,营造了写意的意境,引起了观众们的共鸣,激发了观赏时的想象。其中的配音解说也值得一提,形成了人物专题片的特有基调。配音的节奏、语气、气息的把握等都比较到位,声音控制,张弛有度,以自然的语言表达,充分调动了情感,使得观众能够感同身受。

同时,值得关注的是,片头片尾采用了中国古典风格的设计,从配乐、动画、字体、色彩等多方面共同传递了中国文化的传统美学理念,简洁大气不失典雅。在制作方面,注重细节,例如人物出现时的字幕设计,以金色飘逸的音符作为底衬,紧扣主题,也体现了较高的制作品质,提高了观众的审美体验。

五、深远寓意中的文化格调

在日益娱乐化的媒体生态中,能够对作品提出文化层面的高要求,充分运用丰富的视听语言,提高作品的审美情趣和文化价值,是《丝路音缘》的一大特点。正如前文所说,《丝路音缘》不失为主流媒体积极探索"讲好中国故事,传播好中国声音"的一个佳作。传统媒体能够主动出击,通过细致解读、深入思考、选准角度,敢于突破,来不断激发自身的创作灵感,挖掘创新元素,本片是一个有益的探索。这也充分说明主流媒体完全有能力凭借自身的专业优势和扎实的专业基础,选择与主题契合的表达方式和传播形式,发出有深度、有力量、有担当的主流声音。

---

① [美]威尔伯·施拉姆.传播学概论[M].陈亮,译.北京:新华出版社,1984:77.

艺术片

海丝古港　亚洲新梦

　　本片是为配合首届亚洲艺术节而制作的宣传片。我们采用了无解说纯音乐作为旁白的艺术手法,将宁波的地域文化与亚洲艺术盛会相结合,以水为主线,诗意解读宁波的历史文化,彰显亚洲新梦的新内涵。

单位:宁波广电集团新闻综合、都市文体频道

作者:王玮、陈贵积、郑萍、赵军、张雪午

播出时间:2017 年 9 月 20 日

立足城市文化　展现艺术交融
《海丝古港　亚洲新梦》评析
翟　臣

　　光阴滔滔,骊歌坦坦,踏尽匆匆年华,携着岁序美意,从千年之前走来。影片一开始的音乐就带有神秘的色彩,仿佛从历史中穿越而来,雷声和雨声相伴,带我们走进了这段跨越数千年的历史文化之旅。河姆渡遗址,南宋石刻群,越窑青瓷遗址,恢宏而遥远的古韵历史在眼前展开。这一段的亮点在于以一个手工艺人制作瓷器的过程为线索,重在突出悠久的历史和独特的浙东文化。在拉胚、利胚过程中,多用升格镜头,使画面充满张力和感染力。这个制作过程并不是一蹴而就的,升格镜头也更具有时空穿梭感,浙东文化慢慢积淀,缓缓流传,不张扬不喧嚣,低调而沉稳,让我们感受那不动声色的自在与风度。而画面上,多巧妙过渡,例如用刀旋削下的泥与水波纹形状相似,画面叠加过渡,自然而流畅。

　　在火中烧制而成瓷器,然后过渡到火红的初升的太阳,影片过渡到第二个篇章:风华。音乐中多了鼓点,节奏加快,寓意着时代快速向前发展,是一个远古与现代交接的时间。随着紧凑鼓点的节奏带进,庆安会馆,雪窦寺,天一阁,一一展现,多处用光影变化来暗示时间流逝,光阴变迁。金漆木雕,金银彩绣,为陈旧发黄的历史增添了鲜艳的色彩,使视觉感受

上更富有层次。有全景，有特写，气势如虹又细致精巧，展示出既大气又精致的宁波文化。

忙碌的港口从未停歇，多色的集装箱像糖块一样垒成一堆一堆，我们看到一个疾驰的时代，载着时光和欲望，向前快速远去。繁华的城市拔地而起，在光与影的交错中，我们看到了世界上所有的神秘和瑰丽，还有明晃晃的未来。古老的传统与年轻的活力从不冲撞，大地、青山和明月，吉他、舞鞋和灯光，一个都不少。在这一段中，音乐更加活泼、轻快，画面灵动起来，色彩也焕然一新，我们看到了一个崭新的历史文化古都，亦今亦古，载歌载舞。海阔天高，霁月襟怀，迎接着四海八方的朋友。最后以十里霓虹的绚烂夜景收尾，带着款款微光，闪耀在星空里。

三段音乐，三段情怀，我们可以看到宁波的悠久历史和古往今来的文化特色，但遗憾的是，片中没有连贯的故事线连接，铺陈的线索并不清晰，更像是拍下一张张精美的照片为观众连续播放，这样很难将观众的情感带入其中，很难引起共鸣，很难达到感人至深或是震撼的效果。无论是遥远的历史，还是辉煌的文化，都需要扎根于百姓心底，也许从更小的视角切入，选择更平凡的角色或利用更简单的技法，能更易被接受，更打动人心。

宁波更像是一个执着纯粹的匠人，一个通透世事的哲人，一个至情至性的艺术家，除了偏执的勇敢，还有守护初心的坚持。使命轮回，初心永恒；岁月漫长，值得等待。

（五）电视少儿节目

快乐成长

代表作

《快乐成长》2017年第二期

【人机对话】

嘿，siri！

你好。

siri，你知道咸齑吗？

孩几，哦，天呐，这简直是一首诗。

是 e ji！ e ji！

孩几！孩几！

好吧……你知道咸齑是怎么做出来的吗？

正在为你搜索……

《雪菜》 传统文化

【同期声】现在你们面前有这么多的缸，有大缸，还有这么小的小缸，那如果我们要腌雪菜，你们会选择哪个缸？ 等一下你站到选择的那个缸的面前，准备开始。今天我请到了明明的外婆，来给我们说一说到底哪个缸适合用来腌雪菜，好不好？ 我们欢迎一下,明明外婆请。这个缸口大一点,脚比较好踩,这个缸太小了,脚都伸不进去,脚能踩进去吗? 不能。

【解说词】原来腌制雪菜要选择口径稍微大一点的缸,把晾晒好的雪菜一层一层地铺到缸里,每铺一层雪菜撒一层盐。为了能使雪菜压得严实,并且使盐充分渗入其中,脚踩是宁波当地用得比较多的一种传统方法。

将雪菜踩瘪出水之后,再压上一块光滑的石头,就大功告成了。一般腌制半个月左右,雪菜就可以拿出来食用了。今天明明的外婆要用雪菜给小朋友做什么美食呢,哇,是宁波人非常熟悉的雪菜肉丝年糕汤。

雪菜,别名雪里蕻、九头芥、烧菜、排菜等,它具有香、嫩、脆、鲜,略带酸味的特点。雪菜既可以生吃、熟吃,也可以作佐料,制作多种菜肴。雪菜宁波话叫咸齑,它是宁波人心目中比较亲切又引以为豪的一道美食。宁波人擅长用雪菜制作鲜美的食物,比较出名的有"雪菜大汤黄鱼""雪菜鞭笋汤""雪菜墨鱼花"等等。在民间啊还流传着这么一句俗语:三天不吃咸齑汤,脚骨有点酸汪汪。雪菜对于宁波人的意义真的是可见一斑了。不过,最后要提醒小朋友们,雪菜虽然味道鲜美,但毕竟是腌制食品,吃起来还是要适量的哦。

【人机对话】

哇,吃完了咸齑年糕汤,接下来我们去大自然消消食吧。

正在为你推荐路线:宁波植物园。

siri,你是左撇子吗?

我没法回答你。有什么别的可以帮到你的吗?

那你是右撇子吗?

啊,哦,抱歉,我没有手……

《向左转 or 向右转》 植物大搜索

【解说词】同学们,你们知道影片中士兵攀爬的植物叫什么吗? 没错,它们就是藤蔓植物了。但是你们知不知道这种植物有一个和我们人类一样的特征呢? 这一期的植物大搜索让小仙女和万博士带着大家一起去搜索一下吧。今天我们请到的依旧是蛟川双语小学的小朋友。他们能发现这个特点吗?

【同期声】同学们,集合了。你们找到那个旋转的枝干和卷须了吗? 找到了。你们觉得它们的生长特点是什么呢? 就是攀着一个东西往上爬,有点卷,像这种就是有点环绕的形状。还有人画出来它的那个卷须了吗? 有,不过就是不好看,这个是卷须吗?

能问个问题吗？为什么这个藤上面会没有花呢？因为它是藤蔓植物啊。

【解说词】那么小朋友们找到的这些特点是不是我们今天要探寻的呢？让我们来请出植物园的万博士来给我们解答一下。

【同期声】首先我还是想问一下你们观察到了什么？观察到了藤蔓，然后注意到了细节没有啊，螺旋形的，螺旋形的，太对了，螺旋形的，那么螺旋形里头还可不可以往下说下，观察到了有螺旋的什么呢？要不这样，我们先来玩一个游戏好不好？举手，举着就不要动了啊，看看只举一只手啊，这个同学你统计一下，举右手的有几个同学，举左手的有几个同学。十个右手一个左手。那想想为什么大多数举右手，很少举左手呢？为什么我们都说是左撇子，而很少说右撇子呢？那我告诉你们植物也有这个特性，你们相不相信？相信。但是你们观察到了没有呢，那我可不可以现在告诉你们呢？好，你们看看它有没有方向，转得有没有方向，有吧。有的往左旋有的往右旋。首先我跟你们讲一下，什么叫往左，什么叫往右好不好？我们这样子，大拇指指着的，它的尖端的方向，然后用手这么一抓，用右手抓，那么它的旋转方向跟四个指头的旋转方向是相同，我们就称它为右旋，我这是右手是不是？左旋是什么呢？那就是用左手了，左手是不是指向它的方向，然后这样子转，这就是左手，左旋和右旋。

那么在植物界里面也分左旋（左撇子）和右旋（右撇子），而恰恰和我们同学们一样的是右旋的多，左旋的少。

【解说词】哇，原来藤蔓植物和我们人类一样，大多数都是右撇子。判断左右的方法大家都学会了吗？那么会不会有的植物天生与众不同，不按常理出牌呢？让万博士带着我们继续看下去。

【同期声】金银花大家都认识是不是？而且家中是不是经常有金银花露可以喝一喝。那么大家来看一看，它是左还是右。哪里看上面，看上面是左还是右。左，它是不是很特立独行啊？

是左的还是右的？左的，左的是不是？从植物来说，这种藤蔓的缠绕形式一般是三种：一种是往左，一种是往右，一种是忽左忽右。

【解说词】原来植物中也有金银花这种天赋异禀的左撇子选手。我们从万博士这里了解到，其实啊还有的植物更剑走偏锋，不仅向左旋转，偶尔还会向右旋转，同学们不妨下课时候去找找看。那么除了植物，生物界是不是还有别的小伙伴和我们人类一样，有着左右撇子的特点呢？我们再来请万博士给我们讲解一下。

【同期声】贝壳里头吗？贝壳里面的右旋和左旋，它的左旋更为稀少。蜗牛大概十个里面就只有一个？不是，它们基本上是百万个里头有一个。蜗牛吗？对，所以你们去海边游玩的时候，要注意一下哦。

【人机对话】

嘿,siri,你会说宁波话吗?

诶几! 诶几!

除了咸齑呢?

抱歉,我不是宁波人……

没关系,你来跟着小朋友们一起学宁波话吧!

宁波老话

【同期声】妈呀,你别动啊。小鱼儿,你别一直吃零食,听见了吗?不要一直吃,像老鼠翻进白米缸一样的,你爸爸也真是的,一直给你买一些垃圾食品,过来帮我们垃圾袋换一个。妈妈,这些都是素菜,淡水刮起怎么吃?淡水刮得怎么吃,妈妈不是在杀鱼吗?再说你现在是长身体的时候,我们要多吃蔬菜对不对呀?你也要多吃蔬菜,不然跟我一样高,爸爸要不喜欢你了。

【解说词】小朋友们,在刚才的短片里你们找到宁波老话了吗?让我们再去找找看吧。

【同期声】听见了吗,不要一直吃,像老鼠翻进白米缸一样的。妈妈,这些都是素菜,淡水刮起怎么吃?淡水刮得怎么吃?

【解说词】对了,就是老鼠翻进白米缸和淡水刮得这两个词,那我们先来听听小朋友们都是怎么理解这两个词的吧。

【同期声】老鼠翻进白米缸里面去了,老鼠在吃那个白米糕,老鼠去偷别人家的白米糕,老鼠偷到了一串年糕,我们平常在吃的米放进一个缸里,老鼠翻进去了,老鼠钻进年糕里了。这些东西很淡,我觉得是海的味道很咸,这水很淡很淡,不知道。

【解说词】老鼠翻进白米缸,原意啊是老鼠因为贪吃爬到了盛着白米的米缸里面,这下它可以大饱口福了。后来用这个词也形容某人比较有口福,并有福气好的意思。淡水刮得,形容淡而无味,缺少油水、甜味等。也可以说成淡水毛起、淡水刮起。小朋友们,你们学会了吗?

【童谣】正月嗑瓜子,二月放鹞子,三月上坟抬轿子,四月种田下秧子,五月端午吃粽子,六月朝天扇扇子,七月西瓜吃心子,八月月饼嵌馅子,九月吊红夹柿子,十月沙泥炒栗子,十一月落雪子,十二月冻煞叫花子。

【人机对话】

siri,你学会了吗?

淡水刮得（弹斯刮哒），淡（弹），淡（弹）。

@＃￥％bi（死机）。

单位：镇海区广播电视台

作者：何顺、陆艺、高凌宵、王君美、余骥

播出时间：2017 年 3 月 18 日

值得点赞的创作理念——向生活学习
——评镇海电视台少儿节目《快乐成长》

韩 梅

快乐成长是每一位家长对宝贝的希望。然而，如何能够快乐成长却是社会、学校、家庭同时面临的大问题。镇海电视台的少儿节目《快乐成长》将孩子健康快乐成长定位于向生活学习，是一个令人称道的创作理念。

学生这个词，其实完全可以解释为向生活学习。由于当今的家长望子成龙、望女成凤，所以，提起学习我们往往首先想到的是天价的学区房，是语文、数学、外语、钢琴等等的课外班。在这样的社会语境下，我们仿佛真的忘却了学生的本义，忽略了学习首先应该是向生活学习。最令人担心的是很多电视台的少儿节目为了追求收视率，在屏幕上主持人扮演着各种各样的魔仙、怪兽，表演着荒诞的剧情，追求视觉刺激。孩子们每天津津有味地看着这些逻辑混乱的节目，想象着自己如何拥有魔法，如何能够轻而易举得到自己想要的东西。这样的情景实在是令人担心。呼应着很多家长的叹息："养个孩子可真难""为什么教育孩子这样难"。

镇海电视台的《快乐成长》节目在理念上却是让人称道。这档节目没有魔仙，也没有怪兽，从家庭常见的生活场景出发，让孩子认识自己经常食用的美味"雪菜"是如何做出来的，周围常见的植物是如何生长的，家乡话说的到底是什么意思等。在第一个小段落"雪菜"中，孩子们来到了制作雪菜的现场，在主持人和外婆的指导下，参与到制作雪菜的劳动中，体会劳动的快乐，了解食物的来之不易，培养对家乡特产的认知。劳动引发他们的思考：原来每天在餐桌上见到的食物是经历了这样的制作过程，原来我们平时喜欢吃的雪菜肉丝年糕汤是这样做出来的。《快乐成长》节目的第二段落引导孩子们认真观察植物，了解身边的植物是如何生长的。观察能力是一种重要的能力，有了敏锐的观察能力，才能对事物有深刻的认识。《快乐成长》请植物专家为孩子们讲解植物生长的左旋与右旋，使得孩子们在细致的观察中生发出对大自然的兴趣，这些兴趣会引领孩子们自己查阅感兴趣的植物书籍，这样的教育方式才是符合学习的规律的。从身边的小事出发，从细节观察培养孩子的观察能力，进一步引导孩子进行思考相比从大而无当的理念出发教育孩子，往往会取得事半功倍的效果。

从小培养孩子认识自己的家乡是有着非常重要的意义的，一个人爱自己的国家首先就要热爱自己出生的这片热土，具有家国情怀的人必定深爱自己的家乡。我国幅员辽阔，十里不同天，百里不同俗，丰富多彩的民俗文化是构建我国的文化自信的重要元素。方言是一个地区文化中最具特色也最具文化价值的存在。然而，由于信息交流的日益便捷，方言正在消失，以至于很多有识之士在担心，随着世界语言英语越来越广泛的应用，我国语言中的很多词汇在消失，很多表达方式在转变，很多外来词语充斥在我们的日常用语中。镇海电视台少儿节目《快乐成长》设置了教方言的版块，这无疑对于方言的保存具有重要意义，同时，这也是从小教育孩子热爱家乡一方热土的有效方式。方言是一方文化的根脉所在，也是文化血脉相连最深刻的表达。所以，我认为方言版块的存在对于培养孩子们的家国情怀是很有意义的。

本节目值得一提的还有节目小版块的串场。串场没有使用传统的节目主持人进行串场的方式，而是使用雷达搜索的画面，配音则是目前最时尚前沿的机器人播音员与主持人的对话，新颖独特，是电视节目视听觉创新值得称道的尝试。

"快乐成长"是牵动着千家万户的话题，镇海电视台的这档节目引导我们更深入地思考：学习是成长的必经之路，向生活学习无疑是快乐成长的一种重要方式，也是具有重要现实意义的方式。